지속 가능한 사랑

지속 가능한 사랑

문녹주 소설집

ⓒ 문녹주 2025

초판 1쇄 2025년 6월 25일

지은이 문녹주

출판책임	박성규	펴낸이	이정원
편집주간	선우미정	펴낸곳	도서출판 들녘
기획이사	이지윤	등록일자	1987년 12월 12일
편집진행	이동하	등록번호	10-156
편집	이수연·김혜민	주소	경기도 파주시 회동길 198
디자인	조예진	전화	031-955-7374 (대표)
마케팅	전병우		031-955-7389 (편집)
경영지원	나수정	팩스	031-955-7393
제작관리	구법모	이메일	dulnyouk@dulnyouk.co.kr
물류관리	엄철용		

ISBN 979-11-5925-946-3 (03810)

값은 뒤표지에 있습니다. 파본은 구입하신 곳에서 바꿔드립니다.

지속 가능한 사랑

문녹주 소설집

Goble

차례

누가 가장 불쌍한가 7

어머니의 도원향 35

금서의 계승자 59

그 사람은 죄가 없어요 145

화엄사 들매화는 끝내 흐드러지고 197

좀비 정국에 올리는 편지 277

지속 가능한 사랑 297

작가의 말 343

누가 가장 불쌍한가?

충청남도 염포시는 식민지기에 관광지로 개발된 해안 도시였다. 한때 염포 감천은 부산 해운대와 원산 명사십리와 함께 사람들 입에 오르내렸다. 염포에는 서해 최고의 해안선이 있었다. 염포시 감천리 해수욕장은 경관이 기막혔다. 섬도 아니면서 눈앞에 걸리는 게 하나도 없었다. 세상에 하늘과 바다와 사람만 있는 것 같았다. 거무죽죽한 서해 특유의 바다색도 감천의 매력이었다. 지는 해를 보노라면 바다가 아니라 초원에서 지평선을 바라보는 듯했다. 그렇게 일몰을 보고 항구 안으로 들어오면 이번에는 온천이 반겼다. 갯벌이 내주는 풍성한 해산물이 객들의 배를 한껏 불리고 나면 오래된 온천 욕장의 열기가 객들의 몸을 녹였다.

그 옛날 염포에는 여름마다 크게 돈이 풀렸다. 그러나

이제는 쇠락한 지방 중소 도시에 지나지 않았다. 하지만 유력 대권 주자의 최측근이 염포시 지역구 국회의원으로 당선되자 사정이 달라졌다. 어느새 염포시에는 KTX 염포역 개통 사업이 시작되었다.

본격 도시 재생 리얼리티 쇼 〈염포 프로젝트〉는 청년 자영업자의 남다른 감성으로 조용한 지역에 생기를 불어넣는 대형 리얼리티 쇼를 표방했다. KTX 염포역 개통식에 발맞추어 염포시를 관광지로 재개발하는 예능 프로그램이었다. 얼핏 보기엔 그럴싸했다. 예선을 통과한 다섯 명의 청년 사업가들은 초기 창업 자금으로 이천만 원씩 지원받았다. 자비를 더 들일 수도 있고 지원금 안에서 전부 해결할 수도 있었다.

〈염포 프로젝트〉는 염포역 개통 두 달 전부터 참가자들이 가게를 차리는 과정을 거의 실시간으로 방송했다. 일요일 저녁 황금 시간대를 보장받은 건 물론이었다. 방송은 지난 한 주를 담아냈다. 염포역 개통식이 쇼의 클라이맥스였다. 오직 개통식 하루, 몰려드는 관광객 매출을 계산해서 순위를 매겼다. 우승자는 두 달 동안 사용한 창업 비용 전액을 보상받았다. 10억 원의 상금은 별도였다. 정권 실세로 추정되는 충남도지사의 입김이 들어갔다며 곳곳에서 말이 나왔다.

마침 인수는 사업이라도 벌여 볼까 하던 차였다. 학부를 졸업하고 1년, 도대체 뭘 해 먹고 살지 슬슬 눈치 보이던 차였다. 염포 프로젝트는 괜찮은 기회로 보였다. 적어도, 자기가 애물단지가 아니라는 것을 증명할 수 있는 작은 계기가 되기에는 충분했다.

자신이 운이 좋은 축에 드는 것쯤은 익히 알고 있었다. 인수의 어머니는 역사학 교수이자 베스트셀러를 몇 권이나 내놓은 명사였다. 아버지는 상장 기업 오너였다. 지금까지 살며 물질적인 모자람을 경험한 바 없었다. 그런 인수도 서른을 앞두고서야 자기가 유난히 운이 좋다는 걸 깨달았다.

당연히 운이 좋다고 삶이 만족스럽지는 않았다. 아쉽지 않기도 힘들었다. 퍽이나 복에 겨운 바람이었으나, 인수는 한 번쯤이라도 모자란 막내 취급에서 벗어나고 싶었다. 인수는 그냥 학부를 졸업하고 1년째 진로를 고민하는 백수에 불과했지만, 인수의 형과 누나는 어쩌면 그렇게 하나같이 잘 풀렸는지 모를 일이었다. 맏이인 형은 외국계 대형 IT 기업에서 말도 안 되는 연봉을 받았다. 심지어 개인 사업도 성공적으로 벌여 어마어마한 부를 축적했다. 마찬가지로 사업하는 아버지는 가끔씩 귀국하는 형을 만날 때마다 악수하자며 권하곤 했다. 재물이 척척 붙는 귀한 기운 좀 옮겨 받자고. 형은 악수에 그치지 않고 아버지를 뜨겁게 부둥켰다.

그래도 형은 그나마 견디기 나았다. 음악가인 누나는 훼손되지도 무너지지도 않은 신동이었다. 교수인 어머니의 안식년에 맞추어 유럽으로 유학을 떠난 누나는 1년도 지나지 않아 가장 무시무시한 현대음악 작곡가로 떠올랐다. 말도 안 되는 속도였다. 이제 갓 30대를 넘긴 누나는 젊은 나이에도 이미 현대음악 교과서에 나왔다.

인수로 말할 것 같으면 학창시절에 공부를 열심히 했다. 사학과 교수인 어머니의 영향을 짙게 받은 터라 하필 사학과에도 들어갔다. 그때 어머니는 막내야말로 자신의 유지를 이을지도 모른다며, 학자가 품을 법한 모종의 기대에 부풀었다. 안타깝게도 인수의 성적표는 졸업이나 가까스로 한 게 다행이었다. 끔찍한 성적표는 학교를 졸업하고 1년째 취업을 준비한다며 백수로 노는 까닭이기도 했다.

이미 손위 남매와는 비교하기 글렀으나, 다른 길을 찾을 수는 있었다. 인수는 〈염포 프로젝트〉를 통해 가족에게 증명하고 싶었다. 막내는 애물단지가 아니고, 무엇이든 할 수 있다고. 다만 방향이 달랐을 뿐이라고.

다행히 집은 풍족했다. 인수가 지금까지 모은 용돈으로도 사업 자금을 마련하기엔 모자람이 없을 것 같았다. 더군다나 본선에 붙기만 하면 초기 창업 자금을 더 마련해준다니! 거기다 방송까지 탄다면 매출은 떼놓은 당상이었다. 인수는 사학과 졸업자답게 인문학적 썰을 풀기로 마음먹었다.

염포가 식민지기 휴양 도시였다는 사실은 나름대로

유명했다. 인수는 염포에 인더스트리얼 콘셉트의 찻집을 하나 내고 싶었다. 상호는 순식간에 정해졌다. 염포 1839. 아편전쟁이 일어난 1839년에서 따 온 이름이었다. 홍차와 녹차를 주로 취급할 생각이었다. 그 외에도 염포의 역사에 얽힌 구구절절한 사연을 덧붙였다. 사업 기획서라기보다는 인문학 에세이에 가까운 물건이었다.

얼마 지나지 않아 〈염포 프로젝트〉 작가에게 연락이 왔다. 프레젠테이션이 통과됐으니 사전 인터뷰가 필요하다고 했다. 인수는 아무리 자기 손으로 작성했다지만 그런 기획서가 통과했다는 사실에 경악했다.

"아르바이트 한 번 안 해본 녀석이 무슨 사업을 한다고 그래."

이미 일은 인수가 바라는 대로 흘러가는 듯했다. 어머니가 말리는 소리는 귓등이나 간질였다.

*

〈염포 프로젝트〉는 일사천리로 진행되었다. 인수는 방송국 사전 미팅에 참석했다. 작가, 프로듀서와 직접 만나 방송 캐릭터를 의논했다. 온통 시커먼 옷을 뒤집어쓴 방송작가가 인수에게 물었다.

"김인수 씨가 좋은 학교 나오셨잖아요. 마침 마스크도 되게 좋으시고 예능적으로 괜찮으세요. 발음도 또박또박하시고. 그리고 출연진 중에 제일 어리시거든요. 그래서 저희가 생각해 봤는데, 개구쟁이 도련님 아니면 지적인 도시 남자가 좋을 것 같아요. 약간 세련된 힙스터나 인텔리? 어떤 느낌인지 아시겠죠. 뭐가 좋으시겠어요?"

인수는 주저 없이 후자를 골랐다. 개구쟁이는 천성에도 맞지 않았다. 작가와 프로듀서는 인수의 답변에 만족스럽게 웃었다. 인수가 그쪽에서 의도한 선택지를 고른 모양이었다. 프로듀서는 인수에게 청순한 똘똘이 스머프 이미지가 있다며 칭찬인지 놀림인지 모를 말을 곁들였다. 이후 방송에 대한 정보를 가볍게 전해 듣고 사전 미팅이 끝났다.

얼마 지나지 않아 창업 자금이 인수의 계좌로 들어왔다. 보기만 해도 아름다운 숫자였다.

염포시로 떠나는 날 아침은 유난히 공기가 맑았다. 기상청 뉴스에서 남부 지방에는 매화가 피기 시작했다고 종알거렸다. 바닷가로 가기 좋은 날이었다. 방송국에서는 인수네 아파트 현관까지 촬영팀을 불렀다. 카메라가 인수를 따라오기 시작했다.

"촬영이라는 걸 잊으시면 안 돼요. 혼자 여행 가는 거랑은 다르거든요. 방송 분량이 나와야 해요. 그러니까 끝없이 카메라에 대고 혼자 떠든다고 생각하시면 돼요. 저희 제작진한테 얘기한다고 생각하시는 게 편하실 거예요."

이전에 인수와 미팅한 작가와는 다른 사람이었다. 이번 작가는 청바지에 후드티 차림이었다. 인수는 작가의 당부를 명심하며 시외버스 터미널로 향했다. 차를 이용하는 것보다는 좋은 이미지를 줄 것 같았다. 염포역 개통을 홍보하는 방송이니만큼 지금까지는 열차 노선이 없었다는 걸 강조하면 방송 분량도 적잖게 챙길 수 있을 것 같았다.

"두 달만 있으면 염포역이 생기니까요. 버스로만 갈 수 있는 날도 이제 얼마 안 남았잖아요. 남자는 뭐다? 우등이다. 이제 우등석을 타러 갑니다."

입에서 나오는 대로 이야기하다 보니 어느새 고속터미널 매표소 앞이었다. 마침 다른 참가자들이 기다리고 있었다. 참가자끼리 처음 만나는 순간을 각기 다른 카메라가 여러 각도로 찍었다. 나머지는 자기 차를 몰고 염포시로 떠났다고 들었다. 지금 모인 세 사람은 전부 대중교통 이용자였다. 작가들은 자유롭게 대화를 나누라며 판을 깔았다. 터미널 대합실에서 첫 번째 각본 촬영이 시작되었다.

엉거주춤 모인 세 사람은 서로 어색하게 눈짓을 교환했다. 말이 너무 끊기기 전에 입을 뗀 것은 머리를 짧게 치고 체크무늬 셔츠를 입은 여자였다. 워커를 신고 있었는데 인수보다 눈높이가 위에 있었다.

"반갑습니다. 저는 윤주옥입니다. 서른 살이고 전에는

IT 스타트업에서 개발자로 일했습니다. 개발자라고 해서 사회성이 없는 건 아니고요. 이번에는 청년 사업가가 됐습니다. 잘 부탁드려요."

주옥의 말이 끝나기 무섭게 꽁지머리 청년이 인사를 받았다. 무슨 예술이라도 할 것 같은 사람이었다. 굽슬거리는 머리카락을 묶고 구릿빛 안경에 피어싱까지, 하나같이 비범했다. 갈색 니트, 베이지색 면바지에 로퍼를 신었는데 양말만 형광 연두색이라 눈에 띄었다.

"저야말로 잘 부탁드려야죠. 서준섭이라고 해요. 스물아홉이고, 전역한 다음부터 커피 일을 하다가 이제 다른 일에 도전해 보려고 이렇게 나왔네요. 반갑습니다."

두 사람 사이에 있는 인수는 그야말로 평범의 극치였다. 이렇게 개성이 강한 사람들과 함께라면 따로 캐릭터를 세울 필요도 없을 것 같았다. 프로듀서가 청순한 똘똘이 스머프라고 말했던 게 떠올랐다. 이런 사람들 틈바구니에 낀, 평범한 무지 맨투맨에 청바지에 운동화를 신은 사람에게 할 만한 말이었다.

"제가 막내라고 들었는데, 스물일곱 살 김인수입니다. 학교 졸업하고 취업 준비하다가 사업기획서를 쓰던 차였어요. 저도 만나서 반갑습니다."

가장 중요한 첫 번째 개인 인터뷰는 폐역인 옛 염포역에서 촬영할 예정이었다. 〈염포 프로젝트〉 팀은 시외버스 한 대 좌석을 거의 빌리다시피 차지하고 터미널을 떠났다. 출연자이자 청년 사업가 세 사람은 맨 뒷좌석에 나란히 앉았다. 그러고는 카메라 앞에서 수다를 떨어야 했다. 물꼬는 주옥이 텄다.

"저는 어릴 때 염포 온천에 간 적 있어요. 가족 여행이었는데, 처음 산낙지를 보고 식겁했던 걸 기억해요."

"염포 낙지 유명하죠. 낙지 유명한 동네는 다 포로 끝나는 거 같아요. 목포도 그렇고. 그러고 보니까 염포에는 오래된 온천 음식점도 꽤 있잖아요? 일제 때 만들어진, 그 료칸 같은 거."

주옥과 준섭이 박자 좋게 먹거리 이야기를 하는 동안 인수는 끼어들 틈을 노리고 있었다. 인수는 자기가 낄 만한 이야기를 놓치지 않고 잽싸게 화제를 물었다.

"준섭이 형 말이 맞아요. 염포가 원래 일제시대 때 관광지로 개발된 동네거든요. 그 무렵에 처음으로 바캉스 문화가 생겼어요."

"그때도 여름에 바다 가고 그랬어요?"

주옥이 눈을 동그랗게 뜨고 물었다. 인수는 빙긋 웃으며 말을 이었다.

"그럼요. 일제 때 유명한 해수욕장이 세 군데였는데, 첫째가 부산 해운대. 근처 온천까지도 유명했고요. 둘째로 강원도 원산에 명사십리라고 있어요. 여기는 만해 한용운 선생도 놀러갔다가 에세이도 발표하고 그러던 곳이에요. 지금은 북한 땅이지만. 그리고 마지막으로 세 번째가 충남 염포에요. 그런데 왜 염포만 서해안인지 아시겠어요?"

"그러게, 희한하네요. 서해는 좀 그렇지 않나?"

"아닌 게 아니라 염포는 의도적으로 꾸민 장소예요. 군산 근처잖아요. 일제는 군산항을 거점으로 삼아서 한반도 쌀을 수탈했는데, 그래서 군산엔 일본인 거주 지역도 있고 그랬거든요. 염포는 군산 살던 일본인들이 편하게 놀러 갈 수 있는 위락시설로 개발된 곳이에요. 그러니까 일본식으로 요리 나오는 온천 여관도 많이 지어졌고요."

"오, 지식인! 인수 씨 진짜 똑똑하구나."

인수의 말이 끝나기 무섭게 준섭이 박수 치며 호응했다. 그러면서 은근슬쩍 프로듀서와 메인 작가를 살폈다. 기분이 좋아 보였다. 인수 역시 방송 분량을 얼마나 채웠는지 의식했다. 말이 적당한 길이였는지도 궁금했다. 방송에 출연한다는 건 카메라가 꺼지기 전까지 자기검열을 지속하는 일 같았다. 인수는 그렇게 생각하자마자 오늘 일기에 그 말을 적어야겠다고 결심했다. 경험은 곧 인수의 자산이리라고 굳게 믿었다. 이 일이 전부 끝난 뒤로는 에세이를 낼 셈이었다.

버스는 쉼 없이 달리다 염포시외터미널에 도착했다. 거기서부터는 방송국 차량으로 이동했다. 구 염포역사 앞에서 첫 번째 개인 인터뷰가 시작되었다. 자기 차를 몰고 온 다른 참가자들은 미리 도착해 있었다.

각기 다른 차에서 내린 두 사람은 정말이지 딴판이었다. 짤뚱하고 단단해 보이는 짧은 머리 남자는 세차 덜 된 회색 산타페에서 내렸다. 길고 치렁한 치마를 입은 비쩍 마른 여자는 말끔한 검은 그랜저에서 나왔다.

"반갑습니다! 윤철성입니다."

"안녕하세요, 우희란입니다."

운전석에서 튀어나오자마자 쩌렁쩌렁하게 인사한 철성과는 달리, 희란은 가볍게 목례한 뒤 촬영팀에게 가까이 다가와 인사를 건넸다. 시외버스 팀은 몇 시간 전에 터미널에서 인사했던 내용을 그대로 읊었다. 자가용 팀 또한 한국인답게 이야기를 듣자마자 나이와 전에 하던 일을 밝혔다.

철성은 서른네 살로 제일 연장자였다. 유명 남초 대기업을 다니다 퇴사하고 창업에 나섰다고 했다. 희란은 철성보다 한 살 아래인 서른세 살로, 미대를 졸업하고 미술학원 강사로 지내다가 도전에 나섰다며 화사하게 웃었다. 희란이 웃자 나머지 사람들은 자기도 모르게 배시시 따라서 웃었다.

"자, 개인 인터뷰 들어갑니다!"

PD가 본격적인 촬영을 지시했다. 첫 번째 개인 인터뷰였다. 새로 지어질 KTX 염포역과는 딴판인 낡은 건물 곳곳에서 촬영이 시작되었다. 인수는 철거하지 않은 철길

한복판에 쪼그려 앉아 인터뷰를 개시했다. 인수는 염포시에 인문학적 잠재력이 어마어마하다며 운을 뗴었다. 작가는 인수가 뭐라고 말하든 상냥하게 대답했다. 인수는 한참이고 떠들고 싶었다. 마침내 인수가 소프트파워의 시대가 왔다고 역설할 즈음 작가가 말을 끊었다.

"어떤 가게를 차리고 싶으세요?"

"아편전쟁만큼 위험한 찻집이죠."

"아, 그러시구나. 그럼 인수 씨 인터뷰 여기서 마치겠습니다. 수고하셨습니다."

인수는 재치를 과시하려다 실패했다는 사실을 깨달았다. 작가가 웃으며 맞장구를 치고 있으니 자기도 모르게 뻐기듯 말해버렸다. 작가도 카메라맨도 차량 쪽으로 떠났지만 인수는 죽을 만큼 부끄러웠다. 방송이란 자기검열이라는 사실이 다시금 떠올랐다.

〈염포 프로젝트〉가 치러지는 두 달 동안 참가자들은 방송국이 마련한 펜션에서 지내야 했다. 남자 셋, 여자 둘로 나뉘어 같은 방을 썼다. 방 네 개짜리 복층 건물이었다. 천장이 높게 뚫린 응접실 겸 식탁을 중심으로 1층에 침실 하나, 2층에 침실이 셋이었다. 직산가옥을 개조해서 만들었다던 펜션은 일본식 주택이라기보다는 침실마다 테라스가 딸린 목조 양옥집이었다.

"방 죽이는데?"

"뷰도 괜찮네요."

철성이 창문을 활짝 열고 테라스로 나섰다. 준섭은 철성이 있는 쪽을 보지도 않고 침대에 짐을 풀며 응대했다. 말소리만큼은 아주 상냥했다. 커피 일을 오래 했다더니 서비스직 종사자다운 부드러운 태도가 몸에 밴 것 같았다. 인수는 피식 웃으며 테라스로 따라 나갔다. 해안 절벽 위에 지어진 펜션은 야트막한 정원 건너 바로 바다가 보였다. 파도 소리가 가까웠다.

"완전 휴양지네."

"깜짝이야! 인기척 좀 내고 다녀요."

어느새 주옥이 옆방 테라스에 나와서는 수평선을 바라보고 있었다. 주옥은 손을 챙 삼아 눈부신 바다를 바라봤다. 인수는 옆방 테라스가 생각보다 가까워서 놀랐다. 무리하면 건너가지 못할 것도 없어 보였다.

첫날은 방에 짐을 풀자마자 다들 염포시를 돌아다니기 시작했다. 염포 관광지구의 빈 부지는 얼마 남지 않았다. 계약하려면 빠른 편이 좋았다.

"이런 건 사회생활 좀 해본 사람이 해야지. 자칫하면 사기당해. 나만 믿어 봐."

철성은 그렇게 말하며 일대 공인중개사 사무소를 들쑤시기 시작했다. 희란과 주옥은 먼저 식사부터 하겠다며 빠진 참이었다. 인수는 준섭과 함께 철성의 차에 실려 갔다. 철성은 어찌 된 게 부동산에 컨설턴트라고 적힌 곳은 다 들어가고 있었다. 대뜸 가서 장사할 부지 이야기를 하고는 건물을 보러 차로 이동했다. 보여주는 임대 매물은 하나같이 고만고만했다. 유비 닮은 중년 남자와 차돌 같은 중년 여자와 막 사무실을 차린 것 같은 새파란 젊은 여자까지 맨 비슷한 물건을 보여주었다. 한바탕 비슷한 매물들을 보고 숙소로 돌아온 철성은 한참이나 스마트패드를 들고 끙끙거리더니, 인수와 준섭 앞에 선포하듯 말했다.

"그 아가씨는 영 못 믿겠어. 인터넷으로 사기 매물 올릴 것 같아. 아줌마는 설비 공사 얘기를 빼는 것 같더라구. 내가 보기엔 그 아저씨가 소개한 건물이 제일 괜찮을 것 같아요. 안 그래요?"

그러자 말없이 듣고 있던 희란이 입을 열었다. 응접실 구석에 놓인 빈백에 늘어져 있는 채였다.

"지구 옆에 공인중개사 골목 다녀오셨어요?"

"짐 풀자마자 다녀왔죠. 여자분들, 긴장 너무 풀리신 거 아닙니까? 장사는 입지가 전부잖아요. 여자분들도 공인중개사 다녀오실 거면 아저씨한테 가시는 게 좋을 것 같아요. 아까 남자들끼리 싹 돌아봤는데, 어차피 매물은 거기서 거기더라고요."

"맞아요. 거기 아저씨랑 아줌마랑 부부래요. 젊은 사람은 조카고. 그 사람들 다 가족이래요. 아까 주옥 씨랑 다녀왔어요."

희란은 그렇게 말하고 다시 빈백 위로 늘어졌다. 철성

은 벌떡 자리에서 일어나 욕실로 들어가더니 오랫동안 밖으로 나오지 않았다. 중간중간 메인 작가가 오가면서 철성의 행방을 물었다. 준섭이 아직도 욕실에 있다고 답했다.

"아직까지? 되게 쪽팔렸나 보네."

인수는 적어도 한 가지만은 확실하게 짐작할 수 있었다. 철성은 편집을 거치면 우스꽝스러워질 게 뻔했다. 절대로 그런 꼴 나고 싶지 않았다.

첫날부터 참가자 한 명이 면을 구겼지만 쇼는 한시라도 지체할 수 없었다. 본래 사업기획서가 있던 만큼 다들 업종은 정해져 있었다. 염포시와 충청남도가 지원하는 만큼 가게 자리는 관광지구 안에서 골라야 했다. 매물을 계약하고 난 다음부터 본격적으로 공사에 들어갔다.

참가자들은 하루에 반드시 두 번 만나야 했다. 숙소 1층에 있는 응접실에서 아침과 저녁을 먹는 게 필수 조건이었다. 교류하는 그림이 드라마를 뽑는다며 작가가 덧붙였다. 그 점에는 모두 동의했다. 어쨌든 이건 방송이었다.

인수는 관광지구 복판에서도 제과점으로 쓰이던 14평짜리 가게를 계약했다. 큰길가 1층이라 입지는 괜찮은 편이었다. 주변 건물보다 천장이 유난히 높은 편인 게 만족스러웠다. 공사는 손을 봐야 할 것 같았다. 80년

대 제과점 분위기는 세련된 공장풍 인테리어와는 영 딴판이었다. 인수는 도면을 들고 인테리어 시공사를 알아보다 가장 저렴하게 부른 곳과 계약했다. 홍콩에 있는 세련된 힙스터 찻집 사진이 참고 자료로 오갔다.

인수네 가게 맞은편에는 준섭이 작은 딤섬 식당을 열 예정이었다. 준섭은 최대한 테이크아웃으로 승부하기로 마음먹은 모양이었다. 준섭이 메뉴를 개발하느라 브런치 자리에는 갖가지 소룡포가 올라왔다. 돼지고기에 생강과 부추와 마늘을 넣은 튀긴 소룡포를 먹은 날에 철성은 감동해서 눈물을 흘렸다.

"이렇게 맛있는 만두는 난생처음 먹는다. 준섭 씨, 내가 그냥 하는 말일 아닌데, 준섭 씨는 진짜 먹는장사 하면 무조건 성공할 거야."

그렇게 말하는 철성도 먹는장사에 나선 건 마찬가지였다. 없는 집 외아들로 자란 철성은 부모를 여유롭게 모시기 위해 회사를 퇴직하고 자영업에 나섰다…고 주장했다. 도매상에서 반조리식품을 떼어오는 펍을 준비했는데, 이름도 철성다웠다.

"브로 주식회사라니. 진짜 남자들만 갈 것 같네요."

"윤주옥 씨는 남자한테 무슨 불만이라도 있어요? 남자들만 갈 것 같은 건 윤주옥 씨 가게도 마찬가지잖아. 비어랩이라니, 맥주 연구소면 당연히 남탕일 게 뻔한데."

"제가 한평생 이과에 공대에 IT 회사를 전전했는데

그렇게 성차별적인 말은 처음 들어봐요. 맥주는 남자만 마시나?"

주옥이 철성에게 땅콩을 던졌다. 철성은 납작 기는 시늉을 했다.

주옥은 수제 맥주를 파는 캐주얼 펍을 준비했다. 안주는 감자튀김이나 견과류가 전부라 큰 고생은 하지 않는다고 했다. 주옥이 고전하고 있는 것은 아이템 마련이었다. 연구소 분위기를 살리기 위해 비커나 실린더처럼 생긴 식기를 마련했다. 실험실 풍 인테리어 콘셉트와 임대한 상가가 영 쿵짝이 맞지 않는지 설비집과 툭하면 전화통을 붙들고 싸워댔다.

그나마 희란이 제일 무난하게 개장을 준비하는 듯했다. 희란이 오전에 인테리어 전개도를 슥슥 그려내는 모습을 보면서 참가자들은 감탄을 금치 못했다. 제작진도 신기해하기는 마찬가지였다. 희란은 디저트 전문 제과점을 준비하고 있었다. 좌석은 적었지만 포장 위주였다. 아르누보풍 콘셉트 아트는 팬스레 멋스러워 보였다. 근대 분위기에도 제일 부합했다. 다만 자재가 척 보기에도 값진 듯했다.

모든 참가자를 대신해 프로듀서가 물었다.

"그런데 이거 되게 비싸지 않아요? 팬히 대리석 까느니 다른 게 나을지도 모르는데."

"제가 하려고요. 미대 출신이랬잖아요. 이런 거 직접

하는 데 거리낌이 없다는 뜻이죠, 뭐."

"우와, 희란 씨 진짜 멋있네요. 설계부터 시공까지."

"뭘요. 준섭 씨 덕분에 아침 잘 먹었어요. 이제 기운 쓰고 올게요."

참가자들은 앞다투어 숙소를 떠났다. 인수도 마찬가지였다. 인수가 계약한 인테리어 업체는 순조롭게 매장을 뜯어고치고 있었다. 인더스트리얼 콘셉트 인테리어의 핵심은 폐허 같으면서 폐허가 아닌 점에 있었다. 콘크리트가 노출된 벽면이 말끔하게 정리된 타일과 대조를 이루는 게 중요했다. 거기에 홍콩에서 자주 볼 수 있는 형태의 녹슨 철골을 그대로 노출할 생각이었다. 파이프는 녹슨 구리처럼 보이도록 칠할 예정이었다.

"젊은 사장님이 감각이 있으시네. 저도 젊어서 홍콩 영화 참 많이 봤습니다. 그때 봤던 게 요새 다시 돌아올 줄 누가 알았겠어요."

"가게 이름을 아편전쟁에서 따 온 찻집이잖아요. 그쯤은 해야지 않겠습니까."

"이야, 낭만적이다. 어디 한번 저희도 힘써 보겠습니다. 이거 노출 콘크리트다 보니 딱 도면대로만 하면 고대로 나오겠네요."

"아무쪼록 잘 부탁드립니다."

정말 잘 부탁드리고 싶었다. 내부 공사 과정은 인테리어 업체에 모든 과정을 일임한 상태였다. 간판까지 인테리어 업자가 소개로 마련했다. 인수의 인문학적 의도를 적극 반영하겠노라 공언한 곳이었다.

인테리어 말고도 할 일이 많았다. 제일 먼저 염포시 서부 시장의 중고 가전 업체에서 냉장고를 비롯한 상업용 가전을 들였다. 식음료 도매상과도 연락해야 했다. 어지간한 것은 구하는 데 문제가 없었는데 스콘의 짝인 클로티드 크림이 문제였다. 영 단가가 맞지 않았다. 인수는 갈등하다가 찻잎을 저렴한 물건으로 대체했다. 맛은 떨어질 테지만 매출이 문제였다. 다음은 카드단말기와 보건증이 문제였다. 사업자등록까지 하자니 개장을 준비하기만 해도 혼이 빠질 지경이었다.

그러던 와중, 호언장담하던 인테리어 업자에게 다급하게 전화가 왔다.

"사장님, 가게 오셔야 할 것 같습니다. 저희가 지금 바깥쪽 끝내고 안쪽을 뜯었는데 배관이 완전히 엉망입니다. 전기 배선이랑 얽히기도 해서 당장 와 보셔야 할 것 같아요."

말인즉슨 인수가 받은 건물의 도면이 속칭 가라로 꾸민 것이어서, 막상 뜯어보니 예상하던 것과는 완전히 다른 형국이었다는 얘기였다. 전기와 배관이 복잡하게 얽혀 있어서 도면대로 정리하려면 추가 비용이 든다고 했다. 인수는 조심스럽게 얼마냐고 물어보았다. 대답을 듣고는 귀를 의심했다. 그만하면 원 비용의 곱절이나 다름

없었다.

"일단 건드리지 말아 주세요. 내일 연락 드리겠습니다."

"그럼 오늘은 이만 철수할까요?"

"부탁드립니다."

그날 인수는 처음으로 저녁을 걸렀다. 몸이 안 좋다는 핑계를 대고 일찌감치 씻고 방에 혼자 들어갔다. 지원 비용은 다 쓴 지 오래였다. 어린 시절부터 용돈을 차곡차곡 모아 만든 비상금도 톡톡히 들어갔다. 거기에 공사 비용을 곱절로 들이라니 마른하늘에 날벼락이나 다름없었다.

물러설 길이 마땅찮았다. 인수는 욕실에 숨어들어 가 물을 튼 채로 어머니에게 연락했다. 도저히 면이 안 서지만 어쩔 수 없는 노릇이었다. 다행히 어머니는 군말 않고 추가 비용을 보내주었다. 덕분에 다음 날부터 공사를 재개할 수 있었다. 인수는 수치심과 기회를 교환한 기분이었다.

다른 가게들도 비슷비슷하게 고생했을 게 뻔했을 텐데, 다들 지친 모양인지 숙소에서는 잡담밖에 안 했다. 인수부터 설비 문제에 대해 별말 않았다. 그나마 입이 가벼운 철성이 카드단말기 설치 때문에 돌아버리겠다며 툴툴거리기는 했다. 서로가 어떤 개고생을 했는지는 방송을 통해 알 수 있었다. 매주 일요일 저녁 〈염포 프로젝트〉가 방송되는 날, 참가자들은 응접실에 도란도란 모여 앉아 자기들이 나오는 방송을 지켜보았다. 서로가 무슨 고생을 했는지 표면적으로나마 알 수 있었다. 볼 때마다 빈백에 늘어져 있는 희란이 온갖 공사를 끝내고 근육통으로 쓰러져 있었다는 사실도 알게 되었다. 그러나 인수가 잘못된 도면을 받아 공사 비용을 두 배로 들였다는 사실은 방송되지 않았다. 추가 대금을 치르는 과정까지 분명히 촬영했는데도 그랬다.

*

  마침내 염포역 개통식이 열렸다. 〈염포 프로젝트〉의 참가자들은 개통식에 참가했다. 지역 정치인들이 참가자를 맞이했다. 모두가 함께 붉은 리본을 잘랐다.
  오늘이야말로 쇼의 대미였다. 오늘 매출이 〈염포 프로젝트〉의 우승자를 결정했다.
  방송의 영향력은 대단했다. 평일인데도 관광객이 쏟아져 들어왔다. 기함할 만한 일이었다. 인수는 난생처음 서비스직 계통에서 일해 본다는 사실을 온몸으로 실감했다. 하도 정신없이 손님을 받다 보니 중간부터는 군데군데 기억이 빌 정도였다. 취미로 음료를 마시는 일과 직접 일하는 것은 달랐다. 손님이 끝없이 들어오는 것도 고달팠다. 방송 영향으로 계속 이렇게 장사가 잘된다면 직원이라도 고용해야 할 것 같았다. 이러다가 우승하는 건 아닌가 싶었다. 달콤한 순간이었다.

착각은 금세 끝났다. 인수는 중간에 화장실을 다녀오는 동안 맞은편에 있는 딤섬집을 살펴보았다. 벌써부터 사람들이 줄지어 기다리고 있었다. 인수는 매출 꼴찌를 하더라도 방송 효과가 지속되길 기원하며 하루를 보냈다.

〈염포 프로젝트〉는 자정에 끝났다. 매출 결산은 다음 날 아침에 이루어졌다. 참가자들은 두 달 동안 아침과 저녁마다 마주치던 응접실 식탁에 모여 매출을 확인했다. 술을 취급하는 가게들은 새벽에 영업하지 못한 만큼 객단가로 승부했다. 수제 맥주를 파는 주옥의 비어랩은 가까스로 2위를 차지했다. 근소한 차이로 준섭의 딤섬집이 3위였다. 철성의 요리주점은 도매가가 높아서 4등을 차지했다.

우승자와 꼴찌가 발표될 차례였다. 인수는 마음의 각오를 하고 있었다. 과연 인수가 예상한 결과가 나왔다. 도매가도 높고 회전율도 낮은데 객단가가 별반 높지 않은 인수의 찻집은 당당한 꼴찌였다. 우승은 희란의 제과점이었다.

희란의 제과점은 눈에 띄게 예뻤다. 당장 먹기도 좋고 선물하기도 좋았다. 염포 앞바다를 나타내는 두 가지 색 마카롱은 인기가 많았다. 심지어 포장지까지 근사했다.

희란은 우승 상금 10억의 주인공이 되었다. 창업비용 전액을 돌려받는 것은 물론이었다. 희란이 값진 자재를 고르되 몸을 굴려가며 인건비를 줄였던 것이 생각났다. 인수는 눈시울을 붉혔다. 두 달 내내 희란만큼 열심히 임한 적은 없는 것 같았다.

그날 점심, 각자의 가게에서 최종 인터뷰가 시작되었다. 인수는 이야기하던 도중 눈물을 보이기까지 했다. 교훈적인 경험이었다.

"앞으로도 염포에서 오래오래 다 같이 장사하고 살았으면 좋겠어요. 지켜봐 주세요."

인수가 마지막에 흐느끼기 시작하자 한동안 카메라만 조용히 돌아갔다. 마침내 인터뷰가 끝났을 때, 작가는 잠시 인수에게 다가오더니 인수를 꼭 끌어안아 주었다.

"인수 씨 참 좋은 사람이야. 인수 씨는 뭘 하든 참 잘될 거예요."

한참이나 도닥거린 포옹이 끝났다. 인수는 자기보다 키가 작은 메인 작가의 어깨에 눈물 콧물을 흘린 게 부끄러웠다.

그 뒤로는 숙소에서 뒤풀이가 이어졌다. 술과 인사와 덕담과 안주가 푸지게 넘치는 참 좋은 날이었다.

염포의 황혼이 저물고도 한참이나 지났다. 어느새 밤이 이슥해졌다. 인수는 불콰하게 취했다가 갑자기 어머니가 떠올랐다. 모자란 막내아들에게 묻지도 따지지도 않고 웃돈을 대주신 데 대해 감사 인사를 드리고 싶었다. 술이라도 좀 깨고 전화를 걸어야겠다 싶어, 인수는 테라스로 나갔다. 해풍은 술기운을 날리기라도 하듯 거셌다.

"아무리 방송이 다 짜고 치는 거라지만 이 정도일 줄은 몰랐지."

옆방 테라스도 열려 있는 모양이었다. 바람이 휘몰아치는 와중에도 주옥의 목소리는 또렷하게 들렸다. 누군가와 통화하는 모양이었다.

"우희란이가 지역 유지들 친척일 줄은 도대체 어떻게 알았겠냐고. 우희란이 작은아버지가 가게에 교회 사람들을 싸그리 데려갔다지 뭐야. 거기서 순식간에 기백만 원씩 결제를 턱턱 했으니 우승 안 하고 배겨? 앞으로는 두고 봐야지. 건물주한테 가게 안 빼앗기려면 각오 단단히 해야겠어."

진짜 쇼는 지금부터 시작인 모양이었다.

인수는 주옥의 말을 듣자마자 자리에 주저앉고 말았다. 주옥이 다급하게 통화를 종료하고 인수에게 눈짓했다. 인수는 고개를 끄덕였다. 주옥이 고개를 절레절레 흔들었다.

온전히 약지도 온전히 순진하지도 못하게 군 스스로가 한심했지만, 자신을 탓하고 싶지는 않았다. 벌떡 일어나 뒤풀이 장소로 향해서는 희란 앞에 버티고 서서 목청을 높였다.

"지역 유지 집안이었으면 말해야 하는 거 아니에요? 사기꾼일 줄은 또 몰랐네. 방송계 원래 이래요?"

뒤따라온 주옥이 인수의 옷자락을 잡아당기며 말했다.

"인수 씨, 진정해. 그럴 수도 있는 거야."

"주옥 누나가 알려준 거잖아요. 이거 완전 사기잖아요."

그러자 뺨이 발그스레 달아오른 희란이 고개를 기울였다. 제법 술기운이 돈 모양이었다.

"참 웃기네. 유력 자산가에 유명대 교수님 아드님께서 이런 거 나와놓고 불공정을 논할 수 있나. 인수 씨 인생에는 특혜가 없었나 봐?"

"이런 식은 아니었죠."

"진짜 그럴 거 같아? 여기서 지금 그거랑 거리 먼 사람 딱 둘밖에 없어. 주옥 씨랑 준섭 씨. 철성 씨야 염포시 부동산 올리려는 떴다방 업자니까 말할 것도 없고."

"무슨 개소리야!"

철성이 핏대를 올려가며 소리쳤지만 희란은 태연하게 말을 이었다.

"어떻게 몰라요. 공인중개사랍시고 데려가는 데가 다 뜨내기들이 하는 덴데. 어머니 모시는 건 개뿔. 이제 방송 끝났잖아요. 좀 솔직해져도 되지."

낮게 웃는 소리가 펜션을 채웠다. 방송국 스태프도 전부 조용해졌다.

"인수 씨나 나나 별로 안 불쌍한 사람들이야. 왜 불쌍한 사람 하려고 해. 우리 거기까지 내려가지 말자."

희란은 생글생글 웃는 얼굴로 인수를 바라보며 말했다. 지쳐 빈백에 드러누웠던 때와는 영판 다른 사람 같았다. 형형하게 빛나는 눈과 달아오른 뺨은 세상에서 동떨어진 것 같았다. 도통 눈을 마주칠 수 없었다.

인수는 자기도 모르게 입술을 깨물다가 이를 악물었다. 어떤 말을 해야 할지 도무지 생각나지 않았다. 모두의 시선이 집중된 상황도 견디기 어려웠다. 어디로 가야 할지 막막하지만 당장이라도 떠나고 싶었다.

어머니의 도원향

어머니는 들짐승처럼 아무렇게나 죽었다. 한때 동아시아에서 가장 유명했던 가상 세계 제작자는 강릉에 있는 야산에서 눈에 덮인 주검으로 발견됐다. 향년 68세. 사인은 저체온증이었다. 술에 취해 노숙했다가 새벽을 넘기지 못한 것 같다고, 내게 시신을 인계한 경찰이 전했다.

어머니의 소지품은 지갑과 열쇠뿐이었다. 새해부터 객사한 게 하나도 별스럽지 않았다. 더군다나 나는 어머니 없이 살아온 세월이 어머니와 함께 산 세월보다 길었다.

어머니는 젊어서 이름난 가상 세계 제작자였다. 건축학과 교양 강의를 몰아 듣던 졸업반 시절, 가상 세계 제작 입문자용 교과서에서 어머니 이름을 발견했을 때 나는 쓰게 웃었다. 고작 잠깐 반짝인 것만으로도 이름을 남겼다니. 내가 기억하는 어머니와는 너무 달랐다.

어머니의 도박 중독은 우연하고 예기치 않게 시작되었다. 친척끼리 심심풀이로 들른 카지노에서 대박이 터지고 얼마 지나지 않아 자기 부모에게까지 인연을 끊겼다. 보다 못한 아버지가 개입해서 치료를 권했다. 나는 그때 무슨 일이 일어났는지 제대로 알지 못했다. 앞으로는 양가 조부모를 만나지 못한다기에 아쉬울 뿐이었다.

어머니는 도박을 끊기 무섭게 술독에 빠졌다. 폭력과 사과가 예사로 반복됐다. 어머니는 대낮에 유리창을 깼고 한밤에 비명을 질렀으며 끝내 집에 불을 질렀다. 불길은 어머니와 아버지가 함께 세운 둥지를 삽시간에 무너뜨렸다.

아버지는 어머니로부터 나를 지키기 위해 어머니를 우리 삶에서 몰아냈다. 내가 열 살 무렵에 부모님이 이혼한 뒤, 어머니는 우리 부자에게 없는 사람이나 마찬가지였다. 죽은 사람은 입에 올릴 수라도 있었다.

남루한 모텔방을 보아하니 어머니는 오래 떠돌며 산 모양이었다. 유품이라고 이를 만한 물건도 변변찮았다. 그나마 낡은 위스키병 정도가 눈에 들어왔다. 나는 병목을 잡고 유리병을 찬찬히 살폈다. 거기엔 이끼로 꾸민 작은 정원이 있었다.

어머니는 말 그대로 술병 안에다 이끼 정원을 꾸려놓

았다. 예닐곱 종은 족히 옮겨 심은 듯했다. 맨눈으로도 알아볼 수 있는 녀석들이 많았다. 콩나물 대가리 같은 포자낭이, 반지르르 윤이 나는 구슬이끼, 줄기 뻗은 솔이끼, 우산을 줄줄이 세운 듯한 우산이끼, 작은 고사리라고 해도 손색이 없을 듯한 비늘이끼, 유난히 가늘고 여린 곱슬이끼…. 한반도에서 자라는 이끼를 고루 모아놓은 것 같았다. 절로 실소가 나오면서도 호기심이 돋았다. 나는 생업 탓에 이끼 만질 일이 잦았다. 생육 환경이 다른 녀석들이 모여 자라는 모습을 보자니 신기했다.

나는 쓰레기장 한가운데에서 어머니의 이끼 정원이 어떤 구조로 만들어졌는지 꼼꼼히 관찰했다. 바닥에는 자갈을 쌓고 흙을 붓고 이끼를 촘촘하게 깔았다. 뚜껑은 단단히 닫힌 채였다. 밀폐된 탓에 병목 근처에 김이 서렸다. 이러다 물방울이 맺히면 다시 흙과 이끼를 적실 터였다. 유리병 안에 담긴 작은 지구. 전형적인 테라리움이었다.

테라리움은 어머니의 오래된 취미였다. 아쿠아리움이 해양 생태계를 모사하듯, 테라리움은 토양 생태계를 모사했다. 닫힌 생태계에서 흙과 물과 풀과 공기가 어우러져 사람 손이 갈 일이 없도록 꾸민 게 특징이었다. 잘 만든 테라리움은 한번 완성하고 나면 더는 손댈 일 없이도 식물을 길렀다.

자기 취미를 아이와 함께 즐기고자 마음먹은 여느 부

모처럼, 어머니는 내게 테라리움 만드는 방법을 가르쳤다. 모형 정원 만들기는 일종의 게임이었다. 나름대로 규칙이 있었고 온 가족이 참여했다. 예컨대 강릉 바닷가로 휴가를 떠났다면, 나는 엄숙하게 해변의 모래를 챙겼다. 집에 돌아오고 나면 그날부터 우리 가족은 강릉 해변을 모사하는 일에 착수했다.

함께 가상 세계 제작사를 운영하는 부부가, 퇴근해서는 아이와 함께 가짜 지구를 만들다니. 나이 먹어 그 점을 곱씹자니 우스우면서도 애틋했다. 그럴 때면 지레 쑥스러워서 아버지를 놀리곤 했다. 그렇지만 어머니가 가족에서 분리된 이후 아버지가 내게 정성을 쏟은 것만큼은 차마 놀리지 못했다.

아버지는 어머니의 자리를 어떻게든 메우고자 노력했다. 아버지는 내게 가상 세계 제작 툴 활용법을 손수 가르치기도 했다. 혹시라도 외아들이 기업을 이어받지 않을까, 내심 기대할 만했다. 어쭙잖기는 하지만 나도 세계를 만드는 데는 좀 소질이 있었다. 이따금 아버지는 누구를 닮아서 이렇게 재주가 좋냐는 말이 목젖까지 올라오는 듯했다. 아버지는 늘 그 말을 삼켰고 나는 아버지의 기대를 모르는 체하며 건축학과에 진학했다.

아버지가 무엇을 바랐든 나는 지금 삶에 만족했다. 어머니처럼 교과서에 이름이 남지도 않았고 아버지처럼 업계의 유명인이 되지도 못했지만, 부모처럼 자기 일을 지나치게 좋아하기는 했다. 내 일이 좋았다. 가상 세계 제작은 현대 건축가의 핵심 기술이었다. 전원주택의 큰 구조를 정하고 세부 요소를 지정하고 나면 가상 세계로 시뮬레이션을 돌렸다. 본격적으로 시공하기에 앞서 전원주택이 그 터에서 어떻게 사계를 보낼지, 외풍은 들지 않는지 등을 확인하는 순간이 즐거웠다.

설 연휴가 끝나면 바로 작업에 착수할 것이었다. 귀중한 휴일을 이곳에서 더 낭비하고 싶지 않았다. 나는 마지막으로 어머니 방을 둘러보았다. 미처 못 챙긴 게 있나, 싶은 마음이었다. 이부자리 머리맡에 웬 책 한 권이 놓인 게 보였다.

양장본은 보존 상태가 아주 엉망이었다. 몇 차례 물을 먹었는지 곳곳이 울고 얼룩졌다. 어머니의 행적이 켜켜이 쌓인 듯했다. 책장을 넘기니 한문과 한국어 줄글 사이사이에 어머니의 낙서가 가득했다. 일흔이 다 되도록 사는 동안 남긴 게 이뿐인가 싶었다. 책장 사이에 얌전히 물려 있던 편지 한 통을 발견하기 전까지는 그랬다. '내가 사랑하는 교동(狡童), 소원이의 열여섯 살 생일을 축하하며' 손글씨로 적힌 아래에 이미지 코드가 인쇄돼 있었다.

그건 가상 세계에 접속할 수 있는 열쇠였다.

가상 세계에 접속하려면 열쇠를 스캔해야 했다. 열쇠는 회사마다 형태가 달랐다. 어머니 편지에 인쇄된 열쇠는 분명 아버지 회사의 무늬였다. 본래 그 회사를 차린 사람은 어머니였고 어머니에 비하면 아버지는 그저 그런 제작자에 불과하다는 것까지 연이어 떠올랐다.

나는 책과 편지를 외투 앞주머니에 욱여넣었다. 작은 이끼 정원을 병째로 들고 그대로 어머니의 방을 떠났다. 명절이 끝나면 업자를 불러 그 집에 있는 모든 물건을 버리라고 할 생각이었다.

*

아버지와 마주 앉은 지도 십 분을 넘겼다. 내가 다탁에 테라리움을 올려놓은 순간부터 아버지는 눈시울만 붉혔다. 강릉 특산품인 초당 순두부 아이스크림을 과자까지 곁들여 차려낸 지 오래였건만, 아버지는 아직도 가타부타 말이 없었다. 하다못해 숟가락을 들지조차 않았다.

"안 잡숫고 뭐 하세요? 녹아요. 이거 좋아하시잖아요."

"옛날 같았으면 모친상 당한 사람은 간식 챙길 겨를도 없었다. 하물며 오늘이 설날이다. 우리야 명절에도 부자끼리 조촐하게 지내지마는…."

"참, 노인네. 일부러 명절에 여는 집 찾아서 사 왔더니만."

아버지는 눈을 부라렸지만, 그것도 잠깐이었다. 일흔을 앞둔 아버지는 입씨름보다는 더 나은 일에 기력을 쓰고 싶은 모양이었다. 아버지가 두 손으로 유리병을 감싸 들고 말했다.

"네 엄마가 남긴 테라리움은 세상에 이거 하나뿐이겠구나."

"설마요. 집에 테라리움이 그렇게 많은데."

"집에 불났을 때 다 탔다."

아버지가 어찌나 예사롭게 말하는지 나는 하마터면 사레들릴 뻔했다. 어머니가 집에 불을 질렀을 때, 나와 어머니를 불길에서 꺼낸 사람이 아버지였다. 그렇게 살아난 아들은 마흔이 다 돼서 아버지한테 아이스크림이나 잡수라는 소리를 하고 있었다. 나는 대꾸할 말이 없어 묵묵히 아이스크림을 먹었다. 아버지는 개의치 않는지 연이어 물었다.

"다른 건 따로 없었나?"

"책 한 권 정도요."

나는 가방에서 닳고 닳은 『시경』을 꺼내 아버지에게 건넸다. 아버지는 폐지로도 못 쓸 책을 조심스럽게 펼쳤다. 넘기는 장마다 낙서가 그득했다.

"네 엄마는 참 한결같이 책을 더럽게 봤구나."

"집에 있는 책은 다 깨끗했잖아요?"

"네 엄마 손이 간 책도 불났을 때 다 탔다."

아버지가 말끝을 흐리며 책을 어루만졌다. 주름진 손등이 느릿하게 책장을 쓸었다. 만취한 어머니가 내 손목을 붙들고 불길로 뛰어들려 했던 날은 어느새 아버지의 추억이 되어 있었다.

아버지가 책장을 뒤적거리는 통에 책에 끼워둔 편지가 바닥에 떨어졌다. 놀란 아버지 대신 내가 허리를 굽혀 편지를 주웠다. 내게 편지를 받아든 아버지는 눈을 휘둥그레 떴다.

"보시는 대로, 제 열여섯 살 생일선물을 준비했나 봐요."

아버지는 예순여덟 살이었고 나는 이미 서른여덟 먹은 아저씨였다. 자그마치 22년 전의 선물. 아버지는 한 손으로 편지를 살피며 남은 손으로 턱을 쓸었다.

아버지 속은 모르겠지만, 나는 이미 궁금한 참이었다. 그쯤에는 어머니도 다시 가상 세계를 만들 수 있을 만큼 총기가 돌아왔던 걸까? 장담할 수 없었다. 하지만 어머니가 나를 위해 어떤 세계를 만들었는지는 확인하고 싶었다.

"회사 정리하면서 장비 남기셨댔죠? 아버지부터 들어가 보실래요?"

"됐다. 마침 두 대니까 같이 보면 되겠지."

"하나만 남기신 줄 알았더니."

"한 가지 일로 오래 벌어먹고 살면 장비에 정도 붙고 그런다. 치우라고 잔소리 마라."

나는 아버지를 따라 서재로 향했다. 가상 세계 제작기

두 대가 서재 한가운데서 위용을 뽐내고 있었다. 작업복처럼 생긴 감각입출력장비도 차곡차곡 쌓여 있었다. 평소 내가 쓰는 단순한 물건이 아니라 전신이 스캔 되는 전문가용 장비였다. 아무리 봐도 둘 곳이 마땅찮아 서재에 놓이게 된 것 같았다.

나는 작업복처럼 생긴 감각입출력장비를 입고 헬멧을 쓴 뒤 연결된 디딤판 위에 올라섰다. 아버지는 이윽고 장비를 구동했다. 시야에 어둠이 닥친 뒤, 곧 알지 못하는 세계가 눈앞에 펼쳐졌다.

가상 세계에 갓 접속한 나는 구릉 위에서 작은 마을을 내려다보았다. 산과 산이 겹치는 골짜기 사이에 마을이 자리 잡았다. 마을 곳곳에 심긴 나무마다 꽃이 흐드러졌다. 멀리서 봐도 복숭아나무 같았다. 뜰에 심으면 불길하다는 미신이 있어서, 전원주택 조경할 적마다 클라이언트의 요청이 없으면 배제해야 하는 수종이었다.

계곡에서 내려오는 시냇물이 마을을 휘돌고 지나갔다. 마을에 있는 건물은 전부 초가지붕을 올렸다. 교양 건축사 시간에 자료로나 접했던 지붕재였다. 압도적인 풍경을 보며 나는 이곳이 어디인지 알 것만 같았다. 여기는 도원향이었다.

어머니는 내게 도원향을 남겼다. 전란을 피한 사람들이 세월도 잊고 살았다던 설화 속 유토피아이자 중국의 옛이야기에 나오는 '가상 공간'을 구현해냈다. 그것도

22년 전 기술력이라고는 믿을 수 없을 만큼 높은 완성도로. 이제야 어머니의 천재성이 실감 났다. 사정을 몰랐다면 요즘 물건이라고 생각했을 것이었다. 이만하면 작년에 만들어진 아버지의 마지막 전원주택 시뮬레이션과 비슷한 수준이었다.

비전문가인 나도 감탄을 거듭할 지경이었다. 아버지는 말할 것도 없었다. 점잖게 구는 평소 모습은 어디로 갔는지 몰랐다. 아버지는 내게 열광적으로 말을 건넸다. 정확히 말하자면, 건네는 것 같았다. 소리가 들리지 않아 짐작만 할 뿐이었다.

어머니의 도원향에는 소리가 없었다. 나와 아버지는 한 박자 늦게 그 사실을 깨달았다. 우리끼리 떠드는 소리만 음소거 된 것도 아니었다. 시냇물이 흐르는데 조용했다. 마을은 활기차 보였지만 어째 쥐 죽은 듯했다. 분명 지붕 위에 올라앉은 닭을 보며 개가 짖는데 그저 적막했다. 아버지는 피식 웃더니 익숙하게 문자 대화 프로그램을 구동했다. 눈앞에 대화 로그가 올라왔다.

— 네 엄마가 만든 게 맞구나. 취미로 만든 것 같다. 모형 정원처럼.
— 그런데 왜 소리가 안 나요?
— 다 만들어 놓고 청각 활성화를 깜빡한 거 아닌가 싶어. 개발자 모드로 들어가서 활성화하면 되는 문제니

까 어려운 건 아닌데…, 네 엄마가 음성 암호를 썼거든. 그게 좀 까다로워. 상고한어 재구음으로 사서삼경을 읽었다. 사서삼경 알지?

― 상고한어 재구음은 또 뭔데요?

아버지의 표정은 길 가다 우연히 젊은 시절 유행가를 듣게 된 노인이 지을 법한 것이었다. 아이가 매일 밤 똑같은 이야기를 해달라고 조를 때 어른이 웃는 방법이기도 했다. 나도 자주 그런 표정을 짓곤 했다. 아버지는 활짝 웃으며 느긋하게 메시지를 작성했다.

― 중국어는 발음이 변해도 문자는 같은 걸 쓰잖냐. 고대 중국의 한자 발음을 현대에 추정한 거다.

― 아버지 교양인이셨네.

― 사어 낭독은 네 엄마 취미였지. 나는 그런 거 영 관심이 없었는데 같이 일하다 보니까는. 너희 엄마는 세상에 있었다가 사라진 걸 재현하는 일에 끈기가 있었어. 그러니 젊어서부터 가상 세계 업계에서 유명해졌지. 너도 보고 있지 않냐. 도대체 22년 전 모델로 이런 걸 어떻게 만들었는지 모르겠다.

그 뒤로 아버지는 세계를 구경하느라 여념이 없었다. 나도 별반 다르지 않았다. 여기는 실로 볼 만했다. 특히 나로서는, 이 정도 규모로 역사적인 작업을 할 일이 드문지라 더 흥미로웠다. 지금껏 별 관심 없었던 여가용 가상 세계가 이럴까 싶었다. 도대체 무슨 생각으로 열여섯 살짜리를 위해 이런 곳을 만들었는지, 짐작도 어려웠다. 죽은 사람더러 물어볼 수도 없는 노릇이었다.

어쨌든 우리는 지금 도원향에 있었다. 아버지와 나는 제각기 떨어져 어머니가 하나뿐인 자식을 위해 만든 낙원을 즐겼다. 바람에 실리는 복숭아꽃 향기도, 뺨에 닿는 햇살의 온기도, 볕을 받아 반짝이는 개울의 윤슬도 전부 기막히게 그럴싸했다.

마을을 거닐던 참이었다. 어린아이 하나가 내게 부딪혀 나동그라졌다. 반사적으로 주저앉은 아이를 일으켜 무릎과 입성을 살폈다. 예닐곱 살쯤 먹은 여자아이와 눈이 마주쳤다. 그건 내 얼굴이었다. 여자아이로 자라던 나였다. 트랜스젠더나 성 정체성이라는 말도 모르던.

아이는 내 손을 잡아끌었다. 끄는 대로 따라가다 보니 작은 초가집이 나왔다. 아니나 다를까 젊은 아버지가 평상 위에서 만두를 빚고 있었다. 끽해야 30대 중반쯤 되었을까. 나보다 어린 아버지의 모습은 애송이가 따로 없었다. 아이는 아버지 옆에 쪼르르 다가가더니 만두 빚는 시늉을 하며 놀았다. 뒤에서는 젊은 어머니가 부엌에서 함지박을 들고 나왔다.

나는 울타리 밖에서 우두커니 젊은 어머니를 바라보았다. 아이가 쏜살같이 어머니 치마폭에 달려들었다. 젊은 어머니는 아이를 끌어안고 뺨을 비비다가 나와 눈이 마주쳤다. 이내 활짝 웃고는 문 안으로 들어오라며 내게 손짓했다. 슬하에 딸 하나를 둔 활기찬 젊은이의 미소가 찬란했다. 입을 열어 무어라 말하는 것 같았지만 하나도 들리지 않았다.

나는 덤덤했다. 애초에 저 가족에는 내 자리가 없었다. 더군다나 나는 여자아이가 아니었다. 어머니는 내가 아들이라는 사실을 영영 모르다 죽었을 테고 나는 어린 시절 기억을 대부분 세월에 흘려보냈다. 어머니에 대한 몇 안 되는 기억은 그저 희미하고 불쾌했다. 어쩌면 행복했을지도 모른다는 가능성에 미련을 가질 까닭이 없었다.

하지만 그건 내 사정이었다. 뒤이어 내 곁에 선 아버지는, 울 안을 지켜보다 말고 양손으로 얼굴을 가렸다. 손바닥 틈새로 눈물이 흘러나왔다. 아버지의 어깨가 부들부들 떨렸다. 어머니가 꾸민 가짜 가족을 보면서 아버지는 한동안 소리 죽여 울었다.

여기는 도원향, 전란에 지친 사람들이 깊은 산속에 들어가 꾸렸다는 이상향을 모티프로 만든 가상 세계였다. 세상에 없던 장소에서는 세상에 없던 가족이 모일 수도 있었다. 우리가 어쩌면 별 탈 없이 행복하게 살았을지도 모른다는 바람이 담긴 장소. 허공에 감도는 복사꽃 향기는 소원이 부질없는 만큼 달콤했다.

*

 우리는 비극을 겪었다. 집에 불이 났을 때, 나는 고작 열 살이었다. 어머니가 집안을 한바탕 뒤엎은 뒤로 아버지는 혼자서 나를 길렀다. 더군다나 나는 어려서부터 호르몬 시술을 받아온 트랜스젠더였다. 내가 트랜지션 전문 주치의를 만나는 날이면 아버지는 아무리 바빠도 나와 함께 병원에 갔다.

 다시 말하자면, 우리는 사연이 너무 많았다. 머리가 굵어질 무렵에는 그 사연이 다 지긋지긋했다. 애정과 가책이 뒤얽힌 채로 사느니, 나는 외면을 선택했다. 자립한 뒤로 나는 아버지와 거리를 두었다.

 그렇지만 도무지 도망갈 수 없는 날도 있었다. 나는 명절마다 묵묵히 아버지를 만나러 찾아와서는 게으른 집고양이처럼 늘어져 아무것도 하지 않았다. 어머니의 부고만 아니면 이번 명절도 비슷하게 흘러갔을 것이었다.

 세월이 아무리 지나도 설날 메뉴는 한결같았다. 아버지는 늘 닭으로 떡국을 끓였다. 진한 닭국물 냄새가 집안에 가득 퍼졌다. 나는 식탁에서 아버지가 떡국을 가져다주기를 기다렸다. 아버지는 그런 나를 보며 혀를 찼다.

 "너는 어찌 된 애가 그 나이 먹도록 손 하나 까딱 안 하냐. 보통 그쯤 사회생활해보면 수저라도 놓더구만."

 "놓으라고 말씀을 하시지."

"됐다. 가만히 앉아 있을 줄 알고 내가 가져왔다. 내가 아들을 아주 잘못 길렀다."

나는 멋쩍게 웃기만 했다. 혼자 산 지도 한참이었다. 당연히 상차림엔 이골이 났다. 그냥 아버지가 아무것도 안 하는 아들을 더 좋아한다는 걸 알 뿐이었다.

"우리도 해볼까요? 사어 낭독."

"웬 헛소리냐."

"지금 도원향에 소리가 없잖아요. 어머니가 원래 사어로 암호를 만들었다면서요. 암호 찾아서 소리를 살리면 좋고 못 하면 마는 거죠. 명절이라 시간도 많겠다, 정 귀찮으면 소프트웨어로 재생하면 되는 거고."

말 끝나기 무섭게 아버지가 언짢은 투로 쏘아붙였다.

"사서삼경이 한두 권도 아니고, 그게 얼마나 긴데. 네 엄마가 『시경』을 가지고 있으니 『시경』에서 골랐다고 치자. 그건 노랫말을 모은 거라 암호로도 딱 좋지. 곡조가 실전됐다지만 가사도 일종의 운문이고. 그런데 뭘 인용했을 줄 어떻게 아냐. 곶감이나 누구 줄지 생각하는 게 더 생산적이다."

"노인네, 또 과민반응하시네. 설마 개발자 모드 비밀번호를 안 적어놨겠어요. 어머니도 개발잔데 편지에 써놨겠죠."

"공연히 쓸데없는 일에 기력 쓰지 말고."

나는 아버지가 말을 끝내기도 전에 어머니의 편지를

꺼냈다. 아버지는 눈살을 찌푸리다 말고 편지를 멀리 들어 초점을 맞추었다. 그러더니 자리에서 일어나 어머니가 남긴 책을 가져왔다. 책장을 한참 뒤적거리더니 활짝 펼쳐놓았다.

"이게 네 엄마가 편지에다 써 놓은 교동(狡童)이다. 야살궂은 사내라는 뜻이야."

"야살궂은 게 뭔데요?"

"교활하다, 간교하다, 그럴 때 쓰는 교야. 마침 두 연밖에 안 되니까 이게 열쇠일지도 모르겠구나. 네 엄마가 읽는 책 아니랄까 봐 상고한어 재구음도 아래에 적혔고, 이대로 읽기만 하면 된다."

"그럼 다 나왔네요. 밑져야 본전인데, 아버지가 한번 해보실래요?"

"나는 하고 싶지 않다. 할 거면 네가 해야지."

아버지는 퉁명스럽게 말하고 다시 떡국에 눈을 돌렸다. 이러다가는 꼼짝없이 다시 옛날이야기가 나올 판이었다. 상상만 해도 체할 것 같았다. 화제를 돌리고 싶었다.

식사가 끝날 무렵, 나는 결국 그 시를 읽기로 마음먹었다. 가락이 없는 노랫말을 읽어서 소리를 잃은 세계에 소리를 돌려준다니. 제법 정취 있기도 했다.

처음 보는 기호는 당혹스러웠지만, 심기가 불편해진 아버지만큼 어렵지는 않았다. 도원향에 들어가서 상고한어 낭독 프로그램을 구동하는 건 금방이었다. 그러나 여전히 어머니가 만든 낙원에는 소리가 없었다. 이렇게 된 이상 오기가 생겼다. 나는 가상세계에 접속한 채로 외쳤다.

"살려주세요! 늑대가 나타났어요! 곶감 하나 주면 안 잡아먹지!"

"뭐라고?"

서재 문이 열리는 진동이 발치에서 느껴졌다. 나는 한가롭게 복숭아나무 아래에 드러누운 채로 아버지에게 이야기했다. 차음 처리된 헬멧은 안에서 소리 지르듯 말해야 밖으로 소리가 전달됐다.

"낭독 프로그램 돌리니까 암호가 안 먹혀요!"

"헬멧 쓰고 말하지 말랬지! 마이크 망가진다니까!"

"귀찮아요! 기계로 재생시켜도 안 되는데! 어떻게 해요!"

"암호인데 그러면 사람이 말하지, 어! 기계로 말하냐!"

"이런 글자 처음 봐요!"

"거참 헬멧을 벗으래도! 조음음성학 학습 소프트웨어 검색해라!"

필요한 키워드는 전부 얻었다. 나는 아버지에게 나가보라며 손을 내저었다. 아버지가 무어라 구시렁거리는 것 같았지만 헬멧이 소리를 막아준 덕분에 하나도 들리지 않았다.

조음음성학 학습용 소프트웨어가 불러낸 가상 세계는 강의실이었다. 인간의 구강 모형이 입체 모형으로 그려진 곳이었다. 모형 뒷면 벽에 '언어학과 배포용'이라고 적힌 모양을 보며 시름이 깊어졌다. 나는 텅 빈 강의실에서 상고한어 재구음 발음법을 배우기 시작했다.

벽 앞에 있던 구강 모형이 모범적인 조음 방식을 선보이면 나는 그걸 따라했다. 바람의 방향이나 혀를 움직이는 형태가 고스란히 보였다. 사람이 잘못된 소리를 내면 소프트웨어는 그걸 듣고 교정했다. 소프트웨어 성능이 괜찮다고 사람이 잘 배우는 건 아니었다. 나는 성문파열음(ʔ)도 구개수파열음(G)도 평등하게 꽥꽥댔다. 소프트웨어는 내가 자주 틀리는 음을 들으며 한국어 이용자에게 익숙한 방식대로 예시를 들었다. 성문파열음은 경상도 사투리에서 많이 쓰인다, 숫자 2는 그냥 '이'인데 알파벳 e는 '이' 앞에 성문파열음이 들어간다···. 구개수파열음은 양치할 때 구오오 내는 소리다···.

처음에는 어떻게 사람 입에서 저런 소리가 나나 싶었지만 두 시간쯤 연습하니 전부 낼 수 있었다. 다음은 낭송이었다. 모르는 언어를 음성기호만 보고 읽어내자니 막막했다. 나는 몇 번이고 재생 속도를 늦추어 호흡과 억양을 따라했다. 목이 칼칼하다 싶으면 잠시 부엌에 기어나와 물을 마셨다. 아버지는 부지런히 간식을 보급했다. 나는 헬멧을 벗을 때마다 중간중간 과일을 집어 먹으며 오후 내내 공부했다. 아버지가 너무 늦게 자지 말라고 조언하고도 얼마나 지났을까. 조음음성학 소프트웨어로부터 완벽하게 읽어냈다는 인가를 받을 때쯤에는 이미 밤이 깊었다.

하지만 도원향은 별다른 설정이 있지 않은 한 여전히 해가 나 있을 터. 과연, 햇살이 비친 목덜미가 금세 따뜻해졌다. 나는 봄볕을 손차양으로 가리며 교동을 낭독하기 시작했다.

교동(狡童)

彼狡童兮,
pajʔ k-rˤ[i]wʔ [d]ˤoŋ gˤe
저기 야살궂은 사내,

不與我言兮。
pə m-q(r)aʔ ŋˤajʔ ŋa[n] gˤe
나랑 말을 안 하네,

維子之故,
ɢʷij tsəʔ tə kˤa(ʔ)-s
저 아이 탓에,

使我不能餐兮。
s-rəʔ ŋˤajʔ pə nˤə(ʔ) [tsʰ]ˤan gˤe
나는 밥도 못 먹겠네.

彼狡童兮,
pajʔ k-rˤ[i]wʔ [d]ˤoŋ gˤe
저기 야살궂은 사내,

不與我食兮。
pə m-q(r)aʔ ŋˤajʔ mə-lək gˤe
나랑 같이 안 먹네,

維子之故,
ɢʷij tsəʔ tə kˤa(ʔ)-s
저 아이 탓에,

使我不能息兮。
s-rəʔ ŋˤajʔ pə nˤə(ʔ) sək gˤe
나는 잠도 못 자겠네.

낭송을 마치고 손뼉을 치니 손뼉 치는 소리가 들판에 울려 퍼졌다. 바람이 불 때마다 잡풀끼리 부딪혔다. 낮닭 우는 소리가 멀리서 울렸다. 시냇물 흐르는 소리가 졸졸 피어올랐다. 소리의 재현도도 터무니없이 훌륭했다. 내 말소리조차 들리지 않던 세계는 이제 온갖 소리로 채워진 셈이었다.

마을 어귀에 들어섰다. 평화롭게 왁자지껄했다. 온갖 목숨이 살아 움직이는 한복판에서 개는 짖었고 고양이는 야옹거렸다. 멀리서 어린애가 무어라 지껄이며 달음박질쳐왔다. 이대로 가다간 저번처럼 넘어질 기세였다. 나도 모르게 팔을 벌려 아이를 맞았다. 낯익은 아이가 내 품에 쏙 안겼다. 아이에게서는 시큼한 단내가 풍겼다. 아이는 나를 꼭 끌어안고 말했다.

"아저씨, 지난번에는 왜 그냥 갔어요? 이번에는 같이 우리 집에 가요. 나 이대로 안겨서 집에 가고 싶어요."

지난번 접속 데이터가 아직 남아 있는 모양이었다. 나는 어린 시절 내 모습을 빼다 박은 아이를 안아 올렸다. 감각입출력기를 통해 체중이 느껴졌다. 어깨에서 손끝까지 묵직함이 전해졌다. 전문가용 장비를 쓰는 보람이 있었다.

복사꽃이 한들한들 떨어지는 길을 따라 우리는 걸어갔다.

아이의 집은 울타리가 낮아 멀리서도 마당이 훤히 들

여다보였다. 어미닭이 병아리와 함께 산책 중이었다. 아이는 그 모습이 보이자마자 자기를 내려놓으라며 채근하더니, 후다닥 병아리를 쫓아다녔다. 젊은 어머니는 콧노래를 부르며 빨래를 널었다. 그러다 울 너머까지 밥 냄새가 퍼지니 부엌으로 향했다. 젊은 아버지가 주걱으로 갓 지은 솥밥을 뒤섞고 있었다. 부부 사이에 무슨 반찬이 남았느냐는 예사로운 대화가 오갔다. 평화로운 오후였다.

이만 접속을 종료하려던 차였다. 젊은 어머니와 눈이 마주치고야 말았다. 어머니는 지난번처럼 환하게 웃으며 싸리문까지 나섰다. 나도 모르게 마주 웃었지만 곧 접속을 끝낼 심산이었다. 젊은 어머니가 나를 꼭 부둥키며 말을 걸었다.

"아들! 지난번에는 왜 그냥 갔어. 얼른 들어와."

다정한 목소리가 귓가에서 조잘거렸다. 나를 끌어안는 어머니의 팔뚝과 내게 체중을 기대는 어머니의 무게가 전문가용 장비를 통해 고스란히 느껴졌다. 하도 기막혀서 급습당한 느낌이었다. 어린아이에게 그러했듯 어머니는 내 뺨에도 자기 뺨을 내키는 대로 비벼댔다. 나도 모르게 어머니의 어깨를 잡고 몸에서 떨쳐냈다. 그러자 어머니는 태연하게 말을 이었다.

"우리 아들, 엄마가 정말 많이 보고 싶었어. 이렇게밖에 못 봐서 미안해. 내 정신 좀 봐. 밥은 먹었어? 지금 차려줄까?"

  서글서글하게 말하는 어머니는 다정하고 안정적인 젊은이 같았다. 코웃음이 절로 나오면서도 황당했다. 뒷걸음질 치는 다리에서 힘이 풀렸다. 어머니는 주저앉은 내게 다가와 괜찮냐며 말을 붙였다. 뺨이 통통하고 눈이 큼지막한 젊은 어머니는 차돌 같은 얼굴에 한껏 걱정을 담은 채 나를 바라봤다. 그 얼굴을 피하고 싶으면서도 도무지 눈을 뗄 수 없었다. 고개를 돌리면 그 사람이 생각날 것만 같았다.

금서의 계승자

올해로 열일곱 살 먹은 섭양김제농장의 품팔이꾼 가람은 열두 살에 양친을 연달아 병으로 잃고 난 뒤부터 동정을 지키기로 굳게 맹세했다. 썩 터무니없는 논리는 아니었다. 가람의 어머니는 남편의 병수발을 드느라 과로하다 2년 뒤 폐렴에 걸려 세상을 떠났다. 열두 살 먹은 가람 앞에는 부모의 병구완 비용이 고스란히 놓였다.

가람은 스물다섯 살까지 농장에 묶인 몸이었다. 그나마 농장주가 이자놀이를 하지 않아 다행이었다. 그새 대가 바뀐 새로운 농장주 역시 가람을 딱히게 여긴 탓에, 어린 가람의 품삯은 어른과 비슷한 수준이었다. 그래도 빚은 아득하게 느껴졌다. 홀로 남은 살림집에서 빚만 남기고 떠난 부모를 원망하며 잠드는 날은 점차 줄었지만, 자기처럼 부모의 빚을 어려서부터 갚아야 하는 아이를 만들고 싶지 않았다.

 그러나 농장주이자 장서가인 장수정을 따라 전주 책 시장 가장 깊은 창고에서 자기 또래 '책' 한 사람을 처음 보았던 그 순간, 가람은 어찌나 맹세를 저버리고 싶은지 숨이 턱 막히는 듯했다. 도저히 눈을 뗄 수 없었다. 맥이 빠르게 뛰는 소리가 귓전을 울리는 듯했다.

 아름다운 책은 뽀얗게 탈색한 브이넥 마직 셔츠에 마찬가지로 마직 바지를 입었다. 그 위에는 여느 책들이 그렇듯 발목까지 내려오는 흰색 마직 가운을 걸쳤는데, 목깃에는 가운과 같은 빛깔 실로 수를 놓아 꾸몄다. 책이라면 모름지기 쓰고 다녀야 할 고깔도 마찬가지였다. 눈부시게 흰 고깔에는 가람이 독해하지 못할 문자일지 아니면 그저 문양일지 헷갈리는 자수가 촘촘이 놓였다. 고깔 아래 박박 민 머리에는 책이 지금까지 살면서 배웠을 전문 지식과 책을 낸 출판사와 책의 혈통 따위가 문신으로 적혔을 터였다. 아직 고깔을 쓴 채였지만, 책을 비추는 눈부시게 밝은 조명 아래로 책의 두피가 얼마나 빽빽할지 짐작할 수 있었다.

 가람은 차마 책의 목깃 아래를 제대로 볼 수 없었다. 온통 흰색 마직 옷감으로 몸을 감싼 책은 검게 물들인 허리띠로 가운을 졸라맸는데, 잘록한 허리는 지나치게 극적인 곡선을 그렸다. 얼굴이 아닌 곳에 시선을 옮기기만 해도 불경한 개자식이 된 기분이었다. 하지만 책의 얼굴을 바라보는 일이야말로 가장 위험한 일 같았다.

가람은 농장에서 으뜸가게 키가 컸는데 그 책은 가람과 얼추 눈높이가 비슷했다. 가무잡잡한 피부색이 눈부시게 새하얀 옷차림과 선명하게 대비됐다. 고깔 아래 얼굴 생김은 서늘하고 반듯했으며 우묵하니 깊은 눈에는 총기와 살기가 뒤섞여 어룽거렸다. 앳된 얼굴로 방문자를 직시하는 표정은 제법 불손했지만, 조명 아래 우뚝 선 몸가짐과 자세는 단정했다. 훈련된 모습이 틀림없었다. 서가는 고급 장서를 수납하기엔 지나치게 단출했으나 그래서인지 서 있는 책이 더욱 빛났다. 인간이라기보다는 곧게 선 기둥 같은 느낌이었다. 가람이 감당하기에는 지나치게 매혹적이었다.

비로소 가람은 평생 원망해 온 부모의 욕정을 이해했다. 서로에게 이만큼이나 끌렸더라면 결코 저항할 수 없었으리라고.

동정을 맹세한 소년이 우연히 어느 소녀를 만나서 사랑에 빠졌다는 이야기를 잇기 전에 반드시 말해야 할 것이 있다. 지금 지상을 걷는 노인들이 태어나기도 전으로 돌아가보자. 그 무렵 일어난 재앙이 어쩌면 지금부터 할 이야기 중에서 가장 중요할지도 모르니까.

*

시작은 시베리아였다. 아니, 아마존이었을지도 몰랐다. 보르네오였을까? 중국 야딩의 자연보호구였을까? 당연히 북미의 옐로스톤 국립공원이라고 피해갈 수 없었다. 재앙은 대륙과 국경을 구별하지 않고 두서없이 평등하게 닥쳤다. 목질만 골라 분해하는 바이러스가 지상에 퍼졌다. 변이도 손쉽게 일어나서 쉽사리 대응책을 마련하기도 어려웠다.

식물계에 일어난 재앙은 처음에는 '나무 위기'라고 불렸다. 대략 5년에 걸쳐 나무가 사라진 뒤에는 '나무 멸종 사태'라고 이름이 바뀌었다. 초본은 멀쩡했으나 목본은 줄지어 괴사했다. 죽은 나무라고 재앙을 피하진 못했다. 목조 건축물은 어느새 먼지만 남았다. 가구는 말할 것도 없었다. 산 나무고 죽은 나무고 가리지 않고 나무는 먼지로 변했다. 생태계가 완전히 붕괴됐다. 숲에 사는 짐승은 삶의 터전을 잃었고 토양은 물을 머금지 못했다. 광합성을 통해 이산화탄소를 산소로 바꿀 만한 육상 생물은 초본 식물 정도였다. 해양 생태계에서 비슷한 역할을 하던 산호는 보호구역에서나 근근이 목숨을 부지했다.

미국은 중국이 꾸민 일이라고 성명서를 발표했다. 중국은 인도의 음모라 주장했으나 인도는 러시아가 수를 썼다고 역설했다. 러시아는 고래로 모든 재앙은 미국이야기했다는 뉘앙스를 풍겼다. 유럽의 부유한 국가에서는 이 모든 게 미국과 중국과 러시아 탓이라고 재잘거렸다.

열강이 서로 책임을 회피하고 서로를 공격하는 와중에도 인도네시아 미싱사가 만든 패스트 패션 합성 섬유 의류는 각종 부국을 거친 뒤 쓰레기가 되어 산더미처럼 아프리카에 떠넘겨졌다. 그것만큼은 나무 멸종 사태 전과 별로 달라진 것도 없었다. 각자의 이권을 포기하지 못하는 열강과 부국이 중대사를 결정하기에 5년은 너무 짧은 시간이었다.

나무 멸종 사태에 가장 치명적인 영향을 받기로는 역시 중서부 아프리카 국가들이 으뜸이었다. 부국이 야기한 기후 재앙에 이어 나무 멸종 사태까지 일어나자, 한때 사하라 무역의 중심지였던 차드호는 완전히 소멸했다. 동부 아프리카 대호수지대의 여러 호수는 가까스로 버텨냈지만 이 또한 소멸이 얼마 남지 않았다는 전망이 뒤따랐다.

금각사가 무너지고 자금성이 주저앉는 판국이었다. 나무로 만든 물건을 더는 쓰지 못하는 건 차치하더라도 당장 광합성을 하고 토양 유실을 막아야 했다.

나무 멸종 사태가 종국에 치닫자 영향력 있는 부국의 대표들이 모여 나무가 없는 세상에서도 인류가 살아남을 해결책을 궁리했다. 안타깝게도 이 이야기의 배경이 될 남한의 대표는 당장 자기 앞에 놓인 문제를 해결하느라 회의에 참석하지 못했다. 하필 이 무렵에 오랜 휴전이 끝나고 전쟁이 재개된 것이다.

나무 멸종 사태의 여파로 경복궁이 쓰러지자 청와대 참모들은 입을 떡 벌렸다. 북한의 음모라고 확신하는 세력이 벌떼처럼 일어났다. 하필 이번 행정부는 그 의견을 긍정적으로 수용하는 축이었다. 조선에서도 다를 건 없었다. 때마침 조선에서는 문화 선전 사업의 일환으로 고려의 옛 궁궐인 회경전 복원을 막 끝낸 참이었다. 목조 문화재가 하나둘 무너지자 당 중앙위는 책임자를 물색했다. 역시 남조선 역도 패당 말고는 이런 일을 저지를 만한 자들이 없었다.

핵전쟁 같은 건 이미 지난 세기 일이었다. 반도 남반부와 북반부는 핵이 아니라도 서로를 괴롭힐 만한 생화학 병기를 잔뜩 개발한 뒤였다. 더군다나 승리한다면 상대의 수도를 진지로 삼을 가능성 또한 고려해야 했다. 그런데 아뿔싸, 서울이든 평양이든 너무 입지가 좋았다. 포기하기 어려운 땅이었다.

제2차 한국전쟁에서 핵은 논외였다. 열강이 전지구적 목재 멸종 사태를 어떻게 해결해야 하느냐며 논의하는 동안 서울과 평양은 서로의 수도에 생화학 병기를 쏟아부었다. 사람만 치워 놓고 시간이 지나 무기의 영향력이 가시고 나면, 얻어낸 도시는 승리한 국가의 주요 발전 시설이 될 터였다. 그 옛날 열강의 대리전을 치렀던 시절과 가장 큰 차이가 있다면, 이번 전쟁은 전적으로 반도 남반부와 북반부 지도자들의 의지에 달렸다는 점이었다.

당장 광합성 문제부터 해결해야 할 판국에 전쟁을 재개하다니 제정신이냐는 연락이 각국 대사관을 통해 도달했다. 품위 있는 외교적 수사를 걸러내고 나면 결국 그 얘기였다. 몇몇 국가는 제발 정신 좀 차리라며 지도자가 직접 성명을 발표했다. 그러거나 말거나 남북은 서로의 수도에 생화학 병기를 투하했다. 개전 직전 며칠에 걸쳐 경고가 앞섰기에 그나마 인명 피해가 적었다. 하지만 당분간 양국의 수도권은 사람이 살 수 없을 땅이 될 터였다.

서울이든 평양이든 국가의 핵심 시설이 모여 있는 지역이니만큼 몹시 치명적이었다. 평안도와 황해도와 경기도는 사람이 접근하기 어려운 땅이 되었다. 가뜩이나 나무를 잃어 서식처를 빼앗긴 그 지역 생물들의 피부에는 포진이 올랐으며 네발짐승은 다리가 다섯 달린 새끼를 낳았다. 배를 뒤집은 물고기가 한강과 대동강에 꽉꽉 들어차서 악취가 풍겼다. 이 참혹한 현장은 세계에 생생히 중계되었다.

천만다행으로 그때쯤 타국의 영향력이 한반도를 흔들었다. 강력한 무역 제재를 받고 싶지 않으면 적당히 하라는 말에 먼저 손을 든 건 조선 측이었다. 조선으로 말할 것 같으면 무역 제재를 버티는 법에는 이골이 났으나 다른 문제가 심각했다. 하필 이놈의 남조선 역도들이 황해도와 평안도의 곡창 지대에 생화학 병기를 쏟아부은 것이었다. 한국이야 제2도시인 부산도 멀쩡하고 호남의 곡창 지대도 온전히 보전했다. 행정부는 세종시로 옮기면 그만이었다. 그러나 조선은 제2도시인 남포부터 생화학전의 집중 포격을 받았다. 무역 제재를 풀고 식량을 지원 받는 대가로 완전 휴전 협약을 맺겠다는 서약 아래, 한반도는 또 휴전선을 중심으로 두쪽났다. 조선은 함흥으로 임시 수도를 정했고, 한국은 한동안 조선을 통해 둥베이성으로 향하는 강원도 쪽 철도를 이용하지 못했다.

수도권에서 일어났던 생화학전만 아니었더라도 파주 출판 단지는 여전히 그 명맥을 유지했을지 몰랐다. 비록 종이책을 만들 목재가 없더라도 더는 펄프로만 책을 만드는 시대가 아니었다. 하지만 이제 전자책 같은 사치를 부릴 여력이 없었다. 이제 인류가 생산한 에너지는 생태계에서 나무가 사라진 자리를 대체해야 했다.

모든 멸망이 그렇듯 시원찮고 구질구질하며 하잘것없이 조금씩, 문명은 마모되었다. 하지만 혼란기에도 기회를 얻는 자들은 언제나 있는 법이었다.

*

 생화학전 직전, 전쟁 분위기가 고조되고 있을 무렵이었다. 그 시기 전주는 엉망이었다. 목재 절멸 사태는 심각했다. 경기전도, 한옥마을도 오랜 기간 전주를 지킨 풍남문도 스러졌다. 전북대 정문은 말할 것도 없었다. 오직 로마네스크 양식으로 지어진 전동성당만이 석조 건축물 특유의 단단함을 유지한 채 우뚝 섰을 뿐이었다. 전동성당에 목재가 조금 들어간 걸 아는 낫살 지긋한 신자들은 신의 은혜에 감사 기도를 올렸다. 새롭게 광역시로 승격된 전주는 곧 남한 가톨릭 신앙의 중심지가 되었다.

 삼림에 괴질이 돌고 목재가 삭던 그 시절에 나타난 불세출의 출판인이 바로 출판의 패러다임을 바꾼 장미정이었다. 장미정은 종이가 없더라도 책은 만들 수 있다는 혁신적 사고로 출판계를 뒤엎어놓았다. 마침 새 출판 단지가 될 만한 장소도 있었다. 비록 한옥마을이 주춧돌과 깨진 기와와 쓰레기만 남았을지언정, 장미정의 어머니를 비롯한 서울 투기꾼들은 전주 한옥마을 부지의 주인이었다.

 전주 한옥마을은 장미정을 비롯한 여러 출판인의 손길을 거쳐 전주 출판 단지로 변모했다. 한옥마을 부지에 새로이 출판 단지를 꾸린 한 무리 출판인들은 그 무렵 급증한 고아를 데려다가 먹이고 입히고 가르쳐 암기 노예로 육성했다. 하필이면 교사까지 충분했다. 언제나 막일로 벌어먹기엔 몸이 영 부실하지만, 아는 건 많고 벌어먹일 식구가 딸린 사람이야 있는 법이었다. 전주 사람은 물론이요, 곡창 지대의 생산력을 믿고 피란 온 여러 분야의 지식인이 그 아이들을 가르쳤다.

그렇게 책도 전기도 변변찮은 시대에도 아이들은 구슬과 흙바닥과 철필과 석필을 이용해 배우며 자라났다. 교사가 이만하면 배울 만큼 배웠다고 인증한 고아는 출판 단지 옆 남부시장에서 '양육비'라는 명목을 받고 팔려나갔다. 몇 세대 지나지 않아 '책'은 곧 특정 지식을 학습한 암기 노예를 이르는 말로 뒤바뀌었다. 한옥마을 옆에 있는 남부시장에서는 곧 새로운 '책'도 취급하기 시작했다. 지식인을 매매하는 문화는 세계 곳곳에서 동시다발적으로 일어났지만, 한국어권 서적을 취급하기로는 전주 남부시장만 한 곳이 없었다. 장미정과 그 일족은 자연스레 전라북도 일대의 유지로 자리잡아 그 세력을 길러나갔다.

목재 절멸 사태 이후, 호남 곡창 지대는 살아남은 자들의 식량을 댔다. 그러나 시간이 지날수록 지력은 쇠하고 땅은 황폐해졌다. 한때 가을녘이면 금빛으로 물들던 김제 평야는 어느새 김제 황야로 불렸다.

섭양김제농장은 김제 황야에서 두 번째로 큰 채소 생산 시설이었다. 주로 초본 식물을 길러 호남과 영남 일

대의 부유층에게 생채소를 댔다. 워낙 큰 농장이니만큼 딸린 식구도 많았다. 단순한 품팔이 일꾼이 묵는 바깥채의 규모만도 어마어마했다. 게다가 농장 소속 책들도 족히 예닐곱 권은 되었다. 다들 특수영농 같은 지식을 지닌 어엿한 전문 서적이었다. 특히 발전과 의료 같은 고급 서적은 귀한 대우를 받았다.

대우가 곧 자유를 증명하는 것은 아니었다. 품팔이꾼은 대개 농장주와 계약을 맺고 품을 팔았다. 가람 같은 처지만 아니라면 언제든 농장을 떠날 수 있었다. 반면 책들은 한 번 거래된 이상 농장에 매인 처지였다.

농장의 상속자이자 농장에 딸린 모든 책의 주인인 장수정은 바깥나들이를 무척이나 즐겼다. 전주 출판 단지를 일구고 완산 장씨의 시조가 된 장미정의 육대손이었다. 이립을 겨우 넘긴 이 젊은이는 "예쁘지도 않고 아무렇지도 않은 사철 발 벗은" 여자였지만, 순박한 인상과는 달리 조부모부터 농장의 모든 지분을 물려받은 야심가였다.

수정은 혼란의 상속 과정을 어느 정도 정리한 후에 새로운 사업을 빌일 요량이었다. 지금 섭앙김제농장에서는 초본 식물로 생채소를 생산했다. 생채소는 태양광 발전 전기차를 통해 부유층이 식재료를 구매하는 곳으로 팔려 나갔다. 이것만 해도 큰 벌이였지만, 수정은 거기서 그치지 않고 직접 가공까지 해낼 생각이었다.

갓 수확해 수분을 잔뜩 머금은 채소를 구매할 만한 재력을 갖춘 사람은 드물었다. 반면 말린 채소는 어느 정도 형편이 괜찮다면 충분히 넘볼 만했다. 농장에서 생산한 생채소에 건조 공정을 거쳐 말린 채소로 만든다면 훨씬 더 많은 사람에게 팔 수 있었다. 고급품만을 취급했던 기존 유통망을 확장할 기회기도 했다.

건조장을 짓는 건 문제가 없었다. 수정이 조부모에게 물려받은 장서는 하나같이 실용적이고 풍요로웠다. 뺨이 해쓱한 건축 서적은 채소 건조장을 짓겠다는 말을 듣자마자 진흙판에 철필로 슥슥 도면을 그려냈다. 털보 식가공 서적은 현재 농장에서 취급하는 식량을 어떻게 가공할 것이며 가공에 유리한 다른 초본 식물은 무엇이 있는지 척척 이름을 댔다. 새로 지을 건조 공정에 투입할 품팔이꾼이야 문제랄 것도 없었다. 일자리는 항상 모자랐다. 특히 식량을 생산하는 농장에는 다들 들어가고 싶어 안달이었다.

수정은 호기롭게 가장 중요한 밑준비에 들어갔다. 이번 사업을 시작하면 수정의 농장은 규모가 몇 배로 커질 터였다. 수정은 자기가 제쳐 버린 다른 일족만큼이나 어린 시절부터 농장주 겸 장서가가 되기 위해 훈련받았기에, 사업체가 커질수록 주인 손이 가는 일은 제곱으로 는다는 걸 뼈저리게 잘 알았다.

사람은 직접 관리하지 않으면 문제가 생기지만 주인

이 전부 관리하려고 들어도 사고가 나는 법이었다. 게다가 수정은 갓 결혼한 몸이기도 했다. 신혼에 사업까지 벌였는데 과로까지 하다가 신랑이 삐치기라도 하면 성가실 터였다.

이럴 때 필요한 게 바로 전문 경영 서적이었다. 수정에게는 이제 믿을 만한 경영자 겸 장서 관리자가 필요했다. 전문 경영 서적을 잘못 들이면 사업을 말아먹는다지만, 어차피 수정은 농장의 장부를 처음부터 끝까지 관리했다. 200여 명이 넘는 농장 구성원의 이름과 얼굴과 내력을 소상히 꿰는 건 물론이었다. 이런 판국이니 재고 대조쯤이야 문제없었다. 그냥 앞으로 더욱 규모가 커질 농장의 인력을 어떻게 관리해야 할지, 수정이 이름을 외지 못할 만큼 규모가 커진다면 어찌 처신해야 알맞을지 배울 필요가 있었다. 적어도 그걸 누군가에게 가르치거나.

마침 지금 남부시장의 서점조합장도 완산 장씨로, 장해정이라는 사내였다. 수정보다는 대여섯 살쯤 위였다. 조합장이 집안사람이라니 호재였다. 현 서점조합장은 수정과는 팔촌쯤 되는 먼 친척이었다. 그 또한 운이 좋았다. 촌수가 가까워 농장을 상속받기 위해 경쟁하던 사이라면 여러모로 곤란할 터였다. 팔촌쯤 되면 애초에 이권이 겹치지 않는 이상 분가나 다름없었다.

하지만 같은 일족이라는 건 변하지 않았고, 그게 중요

했다. 더군다나 해정과는 일족 모임에서 마주칠 때마다 제법 죽이 맞아떨어지기도 했다.

섭양김제농장의 역대 농장주는 대처에 나갈 때면 늘 태양열로 충전한 전기차를 이용했다. 태양광 발전 전기차는 김제에서도 두 대밖에 없는 귀물로, 신선한 채소를 재빨리 전주 남부시장에 옮길 때 주로 쓰였다. 그러나 이번 전주행은 다른 용무로 가는 것이기에, 뒤쪽 짐칸은 텅 빈 채였다. 돌아오는 길에는 짐칸이 잔뜩 채워질 것이었다.

용무가 단순하다지만 어쨌든 시중들 사람은 필요했다. 남부시장은 남한의 물산이 죄 모인 곳이었다. 새로운 행정 중심지인 세종시보다 나을 때도 많았다. 한번 나가는 김에 떨어진 실용품도 사고 모자란 물건도 구비해야 하는데 그걸 수정이 다 들고 다닐 수도 없는 노릇이었다.

수정은 뒷짐 진 채 하우스를 살피며 짐꾼으로 누구를 데리고 갈지 고민하다가, 하필 눈앞을 지나가던 소년을 불렀다.

"가람이냐? 너 잠깐 와봐라."

"저요?"

"그럼 너 말고 우리 농장에 가람이가 더 있나? 내가 모르는 가람이가 있으면 냉큼 말해라. 지금 말하면 용서해 주마."

수정의 농지거리에도 아랑곳하지 않고 가람은 수정 앞에 성큼성큼 다가왔다. 얼굴은 앳됐지만 몸은 오랜 노동으로 잘 다져졌다. 거기에 선 굵은 얼굴은 제법 보는 사람의 눈길을 홀릴 만했다. 특히 웃는 법을 모르는 듯한 표정이 더욱 그랬다.

수정은 모든 농장 구성원의 내력을 알았다. 사업의 규모가 지금보다 더 커진다면 몰라도, 아직까지는 괜찮았다. 가람으로 말할 것 같으면 섭양김제농장에서 태어나 열일곱 살이 된 지금까지 농장을 떠난 적이 없었다. 어려서 부모를 병으로 차례차례 잃었는데, 그 병구완에 드는 비용을 모두수정이 치른 탓에 품팔이꾼이면서도 앞으로 몇 년은 너끈히 농장에 묶인 처지였다. 썩 근사하게 생긴 편이어서 품팔이꾼 사이에서 인기가 많다는 소문을 들은 바 있었다. 다른 품팔이꾼처럼 단체 숙소를 썼다면 사달이 났더라도 몇 년 전에 났겠으나, 수정의 배려로 먼저 간 부모가 남겨 준 살림집을 혼자 쓰며 지냈기에 아직 별 탈 없는 모양이었다.

수정은 가람의 어깨를 턱턱 치며 말을 붙였다. 가람은 어느새 훌쩍 자라 키 작은 수정이 고개를 한참이나 꺾어서 올려봐야 할 지경이었다.

"네가 올해로 열일곱이지, 아마?"

"그렇죠."

"그간 농장 밖으로 나가 본 일도 없고?"

"어… 그렇네요. 그렇게 됩니다."

"그래, 그럼 너도 슬슬 대처 구경 한번 할 때가 됐다. 내가 요즘 책이 필요해서 전주에 가야겠는데, 혼자 갈 수는 없잖냐? 그러니까 너도 내일 아침에 같이 전주 갈 채비를 해라."

가람의 눈이 휘둥그레 커졌다.

"전주요?"

"그래, 인마. 김제 황야 너머 전주."

수정은 몇 번 헛기침하더니 이내 말을 이었다.

"내일 쌈짓돈 좀 챙겨 주마. 너도 남부시장에서 사고 싶은 것 보면 사고 그래라. 네 품삯이 부모님 약값이랑 혼자 쓰는 집값으로 들어가는 거야 빤하지. 시장 갔는데 돈 없으면 무슨 재미냐. 책만 사고 들어가진 않을 테니까."

"…고맙습니다."

"나도 너만할 때가 있었는데 그 심정 모르겠냐. 거, 지금 입은 합섬폐기 차림으로 나갈 수야 없으니 안채 옷방 가서 전주 갈 때 입을 나들이옷 챙겨 달라고 하고. 나 수행하러 간다고 하면 알아서 치수 재 줄 거다. 돈 걱정은 말고. 내가 옷 한 벌쯤 못해 주겠냐. 이만 가마."

"고맙습니다. 들어가세요."

가람의 목소리가 푹 잠겼거나 말거나 수정은 다시 가람의 어깨를 툭툭 치고 가던 걸음을 계속 갔다. 전주에 가려면 수정도 이것저것 준비해야 할 일이 많았다. 각종 장서들에게 필요한 물건을 대라고 해서 점토에 기록하는 건 물론이요, 남편한테 생색낼 물건도 필요했다.

워낙 마음이 급해서인지 수정은 잠깐이나마 돌아볼 생각조차 하지 못했다. 수정이 고개를 돌리자마자 가람이 어떤 표정을 지었는지 직접 보았더라면 가람과 전주에 가기는커녕 전주로 나가는 길에 제일 먼저 처분했을지도 몰랐다. 소년의 눈은 이글거렸고 양 주먹을 하도 꼭 쥐어 손바닥에 피가 날 지경이었다. 그 모습만 보면 부모의 원수를 섬기는 중이라고 해도 과언이 아니었다.

그도 그럴 것이, 가람의 처지로 보자면 수정은 멋대로 품삯을 떼어가는 도둑이나 진배없었다. 부모의 병구완 비용이랍시고 돈을 떼어가는 것도 그랬다. 내내 약값을 아끼지 말고 무슨 병이든 처음에 잡았더라면 상황이 달랐을지도 몰랐다. 적어도 어머니만큼은 그렇게 순식간에 가지 않을 수도 있었다.

가람의 어머니는 폐렴으로 죽었다. 가람은 어머니가 죽기 직전에 어떤 일이 일어났는지 아주 똑똑히 기억했다. 어린애가 환자를 보는 게 아니라는 명목으로 가족으로부터 떨어뜨려 놓았었는데, 가람은 몰래 어머니 침대 아래로 기어들어가서 농장에 하나뿐인 의학서적이 어머니를 진료하는 걸 엿들었다. 의학 서적은 가람을 직접 받아내기도 했거니와 가람의 어머니와는 유난히 가까운 사이였다. 품팔이꾼과 책이 아니라 친구라고 불러도 이상할 게 없었다. 그러니 가람의 어머니가 앓아누운 직후부터 지극정성으로 돌보던 참이었다.

의식이 혼곤한 어머니 대신 수정이 상태를 물었다.

"그래서, 가람이 엄마 병명이 뭐길래 저렇게 앓아?"

"아무래도 급성 폐렴 같습니다."

"처음에는 그냥 감기라더니 왜 갑자기 말이 바뀌어."

"감기가 아니라 독감이라고 말씀드렸어요. 독감이 심해지면 왕왕 폐렴이 되곤 합니다."

"아, 농장주도 진짜 못 해 먹을 짓이네. 그래서 이거 어째?"

수정이 집 바닥에 침을 탁 뱉었다. 수정은 살림집 바닥에 침을 뱉고도 모자라 신발로 짓이기기까지 했다. 하필 가람이 침대 밑에 웅크려 눈을 두던 그 자리였다.

"항생제를 써야 됩니다. 마침 얼마 전에 사 두셔서 재고가 충분해요."

"항생제가 한두 푼도 아니고, 그게 얼마짜린데 펑펑 써. 군산 통해 밀수한 거라 언제 다시 들일지도 모르는데."

의학 서적의 목소리가 착 가라앉았다.

"…그거 안 쓰면 죽는 수밖에 없는 거 아시잖아요."

"그래, 써라, 써. 나을 때까지 펑펑 써 제껴라. 내가 품팔이꾼 병수발하다가 가산 다 들어먹게 생겼다."

그 뒤로도 수정은 한동안 벽에 기댄 채 악담을 지껄였다. 그러더니 갑갑해서 못 살겠다며 문을 박차고 집을 나갔다. 의학 서적은 수정 대신 살림집 문을 닫고, 침대 옆자리에 앉고는 나지막하게 말했다.

"이거를 처음부터 썼으면 몰라…. 그래도 지금이라도 쓰겠다니까 다행이다. 초롱아, 정신 꽉 잡고 숨 붙들어. 너까지 가면 가람이 혼자 어떻게 살아. 가람이 아직 열두 살밖에 안 됐잖아. 항생제 먹으면서 딱 나흘만 버티자. 나흘이면 돼."

목소리가 어찌나 간곡한지, 가람은 침대 밑에서 숨죽여 울음을 참았다.

가람의 어머니는 꼭 그로부터 사흘째 되던 날 죽었다. 수정은 의학 서적이 썩 신통치 않다며 책 시장에 팔아치웠다. 다음 의학 서적은 수염이 희게 세고 얼굴이 조글조글한 늙은이였다.

가람의 어머니는 거적에 쌓여서 김제 황야 한복판에 묻혔다. 가람은 그 위에 돌탑을 세웠다. 거적 값도, 장지까지 옮기는 비용도 전부 수정이 지불했다. 수정은 장사 치른 다음 날 가람을 불러 가람이 진 빚이 얼마나 되는지 알렸다. 아버지 병구완 비용에 더해 어머니 약값에 장례 비용까지 고스란히 선새경으로 청구했다. 그날부로 가람은 섭양김제농장의 노예나 다름없었다. 열두 살 소년에게 스물다섯 살까지 농장에서 무급으로 일하라는 이야기는 아득하게만 들렸다.

가람은 그날 두 가지를 맹세했다. 하나, 동정을 지켜서 자기 같은 아이를 결코 만들지 않는다. 둘, 반드시 이 농장을 뜬다. 도망쳐서라도.

그 맹세 이후 5년이 지났다. 어쩌면 전주에서는 도망칠 기회를 잡을 수 있을지도, 저 몰인정한 장수정한테 그런 식으로 한 방 먹일 수 있을지도 몰랐다. 고개 숙인 가람의 입가에 조소가 피어올랐다.

*

전주 남부시장의 책 시장은 한국어 서적을 거래하기로는 세상에서 가장 규모가 큰 곳이었다. 한때 남부시장이라 불렸던 그 장소는 목재의 시대가 끝난 다음에도 그 위명을 유지했다. 남부시장 곳곳의 서점에서는 갖가지 피부색과 전문 지식을 갖춘 책들을 매대에 올렸다.

똑같이 차림이 허름해도 책은 대번에 식별할 수 있었다. 책은 민머리 위로 학습한 내용이며 출판사와 편집자 이름을 문신으로 새겨 놓았는데, 해방되기 전까지는 머리카락을 기르지 못했다. 대신 적당한 천으로 만든 고깔을 씌워 놓았다. 농장의 서적들도 자기 마음에 드는 고깔을 쓰고 다녔다.

헌데 지금 매대 위에 오른 책들은 고깔만 쓰고 있으니

그게 문제였다. 가람은 헐벗은 책이 밧줄에 묶인 채 지나가는 모습을 보며 시선을 돌렸다. 수정은 그런 가람을 보면서 킬킬 웃었다.

"책이라고 해서 다 우리 농장에 사는 실용서 같지는 않지. 저런 책은 포르노라고, 야한 책이다."

고개를 끄덕거리는 가람의 옆모습은 여느 때처럼 무뚝뚝했지만, 속은 어제부터 내내 도깨비한테라도 홀린 기분이었다. 대처에 나온 틈을 타 도망칠 생각은 순식간에 날아갔다. 사람도 많고 물건도 많은 데다 시끄럽기까지 하니 요지경이 따로 없었다. 수정이 키득대기를 멈추고 가람의 품에 주머니를 찔러 주고 나서야 정신을 차릴 수 있었다. 제법 묵직한 주머니에는 은화가 가득 들어 있었다.

"기분이다. 따라다니면서 갖고 싶은 거 있으면 내키는 대로 사라. 야한 책 한 사람쯤은 살 수 있을 게다. 그렇지만 책은 먹여 살리는 데 돈 드니까 좀 참고."

가람은 수정 모르게 이를 악물었지만 일단 돈이 있어서 나쁠 건 없었다. 이 기분파가 어머니에게 약을 쓰는 일에 이렇게 기분을 냈더라면 지금쯤 가람의 삶이 많이 달랐을지도 몰랐다. 가람은 모욕감과 회한을 어떻게 감추어야 할지 고민하면서, 앞서 걸어가는 수정의 뒤를 따랐다.

시장은 과연 시장이었다. 냄새를 풍기기만 했는데도

군것질이 생각나는 노점을 지나 이 빠진 그릇이 차곡차곡 쌓인 그릇가게 옆문으로 들어가니 온갖 물건이 다 모인 듯했다. 낡은 합성섬유 옷을 판매하는 헌옷 가게, 재채기가 터질 것 같은 약재상, 알록달록 휘황한 자수집, 어어게든 빚어낸 주류상…. 시장 깊은 곳으로 들어갈수록 값진 물건을 취급하는 느낌이었다.

수정은 주류상에 들러 증류주 몇 병을 구입했다. 전부 군산항을 통해 들어온 수입품이라고 상인이 강조했다. 수정은 금화로 값을 치르고 시장 안 더 깊숙한 곳으로 향했다. 문을 열어 놓고 장사를 하는 시장 한복판에, 벽을 친 장소가 있었다. 큼직한 철문은 조금 녹슬었고 굳건히 닫힌 채였다.

"여기가 서점조합장 사무실이다. 근사하지?"

대답을 바란 말이 아니었다. 수정은 말이 끝나기 무섭게 문을 두드렸다. 그러자 경첩이 신음을 내며 육중한 철문이 열렸다.

"내 참, 누군지도 안 물어보고 문을 열어요?"

"김제 섭양 장수정이가 남부시장에 떴다는데 여기 말고 어딜 오겠어. 얼른 들어와."

문을 연 사내가 굵고 낮은 목소리로 또박또박 말했다. 반백인 머리를 길게 길러서는 오른쪽에 한 가닥 땋아 내린 중늙은이였다. 팔촌이라더니 과연 수정과 닮은 구석은 찾으려야 찾을 수도 없었지만, 으스대는 표정만큼은 꼭 닮은 듯했다.

수정은 방 안에 들어서자마자 다짜고짜 사내를 위아래로 훑어보더니 감탄부터 시작했다.

"이야, 해정이 오라버니는 여전히 차려입기에 목숨 거셨네."

"너는 여전히 딱 체면 차릴 만큼만 입고 다니는구나. 옆에는 아들이냐?"

"다 알면서 물어보는 것도 옛날하고 그대로고. 당연히 아니지. 우리 농장에서 나고 자란 앤데, 오늘 대처 구경 좀 하라고 데려왔지. 근데 얘가 오늘 본 중에 오라버니 옷차림이 제일 대단한 구경이겠네. 너, 잘 봐둬라. 이 사람이 삼남에서 제일가는 멋쟁이다."

해정은 어깨를 으쓱거렸지만, 굳이 부정하지는 않았다. 그도 그럴 것이 해정은 척 보기에도 기막히게 화려했다. 여지껏 합섬 중고 의류를 제멋대로 걸쳐 입고 살다가 대처에 나왔다고 처음으로 마직 옷을 얻어 입은 가람이 보기에도 옷치장에 적잖은 공을 들이는 걸 알 수 있었다. 물들이지 않은 품 넓은 마직 튜닉에 먹물 들인 바지만 대강 걸쳐 입은 수정만 해도 귀한 태가 났는데, 해정 앞에서는 댈 것도 없었다.

해정은 목선이 네모지게 파인 새하얀 마직 셔츠에다가 같은 색 바지를 입었다. 셔츠와 바지는 천과 같은 색실로 섬세하게 기하학적 무늬가 수놓였다. 그 위에 걸친 푸른색 모시 두루마기는 그야말로 일품이었다. 어찌나 천을 얇게 짰는지 안에 있는 새하얀 옷들이 다 비쳐 보였다. 고무와 플라스틱 위로 천과 솜을 덧댄 운동화도 새하얀 건 매한가지였는데 바느질이 어찌나 꼼꼼한지 옛 시대의 물건을 재활용한 티조차 나지 않았다.

서점조합장 사무실에서는 전기를 써서 불을 밝혔다. 심지어 대낮인데도 그랬다. 장식장 앞에는 조명이 빛났고 책상 위에는 책상용 전등을 올려놓았다. 어마어마한 사치였다.

수정은 이 모든 부의 과시가 익숙한 것처럼, 아무렇지도 않은 표정으로 접객용 의자에 철푸덕 앉았다. 등받이에 등을 기대고 양팔을 벌려 등받이에 올린 모습이 제 집 같았다.

"여튼 요즘도 시장 드나드는 사람들 감시 붙이고 그러나 봐?"

"안 그러면 책 장사를 어떻게 해. 너 같은 큰손이면 내가 안 시켜도 시장 근처 발 디딘 순간부터 알아서 연락 온다. 그나저나 수정이 너는 본 지도 꽤 됐는데, 어째 변한 게 없다. 그 큰 농장 따냈으면 관리도 보통 일이 아닐 텐데."

"그렇잖아도 내가 사업을 좀 크게 벌이려고 하는데, 그러다 보니까 인력 관리 서적이 필요해."

"그거야 얼마든지 있잖아. 뭐하러 나한테까지 와."

"에이, 오라버니도 알잖아. 사업을 제대로 확장하려면 보통 책으로는 안 되는 거. 내가 바라는 건 진짜로 좋은 책이야. 아무 데서나 못 구하는 좋은 책."

"금은 충분히 챙겨 왔고?"

"오라버니가 딱 하나만 보여줘도 될 만큼."

"자신 있나 보다?"

해정이 이를 드러내며 빙긋 웃었다. 두 사람은 앉은 채로 악수한 뒤 자리에서 일어났다. 거래라기보다는 일종의 대치 상황으로 보였다. 그것도 서로에 대한 적개심을 잔뜩 드러내는 종류의.

해정은 통로 쪽으로 걸어나갔다. 색유리 발을 걷어내자 기나긴 통로가 보였다.

"거기까지 얘 데려가도 되나?"

"안 될 건 없지. 본다고 뭘 알겠니."

해정은 낮은 목소리로 나긋나긋하게 말했으나, 경멸은 어디서든 정체를 숨기기 어려운 법이었다. 그래도 이만하면 익숙했다. 게다가 가람도 궁금하긴 매한가지였다. 품팔이꾼으로 살면서 이런 구경은 처음이었다. 처지만 아니라면 그만 뜸 들이고 어서 들어가지 않겠느냐며 채근하고 싶을 정도였다.

가람의 바람에 걸맞게, 해정이 통로 안으로 발을 디뎠다. 수정과 가람이 그 뒤를 따랐다. 통로에는 푹신하고 포슬포슬한 바닥재가 깔려서 걸을 때마다 구름 위를 걷는 듯했다.

해정이 앞서 나가며 운을 띄웠다.

"수정이 네가 찾는 기막힌 책이 있기는 한데, 이게 대여만 돼서 좀 아쉽네. 나도 팔아는 주고 싶은데."

"그건 또 무슨 소리야. 내가 사업을 하루이틀 벌이고 말 것도 아닌데."

수정이 코웃음치자 해정은 어조 하나 바꾸지 않고 계속 말을 이었다.

"너도 알잖아. 아주 가끔 나오는 정말 좋은 책. 온갖 분야를 가르치면 바로 배우고 핵심 분야 활용하는 솜씨까지 타고났는데, 하필이면 여자애라서. 그냥 출판 단지에 앉혀 놓고 자식 보게 하는 게 나을 거 같더라고. 그니까 한 2년만 빌려 가셔. 이것도 특혜다. 밖으로 함부로 안 내돌리는 애야."

"2년이라니 턱도 없는 소리 한다. 내가 큰 장사를 하려는데 10년은 써먹어야지."

"10년이면 가임기 다 끝나겠네. 너야말로 같잖은 소리 마셔."

"애가 몇 살인데 그래? 서른이나 돼?"

"그럴 리가. 올해로 열여섯 먹었지."

수정이 버럭 소리를 질렀다.

"20년 지나서 데려다도 다섯은 빼겠다!"

"너 정말 가혹하구나. 같은 여자끼리 그러면 안 돼. 몸

조리도 하고 그래야지."

"열여섯 먹은 꼬맹이 데려다가 새끼 빼겠단 소리를 하는 인간이 나더러 할 말이야? 10년, 그 이하론 안 돼. 스물여섯 전에 자식 낳으면 애도 어리바리한 놈으로 나오는 거 몰라?"

"3년. 초산을 그전에 치러 둬야지. 너는 이런 데서는 참 상식이 없더라."

두 사람은 복도를 걸어가는 내내 장서 대여 기간을 놓고 실랑이를 벌였다. 뒤따르는 가람은 저들이 자신을 없는 사람 취급해서 천만다행일 따름이었다. 절로 눈살이 찌푸려지는 걸 필사적으로 참기도 힘들었다. 수정은 열여섯 살 먹은 계집애를 사러 왔다면서 몸을 생각하는 것처럼 굴었고 해정은 이따금 농장에 들르곤 하는 수정의 축산업자 친구처럼 사람을 가축으로 취급했다. 책이 해방되기 전까지는 가축이나 다름없는 처지지만, 아무리 그래도 이런 대화는 썩 유쾌하지 않았다. 방금 전까지 통로에 딸린 방마다 어떤 책들이 있나 궁금했던 자신이 혐오스러울 정도였다.

당장이라도 자리를 벗어나고 싶던 대화는 해정이 쇠로 된 방문을 열어젖히는 순간 잠시 멎었다. 조합장 사무실의 값비싼 가구와는 달리 맨바닥에 요가 전부였다. 그나마 바닥에 까는 요는 냉기가 덜 올라올 만한 소재였으나 덮는 이불은 가람이 쓰는 자리 이불과 크게 다르지 않은 듯했다. 조합장 사무실과 통로는 면으로 꼼꼼하게 발라 둔 데 반해 서가는 콘크리트가 그대로 드러났다. 이 방에서 유일하게 값진 물건이라면 천장에 달린 전기등뿐이었다. 그것도 천장에 매끄럽게 달라붙어 함부로 떼지 못하게 처리한 물건이었다.

"자던 중이었니?"

해정이 부드럽게 말을 붙였다. 책은 고개를 젓고는 자리에서 일어나더니 조명 아래 섰다. 해정이 굳이 요구하지 않아도 무엇을 바라는지 아는 눈치였다.

밝은 전등 아래서 살펴보니 이 책은 자기가 사는 공간과 어울리지 않는 귀한 차림새를 하고 있었다. 고깔만 쓰고 있던 '야한 책'이나 농장에서 흔히 보던 장서들과는 입고 있는 천부터 달랐다. 해정만큼 치장하지 않았으나 적어도 수정만큼은 좋은 옷감으로 옷을 지어 입힌 모양이었다.

구성만 보면 유별날 것도 없었다. 여느 책처럼 민머리에 고깔을 쓰고 몸에는 서적 특유의 가운을 걸쳤다. 하지만 그 옷감은 합섬 따위완 비할 바 없는 질 좋은 마직이었다. 흰색 가운에 먹색 끈으로 허리를 질끈 동여맨 탓에 몸매가 고스란히 드러났다. 도저히 얼굴 아래를 볼 수도 없었으나, 그렇다고 얼굴을 볼 수도 없었다. 조명 탓에 더욱 희게 빛나는 고깔과는 상반되는 가무잡잡한 얼굴을 보는 순간 가람은 손을 꼭 쥐었다 폈다. 어느새 손바닥이 축축하게 젖어 있었다. 가람은 당황스러운 나머지 깊은숨을 쉬었다가 침을 꿀꺽 삼켰다. 그 소리가 방 안에 크게 울려서 가람은 귓바퀴까지 새빨개졌다.

해정이 팔짱을 낀 채 너털웃음을 지었다. 낮은 목소리가 방 안에 울려퍼졌다.

"네가 데려온 애 좀 봐라. 청춘은 청춘이네."

"쟤가 우리 농장 여자애들한테 얼마나 목석처럼 구는지 알면 더 놀랄걸. 허우대 멀쩡하지, 인물은 훤칠하지, 그런데 여자고 남자고 간에 관심도 없어요. 작년에는 너 고자 아니냐며 멱살도 잡혔었어. 그랬던 녀석이 아주 어쩔 줄을 모르네. 가람아, 이거 비밀로 해주랴?"

가람은 그저 고개를 푹 숙였다. 가람의 시선 끝에 책의 발가락이 닿았다. 이런 냉골에 있으면서도 맨발에 맨다리 같았다. 가람은 자기가 신은 신이라도 벗어주고 싶었으나, 당장 할 수 있는 일은 변변찮았다.

해정은 책의 고깔을 함부로 벗겼다. 그러자 책의 두피에 빽빽하게 새겨진 문신이 조명 아래 드러났다. 가람은 글자를 알지 못했지만, 아마 책의 이력이나 학습한 지식이 적힌 내용으로 짐작갔다. 분명 머리를 밀었는데 두피에 빈자리가 없었다. 해정은 책의 어깨에 한 손을 올렸다.

"네가 키가 좀 크니까, 무릎을 굽혀야 내 친척이 너를 읽을 수 있겠다."

그러자 책은 시멘트 바닥에 철푸덕 무릎 꿇었다. 불손한 눈빛과는 반대로 주저하지도 않고 지시에 따랐다. 수정은 만족스러운 얼굴로 책의 머리통을 꼼꼼히 읽어 나갔다.

"출판사부터 우리 집안 사람들이 작품이네. 단순 경영이나 물류 말고도 각종 실용 지식이 많다? 얘 하나면 정말 못 벌일 사업이 없겠어."

"그러니까 특급이지. 도저히 밖으로 못 내돌린다. 딱 2년이 한계야."

"실랑이도 지겹다. 8년."

"너, 걔가 1년에 얼마짜리 책인지는 아냐? 3년치로도 벌벌 떨 거야."

"우리 이제 흰소리는 그만하고 금으로 얘기하는 건 어때. 부르는 대로 쳐 줄게. 6년."

"금괴 세 짝은 들어."

"좋네. 다섯 짝은 생각했는데."

해정이 팔짱을 끼고 고개를 뒤로 한참이나 젖혔다. 책은 해정이 어깨에서 손을 떼자마자 자리에서 일어났다. 조명 아래 우뚝 선 어리고 아름답고 키 큰 책은 인간이라기보다는 장식품이나 건축물 일부 같았다. 그 곁에 선 반백 장년 사내는 완연한 대비를 이루었다. 결코 체구에서 밀리지 않는 데다 교교하게 꾸민 해정은 고개를 양쪽으로 천천히 꺾어 뚜둑 소리를 내더니 수정에게 물었다.

"그래, 우리 팔촌 누이가 얼마나 큰일을 하려는지 감도 안 오지만, 값을 치를 수 있다면야 못 빌려줄 건 없지. 다른 사람이면 몰라도 일족끼린데."

"지분이라도 드려야 하나 몰라. 고맙게 됐어."

"그 대신 해마다 애가 들어섰는지 확인하러 사람 보낸다. 너를 못 믿어서가 아니라…"

"…절차란 거지? 그런 걸로 기분 나빠할 거면 굳이 좋은 책을 찾을 생각도 안 했어."

"이해해줘서 고맙다. 혈통 적힌 것만 봐도 알겠지만 귀하기도 귀하거든."

수정은 만족스러운 얼굴로 책의 턱을 잡고 이리저리 어루만지고, 입을 열어 이를 확인했다. 옥니가 조명 아래 반지르르 빛났다.

"충치 하나 없는 거 봐. 역시 관리 잘했네. 얘를 앞으로 뭐라고 불러야 쓰나."

"전문경영서적이니까 줄여서 전영이라고 부르고 있어. 굳이 이름 바꿀 것 있나. 너도 그렇게 부르면 편하지."

"그래, 나도 까짓거 전영이라고 부르지 뭐. 전영아, 6년 동안 잘 부탁한다. 나는 섭앙김제농장의 장수정이다."

수정은 자기보다 키가 큰 어린 책의 뺨을 양손으로 쓰다듬었다. 전영이라 불린 책은 이름을 불린 뒤에야 수정과 눈을 맞추었다. 유난히 땅딸보인 수정과 훌쩍 키가 큰 전영은 키 차이가 제법 났지만, 전영은 새 장서가를 위해 고개를 숙이거나 무릎을 꿇을 생각은 없는 듯했다. 민머리를 고스란히 드러낸 채 그저 나지막하게 답할 뿐이었다.

"6년 동안 잘 부탁드립니다."

밝은 조명 아래 전영이 눈을 내리깔며 말했다. 와잠과 광대뼈에 기다란 속눈썹 그림자가 내려앉았다. 낡은 합성섬유 의류에 적힌 것과는 달리, 속눈썹 그림자는 광대뼈까지 일자로, 한 올 한 올 그 끝이 도드라지게 뻗어나갔다. 가람은 그림자에서 눈을 뗄 수 없었다. 출판사가 머리카락을 밀게 했을지언정, 저 속눈썹만큼은 온전히 전영의 것이라고, 당장이라도 말해주고 싶었다. 동시에 전영의 목소리를 계속 듣고 싶었다. 전영의 목소리는 가람이 만난 사람 중 가장 특별했다. 거대한 창고를 가득 채웠던 채소가 전부 출하되고 나면 창고 안에서 소리가 웅웅 울리곤 했는데, 전영은 뱃속에 그 창고가 들어 있는 것처럼 말했다.

그 울림 섞인 목소리를 조금이라도 더 듣고 싶다는 가람의 바람은 쉬이 이루어지지 않았다. 수정은 해정과 계약을 마치고는 가람을 이끌고 남부시장 이곳저곳을 돌아다녔다. 필요한 물건이 어찌나 많은지 막판에는 수정까지 짐보따리를 좀 나눠 들 지경이었다. 수정이 기분 내라며 던져준 은화 주머니를 꺼낼 틈조차 없었다.

장을 다 보고 나니 어느새 해가 저물었다. 가람은 부랴 부랴 짐칸에 구입한 물건 일체를 쌓아놓았다. 제일 마지막으로 적재할 물품은 가람이었다. 가람으로서는 값을 알 수도 없는 귀한 책을 짐칸에 실을 수는 없기 때문이었다.

그렇게 전영은 6년 장기 대여로 섭양김제농장에 의탁하게 되었다. 스물세 살이 되면 농장을 떠날 운명이었다. 첫눈에 전영을 연모하게 된 가람은 농장으로 돌아가는 내내 생각했다. 함께 지낼 시간이 고작 여섯 해밖에 없었다.

*

농장에 도착할 무렵엔 어느새 달이 휘영청 떠 있었다. 가람은 수정의 지시대로 전주에서 사 온 짐을 안채 광에 차곡차곡 쌓았다. 안채 조명은 전등이어서 작업이 비교적 수월했다. 바깥채처럼 심지와 기름으로 야간 조명을 만들면 아무래도 광량이 모자랐다. 그래도 혼자 하기에는 일이 제법 고되어서, 짐을 다 옮길 무렵엔 흠뻑 땀에 절었다. 옷이야 나중에 빨더라도 당장은 씻고 잠들고 싶었다.

마침 가람은 부모가 남긴 살림집에 그대로 살았다. 욕실도 하나 딸린 곳이었다. 고작해야 한 칸짜리 방이지만 혼자 쓸 수 있는 건 확실히 특혜가 맞았다. 한 사람 몫을

하기 전인 열두 살짜리 고아에게도 빌려주었으니 두말할 것도 없었다. 임대료가 다달이 나가긴 했지만, 어쨌든 수정이 품팔이꾼의 사정을 봐주는 몇 안 되는 구석이기도 했다.

수정은 일이 끝나기 무섭게 목소리를 가다듬고 말했다. 일종의 훈계조였다.

"가람이 고생 많았다. 전영이도 오느라 수고했고. 이렇게 먼 길은 처음 올 텐데. 일단 전영이 숙소를 마련하기 전에 묵을 데가 있어야겠는데, 보자, 일단 오늘은 가람이네서 묵어라. 가람이가 살림집 한 채를 혼자 쓰니까는. 아, 한동안 농장 돌아가는 거 살피려면 비서도 필요하겠지. 가람이가 비서 노릇하면 딱이겠다."

가람이 눈이 휘둥그레 커졌다.

"아니⋯ 저는, 그것보다는, 그냥 지금까지 하던 일을 계속하면 안 될까요."

"당분간이야. 쟤도 모르는 얼굴보다는 제일 길게 본 얼굴이 낫지. 얼른 가자. 안내 안 하고 뭐하냐. 그럼 내가 쟤 비서를 하리?"

가람은 천천히 도리질쳤지만 몸은 순식간에 바짝 굳었다. 바깥채 외곽에 있는 자기 집까지 가는 동안 수정이 따라오는 것마저 신경쓰였다. 전등이 훤한 안채를 지나니 호롱불 유리등이 드문드문 벽에 걸린 바깥채가 나왔다. 가람의 집은 하우스와는 반대 방향에 있었다. 어둑

어둑한 길을 따라 늦은 밤 걷자니 인기척을 느낀 개들이 담장 밖에서 짖어댔다. 동물 전문 서적이 기르는 보안견들이 내는 소리였다.

가람의 집은 여느 품팔이꾼 가족의 살림집처럼 슬레이트와 시멘트를 섞어 아무렇게나 급한 대로 만들어진, 정사각형 모양의 집이었다.

"전영이 먼저 들어가서 씻거라. 안에 욕실 있을 게다. 가람아, 호롱불 켜는 라이터는 어디 있냐?"

"들어가자마자 오른쪽에 걸어놨어요."

"그래, 전영이 들어가서 먼저 씻고 쉬고. 가람이 너는 내일부터 해야 할 일로 나랑 얘기 좀 하자."

가람은 고개를 끄덕이고 문을 열었다. 전영은 고개를 푹 숙여 인사한 뒤 군말 없이 문 안으로 들어갔다. 문이 닫히는 소리가 나자마자 가람은 수정에게 목소리를 낮춰 말했다.

"그냥 하던 일이나 할게요. 비서라면 안채에 똘똘한 애 많지 않습니까."

"아직도 내가 뭘 얘기하는지 모르겠어? 쟤 꼬셔서 애들어서게 하란 얘기잖냐. 억지로 하면 분명히 말이 나올 테니까 잘 구슬러서 해 보라고."

야밤에 가슴이 쿵 내려앉을 것만 같았다. 전주에서 오간 얘기와는 완전히 딴판이었다. 가람은 재빠르게 속삭이듯 말했다.

"어르신, 서적조합장 어른께서도 그랬잖아요. 1년에 한 번씩 사람 보내서 애 들어섰는지 확인한다고. 애 들어섰다가 걸리면 어쩌려고 그러세요."

수정이 혀를 차며 대꾸했다.

"날짜를 잘 맞춰야지. 애가 열두 달 걸려 태어나냐? 열 달 걸려 태어나지. 게다가 전영이가 애만 낳으면, 너 그 날로 새경살이 끝내고 한 살림 톡톡하게 챙겨 준다. 게다가 애가 못난 것도 아니고 미끈하게 잘생겼잖냐.

너도 갖춰 입으니까 훤칠하다만. 잘 해봐, 인석아. 내일 아침 먹기 전에 쟤 데리고 바깥마당으로 오고."

수정은 말이 끝나기 무섭게 가람의 아랫춤을 콱 움켜잡더니 안채를 향해 뒷짐 지고 걸어갔다. 가람은 수정의 뒷모습을 보면서 숨을 콱 참고 눈썹을 치켜세웠다가, 어깨를 축 늘어뜨리고 벽에 몸을 기댔다.

자기 같은 품팔이꾼의 자식이 생기지 않기 위해 동정을 맹세한 지 다섯 해, 처음으로 그 맹세가 흔들릴 만한 상대를 만났는데, 졸지에 그 상대한테 애까지 배게 하라는 명령도 들었다. 황망하기 그지없었다.

가람은 벽에 기댄 채로 마른세수하고 난 뒤 뺨을 때렸다. 절대로 농장주 좋을 일을 할 생각은 없었다. 지금까지처럼, 그냥 지금까지처럼 잘 참고 살면 되는 거였다. 당장은 씻고 자면 그만이었다. 그렇게 마음을 단단히 다잡은 가람은 방에 들어섰다.

씻고 나와서인가, 올 때와는 다른 가운을 입고 있는 전영은 가람이 평소 쓰던 침대 한복판에서 코까지 골며 잘 만 자는 중이었다. 안에는 잠옷인지 긴 원피스를 입은 모양인데 치맛단은 올라가고 앞섶이 벌어져 보기만 해도 아찔했다. 갈대로 짠 자리 이불은 침대 아래에 절반쯤 흘러내렸다.

  도저히 저 옆에 누울 자신이 없었다. 졸지에 가람은 씻고 나온 뒤, 모처럼 양친이 모두 살아 있었을 적 쓰던 물건의 품에 몸을 구겨넣었다. 가람은 그새 무럭무럭 자랐고 의자 겸 침대는 한없이 비좁았다. 시간을 욱여넣은 듯한 밤이었다. 전영이 규칙적으로 코 고는 소리가 그나마 편안했다. 가람은 금세 잠들었다.

*

  농장의 아침은 기상 시간을 알리는 민요가 울려퍼지면서 시작했다. 지난 대 농장주가 설비 서적을 들여서 설치한 농장 규모 알람 시계였다. 농장의 전력원이 으레 그렇듯 태양열 발전을 이용하는지라 비축된 전력이 전부 소비되면 작동하지 않았다. 큰 상관은 없었다. 기상 시간은 사람의 몸에 새겨지는 법이었다.

  민요와 더불어 보안견들이 정신없이 짖어댔다. 이건 전력을 다 써도 작동하는 시계였다. 개들은 아침이면 식사 시간이 되기 전까지 짖고 까불고 뛰어다녔다.

가람은 종이 울리기도 전에 일어나 기지개를 켜고, 구부정하게 자느라 쑤시는 삭신을 조금씩 풀던 참이었다. 전영은 눈살을 찌푸리며 가까스로 몸을 일으켰다. 가람은 스트레칭을 그만두고 물을 한 잔 가져다주었다. 전영은 시중받는 게 익숙한 것처럼 태연하게 받아들이고는 인사치레 하나 없이 물을 대번에 들이켰다. 그런 다음 눈가를 비비더니 한참 잠긴 목소리로 말했다.

"여기는 아침마다 군밤타령이랑 개 짖는 소리로 사람 깨우니?"

"군밤타령은 그래. 쟤네는 신나서 짖는 거야. 너는 잘 잤니?"

"아… 맞다. 인사부터 해야지. 이해해 줘. 서적은 교육 기간이 끝나면 팔릴 때까지 독방에 갇혀 살아서, 다른 사람하고 어떻게 지내는지 까먹곤 해. 그나저나 너는 거기 의자에서 잔 거야? 내 옆에서 자지 그랬어. 둘이 자도 넉넉할 것 같아서 그냥 누웠는데."

"어떻게 그러겠어."

"왜 안 돼?"

말이 끝나기 무섭게 전영이 자리에서 일어나 가람 앞으로 성큼성큼 다가왔다. 전주에서도 느꼈지만 가람과 얼추 키가 비슷했다. 눈높이가 이만큼이나 비슷한 또래 여자를 보는 건 처음이었다. 아니 사실, 전영 같은 사람을 만나는 것도 처음이고, 그런 사람이 같은 침대를 쓰자고 하는 것도 처음이고, 다 처음이었다. 가람은 귓불까지 빨개진 채 고개를 돌렸다. 코앞까지 다가온 전영의 체취가 물씬 풍겨서 몸 둘 바를 모를 지경이었다.

"나랑 키도 비슷하면서 무슨 애들 쓰는 침대에서 구겨져 자겠다고. 그나저나 장서가는 별말 없었어? 너한테 뭐 안 시켰니?"

전영이 하품하며 말했다. 울리는 것처럼 말하는 목소리는 여전했지만 자고 일어난 직후에 보고 있자니 신비로움이 한 겹 걷힌 느낌이었다. 가람은 낮게 웃으며 말했다.

"아침 먹기 전에 바깥마당으로 오랬어."

"그런데 너는 왜 웃니. 내가 하는 말이 이상하니?"

"아니, 아니, 아니, 절대 아니야. 그냥 네가 어제랑 달리 너무 평범한 사람 같아서, 친근감이 들어서 나도 모르게 웃었나 봐. 기분 나빠?"

가람이 냅다 손사래 치며 답했다. 평소답지 않기는 했다. 가람은 본래 또래 여자애들과 이렇게 길게 말을 섞지도, 자기 행동을 굳이 설명하지도 않았다. 다만 전영이 물끄러미 바라보고 있으니 필사적으로 답해야 할 것만 같았다. 괜히 말이 더 길어졌다가는 전영의 기분이 상할까 싶어, 가람은 조심스레 전영의 낯빛을 살폈다. 잠이 덜 깬 얼굴은 여전히 별 감정을 드러내지 않았다.

"여기는 핀 조명이 없으니까 평범해 보이겠지. 요즘 그런 조명을 어디서 쓰겠니. 그나저나 머리를 밀어야 해. 혹시 비누랑 면도날 있니?"

"응. 둘 다 별로 좋은 물건은 아니지만, 나도 면도를 하니까. 그런데 혼자 밀 수 있겠어?"

"그러게. 여기는 혼자 머리를 밀기엔 시설이 영 마땅찮네. 네가 도와줘야겠다. 나 먼저 머리에 비누칠하고 있을게."

양철통에 받아 둔 물을 대야에 조금 떠서 세수를 마친 전영은 곧 쪼그린 채 머리와 귀 뒤를 물로 적시고 비누로 천천히 머리를 문질렀다. 치마를 입은 채로 아무렇게나 쪼그려 앉으니 속옷이 다 보일 것 같아서 가람은 아예 등을 돌렸다. 전영이 부르자 눈을 다른 곳에 두고 가까이 다가간 다음, 잘 갈아 둔 면도날로 전영의 머리를 꼼꼼하게 밀었다. 문신으로 얼룩덜룩하다고 생각했는데, 하룻밤 사이에 뾰족하게 자라난 머리를 밀고 나니 밀기 전보다는 산뜻했다. 자기 얼굴 말고 다른 부분을 밀어 본 적 없는 가람은 어느새 전영의 뒤통수가 유난히 동그랗고, 머리카락이 자라는 공간은 정말 하나도 빈틈없이 문신으로 뒤덮여 있음을 깨달았다.

"네 덕분에 편하게 면도했네. 너도 끝나고 이거 쓰렴."

전영은 자기 짐에서 작은 병 하나를 꺼내더니 병에 담긴 기름을 얼굴과 머리에 고루 발랐다. 가람이 이름을 알지 못하는 향기가 확 풍겼다.

"아니, 나는 괜찮아."

"내가 말을 안 했구나. 머리 미는 걸 도와줬잖아. 답례로 주는 거야. 혼자 오래 지냈더니 고맙단 소리가 쉽게 안 나오네. 아무래도 연습해야겠다."

가람이 세수하고 면도하는 동안, 전영은 얼굴과 머리와 목 등을 매만지며 내내 사소한 인사말을 중얼거렸다. 고마워, 미안해, 부탁해, 안녕…. 욕실 밖에서 들리는 목소리는 노래 같기도 주문 같기도 했다. 마침내 가람이 세면을 끝내고 욕실에서 나오자 전영은 가람의 손 위에 기름을 조금 덜었다. 가람은 서툰 손길로 자기 얼굴에 기름을 발랐다. 전영은 가람에게 기름 바르는 방법을 알려 준 뒤에도 계속 인사말을 연습했다. 두 사람이 서로를 등지고 옷을 갈아입을 때까지 내내 혼자서 중얼거렸다.

슬슬 바깥마당으로 향할 시간이었다. 가람은 평소 입던 대로 낡은 합성섬유 옷을 걸쳤다. 이것도 슬슬 기장이 짧아지고 있었다. 누가 봐도 옷을 되는대로 얻어 입은 농장 품팔이꾼 차림인 가람과는 반대로, 전영은 어제처럼 새하얀 마직 셔츠와 바지 위로 새하얀 가운을 걸치고 검게 물들인 허리끈을 질끈 맸다. 마지막에 흰 고깔을 쓰고 새하얀 가죽신을 신었다. 하나같이 맞춤옷인 태가 났다. 아침에 느슨해졌던 모습은 어디 갔는지, 다시

날을 세운 듯한 태도였다.

가람은 전영의 태도가 부지불식간에 변한 모습을 보면서 괜히 말을 붙이고 싶었다. 방금 전까지 보였던 얼굴이 편하고 자연스러운 얼굴이라면, 바깥마당까지 향하는 짧은 시간이나마 더 지켜보고 싶기도 했다. 지난밤 수정이 꺼낸 괴상한 제안을 받아들일 생각은 추호도 없었지만 전영과 둘만 있는 기회 역시 놓치고 싶지 않았다.

그렇다고 개수작 부리는 어중이떠중이가 되는 건 질색이었다. 가람은 전영보다 한 발짝 앞서 바깥마당으로 가다가, 최대한 이상해 보이지 않을 화제를 꺼냈다.

"너도 나처럼 키가 커서 반갑네. 성장통 없었니? 나는 엄청 심했어. 아직도 가끔 아파."

"나는 별로. 부모가 모두 키가 컸기 때문에 성장통 예방용 칼슘제와 마그네슘제를 잔뜩 복용했거든. 그래도 초경 시작하고 난 뒤부터는 좀 덜 크는 편이야."

칼슘제와 마그네슘제가 뭔지 모르겠지만 그걸 먹으면 성장통을 겪지 않는다는 이야기를 잘 들었다. 그러나 초경 이야기를 듣고 나니 도대체 할 말이 없었다. 가람은 굳이 더 입을 열지 않고 바깥마당으로 향했다.

농장 바깥채의 중심인 너른 터를 바깥마당이라고 불렀다. 바깥채는 보통 농장을 굴러가게 하는 작업실과 따로 독채에 살지 않는 품팔이꾼들의 숙소로 쓰였다. 품팔이꾼들이 드나드는 단체 식당도 바깥채에 딸렸으니, 여기서 전영을 소개하고 난 뒤 바로 식사하러 가면 될 터였다.

수정은 바깥채 너른 터에 농장 식구들을 줄세워 모아 놓았다. 미리 언질을 들은 모양인지 곳곳에서 농장 식구들이 몰려들었다. 안채를 쓰는 전문 서적들도 하나둘 얼굴을 비추었는데, 전영처럼 값진 옷을 입은 이는 하나도 없었다. 다들 합성섬유를 재활용해서 만든 가운에 고깔을 쓴 차림이었다.

"전영이 왔구나!"

수정이 전영을 발견하자마자 쩌렁쩌렁 울리도록 인사했다. 그러고는 자기보다 한참이나 키가 큰 전영을 한쪽 팔로 단단히 끌어안고 자기가 부리는 이들에게 말했다.

"알겠지만 내가 이번에 식가공 사업을 벌이려고 한다. 새 사업을 벌이려면 인사 관리가 제일 중요한 거 아니냐. 그래서 귀한 책을 모셔왔다. 나이는 어려도 경영부터 식품공학까지 온갖 분야의 전문가니까, 당분간은 이 농장에서 나랑 내 남편 다음이라고 생각하고 대하면 되겠다. 이름은 전영이라고 하고, 농장 적응할 때까지는 가람이가 쫓아다니면서 비서 노릇할 거다. 그럼, 오늘 할 말은 끝났고, 다들 밥 먹으러 갑시다. 가람이는 밥 먹고 난 다음에 전영이한테 농장 싹 소개해라. 오래 걸리면 안 된다. 거, 김 서방이랑 농업 기초랑 그쪽에 둘러앉은 장정들은 좀 남고."

수정이 남으라고 굳이 말한 이들은 전부 젊은 사내들이었다. 무슨 말을 하려고 남으라는 건지 능히 짐작이 갔다. 아마 가람에게 제안한 일과 크게 다르지 않을 것이었다. 가람은 애써 고개를 돌리고 얼굴이 굳지 않도록 애쓰며 전영을 식당으로 이끌었다. 너무 늦장 부리면 마땅히 먹을 것이 남지 않았다.

섭양김제농장에서 일하는 이들은 책과 품팔이꾼과 해방된 책, 즉 전문 기술자를 포함해 200명을 훌쩍 넘겼다. 이들이 식당으로 꾸역꾸역 들어가는 모습은 장관이었다. 전영은 식당 안에 들어서자마자 두리번거리며 단체 급식당의 규모와 구조와 일이 돌아가는 과정을 살폈다. 고개를 갸웃거리면서 눈을 동그랗게 뜨고 아주 세심하게 관찰했다. 가람은 농장 밖에서 살아 본 적은 없지만, 새로 농장에 들어온 품팔이꾼들은 입을 쩍 벌리며 식당의 규모에 감탄하곤 했다. 품팔이꾼과 서적을 막론하고 사람을 이만큼이나 감당할 수 있는 농장은 손에 꼽을 거라면서 혀를 내둘렀다. 전영도 예외는 아닌 모양이었다.

식당은 벽 하나를 주방과 배식소로 삼았다. 철근 콘크리트로 든든하게 지은 식당은 환기를 위해 일부러 천장을 높여 지었다. 폐 스테인리스나 양은을 접합해 만든 탁상과 의자가 나란히 줄지어서 식당을 꽉 채웠다. 식사를 끝낸 이들은 다시 배식소가 있는 쪽 끄트머리로 간

다음 빈 그릇을 반납하는 식이었다. 품팔이꾼과 낡고 오래된 장서들이 줄지어 스테인리스 솥에 담긴 콩죽을 받는 모습은 개체라기보다는 군체의 움직임에 가까웠다. 적당히 친한 사람끼리 고철로 만든 밥상과 의자에 둘러앉아 잡담을 나누었다. 갓 짝지은 부부는 물론이요, 한때 가람이 그랬던 것처럼 농장에서 아이를 키우는 품팔이꾼 가족도 고루 있었다.

식당 돌아가는 모습을 한참 살피고 난 뒤에야, 전영은 가람과 함께 배식줄에 끼어들었다. 그러면서 나지막하게 말했다.

"여기 정말 사람 많구나."

"새로 오면 다들 그런 얘기를 하더라고."

"노인도 많네. 늙은 개체는 특수한 경우가 아니면 생산성이 떨어지는데."

양은 식기에 콩죽을 받아오면서 전영이 중얼거렸다. 오늘 식사가 제법 마음에 든다는 것처럼 태평한 어조였다. 말이 끝나기 무섭게 가람이 주변을 곁눈질했다.

"아무래도 품팔이꾼은 가족을 많이 꾸리니까. 어르신들이 아니면 애들은 또 누가 보겠어. 나도 어르신들 손에 자랐으니까."

가람이 식당 구석에 앉았다. 외풍이 심하게 들어서 남들이 굳이 꺼리는 자리였다. 혹시라도 노인을 다 내쫓자는 말이 나올까, 아니 노인을 내쫓자는 말이 남들에게 들릴까 두려웠다.

"임노동자를 가족 단위로 운영하면서 임노동자 가족의 아동을 노인에게 맡기는 건 썩 괜찮아. 보호자가 애를 두고 일하러 갔을 때 걱정이 덜할 테니까. 그렇지만 젊은이한테 맡기는 것만은 못하지. 비율이 어느 정도 되는지는 파악해야겠어. 그나저나 너처럼 혼자 사는 사람은 없어?"

"절반은 되지."

"다들 이동의 자유가 있고?"

가람은 애써 얼굴에 속내가 드러나지 않도록 애쓰며 식어가는 콩죽을 한 술 더 뜨고 고개를 끄덕거렸다. 대체로 자유로웠으니 틀린 말도 아니었다.

"너는 어때. 여기서 계속 일하고 싶어? 대우가 마음에 들어?"

"…나는 일이 어떻게 흘러가든 스물다섯 살까지는 여기서 새경살이를 해야 해. 부모님 병구완 비용을 농장주 어르신이 대주셨으니까, 선새경을 갚는 셈으로."

"그럼 너는 선택의 여지가 없구나. 이 농장에 너처럼 새경살이하는 사람이 많니?"

"적어도 내가 아는 한에서는 없어."

"장담할 수 있어?"

전영은 수저를 뜨다 말고 가람의 얼굴을 빤히 들여다보았다. 눈에는 호기심이 잔뜩 어려서, 깊게 울리는 목소리와는 어울리잖게 마치 장난치는 어린아이 같았다.

"응. 나는 이 농장에서 나고 자랐거든. 그래서 다른 농장은 몰라도 여기는 알아. 일단 함부로 선새경을 안 내줘. 나도 이자는 따로 내지 않고 원금만 갚아. 열두 살 때부터 어른들하고 품삯을 같이 쳐줬고."

"고생 많겠네."

가람은 굳이 대답하지 않았다. 가람은 스물다섯 살만 되면 제대로 품삯을 받고 이 농장을 떠날 생각이었지만, 전영은 여섯 해 뒤에 아이를 낳기 위해 출판 단지로 끌려가야 하는 몸이었다. 지금 열여섯 살이랬으니 여섯 해 뒤라고 해봤자 고작 스물두 살이었다. 그런 사람 앞에서 신세 한탄할 생각은 없었다.

그때 전영이 숟가락을 떨어뜨렸다. 식탁 아래로 들어가 숟가락을 줍는 척하면서 전영이 가람에게 속삭였다.

"장서가가 나 임신시키라던?"

가람이 깜짝 놀라 주위를 둘러봤다. 식사 시간이 끝나가는 참이라 식당에 사람이 없으니 천만다행이었다. 가람은 그런 전영을 보며 쿡쿡 웃었다.

"그럴 만도 하지. 너 글 읽을 줄 아니?"

"아니."

"그렇구나. 잠깐 나가서 얘기할까? 어차피 농장도 둘러봐야 하는데."

이번에는 전영이 가람보다 앞서 나갔다. 식기를 설거

지통에 반납하고 농장 변두리로 향하는 태가 자연스러웠다. 간밤에 지나친 길을 통으로 외운 듯했다. 가람이 돌아보는 지역은 하우스 끄트머리마다 콩을 키울 수 있을 만큼 지력이 남은 땅이었다. 전영은 하우스 안에서 일하는 품팔이꾼을 살피며 한참 걷다가, 잡담처럼 침묵을 깼다.

"내가 쓴 고깔에는 내 혈통서도 적혀 있어. 다들 양서로 이름난 책이고. 위약금이 아무리 커도 탐낼 만하지. 여기 장서가는 산부인과 의사 정도는 불러올 수 있을 자산가로 보이니까. 게다가 너는 참 아름답게 생겼으니 내가 아무리 위험부담이 커도 혹할 거라고 생각했을 테고."

"그게 무슨 말이야?"

"내가 보기에도 너는 꽤 번듯하게 생겼다는 뜻이지. 그보다 너는 나랑 애를 만들고 싶니?"

전영이 갑자기 서서 몸을 반 바퀴 돌리더니 가람의 얼굴을 빤히 바라봤다. 가람은 자기도 모르게 뒤로 몇 걸음 물러섰다. 귓불까지 열이 잔뜩 오른 느낌이었다.

"너, 너는 내가 그랬으면 좋겠어? 내가 그런 인간으로 보여?"

"나야 모르지."

가람이 속삭일 수 있는 한도 내에서 최대한 단호하게 말했다. 적어도 말하려고 시도했다.

"전혀 아냐! 오히려 그런 일은 되도록 피하고 싶어. 굳이 네가 아니라도. 너는 임신하고 싶은 거야?"

"뭐하러 벌써부터. 여기 대여 기간이 끝나면 나는 지겹도록 애만 낳다 죽을 텐데. 지금은 몸이 덜 자랐으니까 대여한다고 밖으로 내돌리는 거지, 출산하기 적합한 몸이 되면 절대 아닐걸."

전영은 능글맞은 목소리로 끔찍한 이야기를 입에 올렸다. 눈가가 호를 그렸고 목소리는 깊게 울렸다. 가람은 자기도 모르게 깊은 숨을 내쉬었다. 어느새 전영의 말에 귀를 기울이고 있었다.

전영이 고깔을 벗었다. 아침에 밀면서 봤던 민머리는 여전히 글씨가 빽빽하게 적혀 있었다. 가람은 문맹이었기에 그저 전영의 머리에 적힌 정보가 금괴 세 짝 분량만큼 된다는 것쯤만 가늠했지, 그 의미가 무엇인지는 몰랐다.

"이거 봐. 나 같은 고급 서적에는 혈통서가 따라붙어. 나는 숱한 책을 토씨 하나 안 틀리고 욀 수 있고, 그 내용을 이해해. 보통 이런 서적은 마찬가지로 고급 서적과 접붙여 다른 서적을 길러. 그런데 그건 장서가가 허락해야 가능하거든. 나는 지금 이 농장에 '대여'된 거고, 농장주는 이 틈에 새끼를 보려는 셈이지만, 실은 불법이지. 그래도 애아빠가 서적이라면 서점조합장은 나와 아이를 데려갈 거야. 그러니 농장주는 네가 애아빠라고 대겠지. 네가 그럴 생각이 없더라도 상관없어."

가람은 마른세수를 하고 양손으로 머리를 뒤로 빗어 넘겼다.

"나는 그럴 생각이 전혀 없지만, 그래도 물어봐야겠네. 왜 나를 애아빠라고 대는데?"

"그래야 농장주가 애를 차지할 수 있거든."

전영이 어깨를 으쓱거렸다. 둘은 어느새 하우스촌을 한참이나 지나 가람의 살림집 앞까지 도착했다. 외딴 독채답게 딱히 신경 쓸 만한 건 없었다. 전영은 가람의 집 안에 들어가 간밤에 가람이 몸을 욱여넣었던 작은 철제 소파를 마당에 꺼내 놓았다. 마치 지난밤 가람이 그랬던 것처럼 대충 몸을 얹어 놓고 난 뒤에는 고깔로 얼굴을 가렸다.

"아, 밥을 먹었으면 햇볕 아래 누워야지. 좀 살 것 같네. 자, 네가 애아빠라면 아이는 암기력이 증명되지 않은 자원이니까 서적조합에서는 그냥 버릴 테고, 농장주 수중에 떨어지겠지. 너는 아마 적법한 절차에 따라 죽을 거야. 장서를 함부로 훼손시킨 셈이니까. 조합장 앞에서 나를 보며 얼빠진 얼굴을 한 것도 인상 깊었을 테고. 하지만 농장주 입장에서는, 뭐, 크게 걱정할 일 없는 일이야. 새경 받는 임노동자 하나 사라진다고 뭐가 달라지겠어? 좋은 책 핏줄은 쉽게 구할 수 있는 것도 아니고. 이참에 책 사업에도 뛰어들 수 있겠지."

얼빠진 얼굴을 했다는 대목이 계속 귀에 울렸다. 가람은 자기가 그렇게까지 얼뜨기처럼 보였는지 잠시 고민했다. 가람이 아무 대꾸도 없자 전영이 손가락을 튕겨 가람의 주의를 끌었다.

"이거 봐, 나도 공짜로 보호를 요청하는 건 아니야. 네가 나를 돕는다면 나도 너를 도와줄게."

"어떻게 돕는단 말이야?"

"서적이 임노동자를 돕는 오래된 방법이지. 나는 너에게, 서적이 아닌 이들에게 알려 줘서는 안 되는 지식을 몰래 알려 줄 거야. 네가 내 뒤통수를 친다면 나는 기꺼이 네가 날 강간하려 했다고 조합장에게 전령을 보낼 거고. 그렇지만 나는 되도록 너와 좋은 관계를 맺고 싶어. 나는 이 농장에서 지내는 동안 강간을 피하고 너는 기술자가 되어서 스물다섯 살에 농장을 떠나는 거야. 이만하면 괜찮은 거래 아냐?"

가람은 잠시 목덜미를 주무르며 생각에 잠겼다. 얼추 그럴싸하게 들렸다. 전영의 말대로라면 지금 가람은 외통수에 놓인 셈이기도 했다. 불쾌한 협박 사이로, 전영이 고깔 끝을 살짝 들어 보였다. 가람은 애써 얼굴에 힘을 주고 헛기침을 했다.

"나쁘진 않네. 받아들이지."

전영이 고깔 사이로 씨익 웃더니 누운 자리에서 나비다리로 앉았다. 가운 자락까지 더해져 의자가 꽉 차는 듯했다. 전영은 고깔을 벗고 엄숙한 얼굴로 나지막하게 입을 열었다.

"그럼 오늘부터 시작할까. 농장 시찰은 정오가 지난 다음부터 하자. 나는 지금부터 내 머리에 적히지 않은 비밀 서적을 네게 알려 줄 거야. 너는 그걸 외우든, 곱씹든, 공부하면 돼. 우선 들어 봐. '우리가 이야기하려는 사람은 누구인가? 전태일. 평화시장에서 일하던, 재단사라는 이름의 노동자. 1948년 9월 28일 대구에서 태어나 1970년 11월 13일 서울 평화시장 앞 길거리에서 스물둘의 젊음으로 몸을 불살랐다. 그의 죽음을 사람들은 인간선언이라고 부른다…'"

김제 황야에서부터 불어온 바람은 높은 담장을 넘어 두 사람에게까지 닿았고, 가람이 이해할 수 없는 맥락을 담은 말들이 전영의 입에서 흘러나왔다. 훗날 그 말들이 심장을 움켜쥘 줄도 모르고, 가람은 전영이 이끄는 대로 그 옆자리에 앉았다. 그 순간만큼은 소년이 소녀에게 사로잡혔다고밖에 말할 수 없었다.

*

전영이 농장을 시찰하고 각종 전문 서적에게 현황 보고를 들은 다음부터 새 사업이 본격적으로 진행되었다. 전영은 수정과 머리를 맞대고 사업의 기틀을 잡았다. 대개 수정이 예상한 밑그림에 어떤 인력이 얼마나 필요하며 이를 어디서 충당할지로 논의하곤 했다.

전영은 수정에게 '조수'와 '인사 전권'을 요구했다. 수정이 바라는 속도를 내고 싶다면 전영이 인사권자가 되고 사후 보고하는 편이 효율적이며, 조수 겸 비서가 따라붙으면 어깨 너머로 인사 관리의 기초를 배울 수 있으니, 전영이 농장을 떠난 뒤를 내다보라는 말이었다. 그렇잖아도 수정은 전영에게 가람을 접붙이려던 차였다. 인사권자가 생긴다면 나쁠 건 없는 장사였다. 아이 아버지로 댈 만한 장정은 농장에 널렸다. 수정은 흔쾌히 승낙했다.

처음 가람은 전영이 '조수'를 요청한 까닭이 두 사람 사이에 오간 거래 때문이리라고 짐작했다. 한숨 돌릴 구석이 생기리라 기대했지만 아쉽게도 그 바람은 산산이 부서졌다. 전영은 바빴다. 그것도 아주 많이 바빴다.

담장을 넓히고 공장을 지어야 하니 신출내기 품팔이꾼들이 농장에 들어왔다. 전부 전영이 면접을 봤다. 인원이 늘어나니 바깥채에 행랑채를 더하고 식당과 위생 시설을 확충해야 했다. 이에 필요한 인력을 계산하고 건축서적에게 설계도면과 건설 일정과 필요 물품을 보고 받은 뒤, 적당히 조율해 수정에게 보고하기도 했다. 행랑채를 제대로 짓기 전에 임시 숙박 시설을 마련하는 건 물론이었다. 붙박이와 뜨내기 사이에 충돌이 일어나면 시비를 가리고 징계를 내리는 것까지 전부 전영의 일이었다. 가람은 일을 따라가기만 해도 벅찼다.

눈코 뜰 새 없이 바쁜 데다 처음에는 그리 잘 돌아가지도 않았다. 건축 전문 서적이 어린 전영을 얕잡아 보아서 지시를 무시했던 일이 대표적이었다. 건축 전문 서적과 오래 일한 기술자들도 합세했다. 전영은 털보 건축 서적 앞에서 고깔을 벗어 자기도 건축과 설계에 대한 학습을 마쳤다고, 그러니 건축 서적 한 사람쯤이야 필요없다고 말하며 그를 신출내기 품팔이꾼 그룹에 섞어 터고르기 작업에 투입시켰다. 공장 부지의 터를 깊게 파는 고된 작업이었다. 건축 서적과 함께 나섰던 기술자들도 자기 기술을 살리기는커녕 전혀 관련 없는 작업으로 재배치되거나, 일방적으로 품팔이 계약이 해지되었다.

그리고 밤이 되면 이 모든 일을 곁에서 지켜본 '조수'와 함께 잠을 쪼개 지식을 나누었다. 가람은 글자를 익히며 전태일 평전을 배웠다. 그 옛날 이 땅에 노동자도 사람이라 외치며 분신했던 전태일이라는 사람이 있었다는 이야기는 유럽을 떠도는 하나의 유령이 있다는 공산당 선언으로 이어졌다. 가람이 무엇을 모르겠다고 말하면 전영은 그에 관련된 다른 책을 가르쳤다. 가람의 물음에 답하는 식으로 나아가다 보니 계보도 없고 대중도 없었다. 전태일 평전, 공산당 선언, 자본론, 성의 변증법, 서발턴과 봉기, 무엇을 할 것인가, 당과 계급, 중국사 강요, 파업 이론과 역사….

얄궂게도 전영이 가르쳐 주는 지식이란 하나같이 전영이 낮에 보이는 모습에 맞서기 위한 방법이었다. 낮에는 전영을 따라다니며 자본가의 앞잡이 노릇을 배우고 밤에는 생산수단과 땅을 틀어쥐고서 타인 위에 군림하고자 하는 이들과 싸우는 법을 익히고 있으니, 젊은 가람으로서는 재미질 수밖에 없었다. 수정에 대한 반감도 한몫했다. 게다가 무언가 궁금한 게 있으면 전영은 결코 허투루 알려주지 않았다. 가람이 이해할 때까지 끈질기게 가르쳤다. 전영의 머리에는 결코 적히지 않았으나 전영의 입에서 구비구비 흘러나오는 불온한 지식은 꼬리에 꼬리를 물고 두 사람의 밤을 채웠다.

"이렇게 천 일 밤 동안 끊이지 않는 이야기를 해서 목숨을 구한 이의 이야기도 있어…."

한참 가르치다가도 전영은 왕왕 먼저 잠들곤 했다. 그러면 가람은 전영의 어깨까지 이불을 덮어 주고 자기도 그 곁에 가서 누웠다. 둘은 책 몇 권을 떼고 난 다음부터 한 침대를 쓰는 게 조금도 어색하지 않았다. 수정에게 서로 편히 쓸 새 침대를 달라 요청하니 아예 따로 살지 않겠느냐는 답변이 돌아온 지도 오래였다. 전영을 밤마다 지키려면 같은 집을 쓰는 게 나았으므로 두 사람은 같은 침대를 쓰기로 합의했다. 가람은 타인과 사적인 일상을 공유하는 감각이 회복되어 가는 걸 느꼈다. 어머니를 거적때기에 담아 황야에 묻고 돌아와 처음 침대에 누웠던 날부터 가람이 둘러친 고독이 조금씩 떨어져 나갔다. 괜찮은 기분이었다.

때때로 보람찬 날도 있었다. 하늘을 보며 해와 달과 별로 방향을 읽는 법을 배운다거나 황무지에서 물을 구하는 법을 알고 나면 괜스레 기분이 좋았다. 아직까지 직접 쓸 일은 없지만 그런 방법을 알고 있는 것만으로도 충분했다. 아침마다 개 짖는 소리에 진절머리를 내던 전영이 이를 갈며 개들을 재우는 방법을 알려 주기도 했다.

"의학 서적한테 얘기해서 우리도 아편 화분 좀 키워야겠어."

"갑자기 아편은 왜?"

"저 자식들 너무 시끄러워. 딱 한 번만 밤에 아편 먹여서 저것들 재우자. 재네들 안 짖는 채로 깨고 싶어."

전영은 눈에 불을 켠 채 잔뜩 잠긴 목소리로 말했다. 어찌나 황당한지 가람은 너털웃음을 지었다.

"가만 보면 참 짐승한테 못되게 굴어. 저렇게 잘 짖으니까 무법자한테서 지켜 주기도 하는 거잖아. 왜 그렇게 미워해. 특히 복실이는 너만 보면 좋아서 어쩔 줄 모르는데."

"그래, 나도 그 녀석은 덜 미워. 야단스럽지도 않고 점잖은 데다 잘생겼지. 동물 서적이 총명하다고 싸고 도는 것도 이해해. 그치만 출판 단지에서 탈출하려는 책들 잡아오는 것도 다 개새끼들이거든. 출판 단지 보안견 무리가 도주 서적을 잡아오던 모습을 이 층 창문 너머로 지켜봤는데 그 모습이 아직도 눈에 선해. 하필이면 그날 기초 동물행동학을 배웠어. '개는 인간의 가장 오래된 친구'라는 말로 수업을 시작했다고. 얼마나 기만적이야?"

"그게 쟤네 탓은 아니잖아. 너무 미워하지는 마."

"아, 모르겠다. 일단 아편 화분은 얻어와야겠어. 일단 가지고 있으면 쓸 데도 있겠지. 고양이 새끼들 발정기에 울 때 쓰든가."

"진짜 동물한테 모질다."

"주인 대신 사람한테 모질게 구는 게 내 일인데 짐승한텐 못 그럴까. 아, 죽겠다. 머리 좀 밀어 줘."

"못된 사람 머리는 못 밀어주겠는걸."

그러면서도 손은 이미 비누거품을 내어 전영의 머리에 고루 바르고 있었다.

피차 외로운 신세였다. 두 사람은 일상을 공유하고 온종일 붙어서 함께 일하고 가끔은 남의 흉을 보고 서로의 지식을 나누며 점차 가까워졌다. 밤손님이 찾아올 때도 있었는데, 잠귀가 밝은 가람이 나가서 낮은 목소리로 윽박지르면 대개 해결되었다. 몇 놈씩 들이닥치는 날에는 문을 몸으로 틀어막고 밤을 지샜다. 전영은 한번 잠들면 다시 깨기 전까지는 무슨 일이 일어나는지 전혀 몰랐지만, 그런 날에는 유독 초췌한 가람에게 조심스럽게 사과했다. 가람은 그저 고개를 가로저으며 잘 잤느냐고 물어볼 뿐이었다.

두 사람의 세계가 가까워지는 만큼이나 시간도 빠르게 흘렀고 섭양김제농장은 자연스레 공장으로 변모했다. 담장이 한참이나 길게 늘어나 총 부지가 배는 넓어졌다. 기초 공사부터 공들여 올린 식가공 공장에는 수정이 포항까지 가서 직접 주문한 식가공 기기가 차곡차곡 들어왔다. 농장일 때는 바깥채의 단체 숙소와 품팔이꾼 살림집이 농장 곳곳에 흩어진 상태로도 충분했지만, 공장이 되니 고용인 숙소의 규모부터 달라졌다. 기존 바깥채 숙소를 식당으로 개조한 다음, 빈 부지에 2층짜리 행랑채를 따로 올렸다. 테라코타 타일에 유약을 발라 만든 대욕탕까지 딸렸으니 어마어마한 공사였다.

이 모든 변화에 전영의 손길이 닿았다. 수정이 전영에게 전권을 내주지 않는 일은 회계 정도였다. 그렇지만 자금 한도를 논의하는 일은 불가피했다. 결국 사업 진행비 집행 일부까지 전영이 관여하는 셈이었다. 전영은 정말 딱 한 사람만 있어도 되는 책이라며, 수정은 입에 침이 마르게 전영을 칭찬했다. 그러면서도 전영에게 도통 애가 들어서지 않는다고 가람을 타박하곤 했다.

"밤손님 드는 게 싫으면 너라도 잘해야지, 이 녀석아."

가람은 애써 표정을 숨겼지만 얼굴에 다 드러나는 모양이었다. 수정에게 한소리 듣고 돌아온 날이면 전영은 가람을 부둥키고 등허리를 토닥거렸다. 마음 같아서는 열렬히 껴안고 싶었지만 가람은 침착하게 전영의 등을 몇 번 토닥여 답례하고 손을 풀었다. 그러고는 두 사람의 일상으로 돌아갔다.

몇 년 동안 한 침대에서 한 이불을 쓰며 살았지만서도 두 사람이 쌓은 관계는 스승과 제자였고 인사 관리자와 조수였으며 친구고 동지였다. 아이를 병으로 잃고, 자기도 그 병에 옮은 품팔이꾼을 농장에서 내쫓은 날도 있었다. 그날 밤 전영은 자기가 뭐하러 금서를 익혔는지 모르겠다며 눈물을 쏟았다.

"이러니 책이 사람도 아니겠지. 어떻게 그렇게 모진 짓을 하고도 너한테 인권이니 뭐니 이야기한단 말이야? 이딴 게 사람이니?"

가람은 조심스럽게 전영의 어깨를 안으며 토닥거리다가, 나지막하게 이야기했다.

"너는 죄책감을 느끼기 위해 금서를 익힌 거야. 살기 위해 악행을 저지르더라도 함부로 용서하지 않기 위해."

"그걸 네가 정한다고 무슨 의미가 생겨? 나는 시간을 돌려도 같은 결정을 내릴 거야. 자식 잃은 병자를 농장 밖으로 쫓아내겠지."

"그래도 너는 다른 사람이 병에 걸리지 않도록 동물 관리 서적더러 개들을 시켜 내쫓게 했잖아. 병이 크게 번졌다면 더 큰일났을 거야."

"바로 그거야. 나는 사람을 마음대로 내쫓으면서 먹을 것 하나 쥐어 보내지 않았어. 그러면서 짐승 내쫓듯 개를 풀기까지 했지."

가람은 주머니에서 손수건을 꺼내 전영의 얼굴을 유리그릇 닦듯 조심스럽게 닦았다. 손수건은 금방 축축해졌지만, 전영은 그 사이 조금이나마 진정한 모양이었다. 벽에 반쯤 몸을 기대었는데 눈가와 코는 발갛게 부풀어 올랐고 뺨은 상기된 채였다.

가람은 울면서도 끈질기게 문장을 완성해서 말하는 전영을 한참 바라보다가, 어깨와 목줄기를 단단하게 끌어안았다. 전영의 달아오른 얼굴과 뜨거운 숨이 가슴팍에 전해졌다. 흐느끼면서 몸을 달싹거리고 있었다. 가람은 왼손으로는 전영의 머리를 끌어안고 오른손은 전영의 등을 토닥거렸다. 소매를 걷어붙인 채였기에 가람의 팔뚝에 전영의 목줄기가 그대로 맞닿았다. 맨살이 그대로 닿는 자리마다 불붙는 듯했다. 가람은 뛰는 가슴을 가라앉히고자 애써 태연하게 말했다.

"이번엔 처음이었어."

"나는 다음에도 그 짓거리를 할 거야."

"알아. 하지만 요령도 생길 거야. 더 능숙해진다면 다음에는 처지가 딱한 사람을 내쫓지 않도록 농장주를 설득할 수도 있겠지."

전영이 허리를 꼿꼿하게 세우고 앉았다. 그러자 가람

의 코앞에 온통 전영의 얼굴이 들어찼다. 한참 울어 도톰하게 부어오른 입술에 자꾸만 눈이 갔다. 가람은 자기가 어떤 생각을 하는지 들키지 않도록 전영을 끌어안은 팔을 풀고는 애써 이불로 허리 아래를 잘 덮었다.

"그런다고 내가 저지른 일이 사라질… 너 지금 뭐하니?"

전영의 목소리에 갑자기 장난기가 어렸다. 독방에서 혼자 지내느라 고장난 사회성이 회복된 뒤부터는 툭하면 장난을 걸어오곤 했다. 지금도 딱 그럴 때 내는 목소리였다. 전영이 씨익 웃자마자 가람은 잽싸게 자리에 눕고는 전영을 등지고 누웠다.

"많이 울면 힘 빠져. 그만 자자."

가람은 이불을 어깨까지 덮고 몸을 쪼그렸다. 그러나 전영은 쉽사리 그만둘 생각이 없는 것 같았다.

"너 내가 우는 거 보고 발기했니?"

"아니거든!"

"세상에, 믿을 놈 하나 없다더니. 너는 여자가 우는 모습을 봐야 성적으로 흥분하는구나. 그래서 농장 애들이 그렇게 쫓아다녀도 관심이 없었구나. 이런 기괴한 성벽이 있나."

전영은 깔깔거리면서 가람을 향해 모로 누웠다. 그러더니 가람의 어깨를 꼭 끌어안으며 홀쩍훌쩍 우는 시늉을 했는데 가끔씩 웃음을 터뜨리기도 했다. 가람으로서는 뒷덜미에 숨이 그대로 닿아서 아주 죽을 맛이었다.

끌어안는 건 익숙했다. 연탄을 때는 이상 어느 정도 창을 열어둬야 했다. 동장군의 숨결이 새어드는 밤을 버티려면 체온을 나누는 수밖에 없었다. 그럴 때면 가람의 몸에 가시적인 신체 변화가 일어나곤 했다.

새삼스럽지는 않았다. 그 무렵 두 사람 사이에는 내외랄 것도 없었다. 각자의 처지에서 비롯된 의도적인 무관심은 곧 관성이 되었다. 가람의 아랫춤이 아침마다 부풀어오르거나 새벽에 손빨래하는 일에 대해 전영은 언급하지 않았다. 이따금 전영이 욕실 구석 양은 대야에다 개짐 핏물을 빼는 날이면, 가람이 씻는 김에 빨아서 널어 두기도 했다. 두 사람 모두 서로의 육신을 스스럼없이 여기면서 그 물성이 대수롭지 않은 것처럼 굴었다.

하지만 아주 가끔, 눈앞의 몸뚱이를 평소와 다르게 느끼게 되는 순간이 있었다. 일방적인 것도 아니었다. 다만 아직은 서로를 간절하게 바라는 순간이 맞물리지 않았을 뿐이었다.

그로부터 비롯된 일은 되도록 피하고 싶었다. 가람은 태연한 척 천장을 보고 누워 입을 열었다. 평소처럼 자기 전에 도란도란 이야기 나누듯, 방금 있었던 일이 아무것도 아닌 것처럼.

"그런데 성벽이 뭐야?"

"특이한 성적 취향을 이르는 말이야."

"너는 정말 모르는 게 없구나."

말이 끝나기 무섭게 전영은 가람의 품으로 파고들려다 이내 가람이 그랬듯 천장을 보고 바로 누웠다. 잠시 침묵이 흘렀고, 전영이 말했다.

"내가 정말 모르는 게 없으면 좋겠다."

이렇듯 전영이라고 세상 모든 것을 다 알지는 않았으며, 늘 명쾌한 답을 내놓지도 못했다. 그러니 때때로 가람이 전영에게 자기가 아는 것을 가르칠 수도 있었다. 어려서 가람을 키운 노인은 뱃일을 오래 하다 나이들어 뭍으로 돌아온 이였는데, 농장에서 쓰이는 매듭 말고도 바다에서 쓰는 매듭까지 가르쳐 주었다. 전영은 손재주가 썩 좋지는 않은지라 매듭법을 배우다가도 분에 못 이겨 팽개치기 일쑤였다. 가람은 전영이 애를 돌볼 노인이 너무 많다고 말할 때마다 매듭법이나 연습하라고 면박을 주곤 했다.

전영이 돛대 매듭을 연습할 즈음이었다. 서점조합에서는 처음 전영을 데려올 때 공지한 대로 아무 통보 없이 전영의 임신 여부를 확인하기 위해 의학 서적을 보냈다. 전영이 홑몸이라는 걸 확인한 의학 서적이 다시 전주로 떠나던 날 저녁, 수정은 그날부로 두 사람이 쓰는 방에 난방을 끊었다. 연탄을 얻으러 갔더니 무두질한 모피 이불을 내주었다. 가람이 이불을 이고 살림집으로 돌아와 펼쳐 보니 침대에 딱 들어맞는 크기였다. 전영이 혀를 찼다.

"침대 밖으로 나가지 말라는 뜻이네. 요로 깔 이불도 주면 따로따로 쓸까 봐 하나만 줬나 보지? 원 참."

듣는 가람의 귀가 새빨개졌다. 이렇게 목적이 확실한 물건이 앞에 놓여 있으니 몸 둘 바를 모를 지경이었다.

"역시 따로 자자. 내가 바닥에서 잘게."

"네가 이불 안에 들어와 있어야 내가 따뜻하게 잘 거 아냐."

"내가 난로야?"

"응. 빨리 들어와. 얼어 죽겠다."

이불은 과연 따뜻했으나 시답잖은 요를 겹겹이 깔아둔 침대 바닥에서 냉기가 올라왔다. 둘은 평소처럼 천장을 본 채 두런두런 이야기를 나누며 자려다가 어느새 슬금슬금 서로에게 몸을 붙였다. 가람이 한숨을 쉬었다.

"장수정 손바닥 위에 있는 거 같아서 너무 기분 나쁘다."

"뭐, 장서가도 보통 재주로 이만한 생산 시설을 독식했겠니. 그건 여기서 태어난 네가 전문가잖아. 뒤돌아 누워. 내가 뒤에서 껴안고 아무 짓도 안 할게."

"오늘은 싫어. 네 숨이 내 목에 닿을 거 아냐."

"너 수줍음 타는구나! 여태 그런 게 한두 번도 아닌데, 계속 그랬단 말이지?"

전영이 불 꺼진 방에서 손뼉치며 웃었다. 괜히 가람

의 귓불이나 뺨을 만져서 얼마나 뜨거워졌는지 확인하기도 했다. 가람은 추위 탓이라고 눙치려다 이불 안으로 고개를 박고 파고들었다.

"괜찮아, 누나가 아무 짓도 안 할게. 추우니까 난로로 좀 쓰자."

"…내가 너한테 무슨 짓을 하면 어쩌려고?"

"그럴 거면 예전에 그랬겠지. 새삼스럽게 그런 기분이 들어?"

가람은 이불 속에서 고개를 끄덕이는 걸로 대답을 대신했다. 전영은 키득키득 웃었다.

"신기하네. 그러고 보니까 가람이 너 여태 아무도 안 만났지. 너 좋다는 애들이 한둘이 아니었는데. 날 의식하더라도 굳이 티는 안 내려고 했고. 무슨 까닭이라도 있어?"

"그걸 하면 애가 생길 수도 있잖아. 난 그게 싫어."

"서점조합에 끌려갈까 봐?"

"아니, 그냥 어떤 아이든 만들고 싶지 않아. 내가 운 나쁘게 부모님처럼 일찍 죽어서 빚만 남기고 떠난다고 생각하면 끔찍해."

가람은 이불을 뒤집어쓰고 모로 누워 웅크린 채 말했다. 한동안 방에는 냉기와 침묵만 감돌았다. 어두운 방, 이불 안에서 전영이 천천히 손을 들어 가람의 등을 쓸었다. 그러다가 가람의 등에 얼굴을 묻고 떨며 흐느꼈다.

가람의 등은 전영의 눈물로 젖어들었고 방 안은 울음소리로 가득 찼다. 불현듯 가람도 함께 통곡했다. 두 사람의 침상은 순식간에 눈물 자국으로 흠뻑 젖었다.

이제 두 사람은 십 대 중반의 아이들이 아니라 이십 대 초반의 젊은이였다. 전영의 대여 기간도 다 끝나 가는 참이었다. 전영은 머잖아 출판 단지로 돌아가 애 낳는 가축 노릇을 할 예정이었다.

그새 달빛이 방 안으로 들이쳤다. 전영은 한참을 울다가 가람의 얼굴을 바라보았다. 두 사람의 눈이 마주쳤다. 눈물과 콧물로 아주 엉망이었다. 전영은 짓궂게 웃으며 가람의 머리카락을 천천히 손가락으로 쓸었고 가람은 전영의 뺨을 매만졌다. 이내 전영이 천천히 가람에게 다가갔고, 입을 맞추었다.

가람은 전영을 사람으로 대하고자 최선을 다했다. 그게 그날 할 수 있는 위로의 전부였다.

*

그 겨울이 끝날 무렵, 가람은 차기 인사 관리자로 발령났다. 전영을 6년 동안 따라다니며 인력을 관리하는 방법을 곁에서 보고 배웠으니 든든하다며 수정이 호탕하게 등을 쳤다. 달갑잖은 승진이었다. 전영에게 낮에 배운 일은 전부 사람을 도구 취급하는 것이었으나 밤에 배운 지식은 그런 자들에게 대항하는 방법이었다.

그렇지만 승진도 나름 쓸모는 있었다. 가람은 어느 날, 무슨 바람이 불었는지 섭양김제식품생산공장에서 일하는 여자들에게 말을 붙이고 다녔다. 남 말하기 좋아하는 치들은 이게 웬 일이냐며 쑥덕거렸다. 까닭도 아주 간명했다.

"머리카락 아랫부분 한줌만 잘라주시면 안 될까요. 전영이가 곧 서적조합으로 돌아갈 텐데, 한번쯤 머리 긴 걸 보고 싶어요. 저야 앞으로 몇 년은 더 붙어 있을 놈이니 은혜는 톡톡히 갚겠습니다. 전영이한테는 비밀이에요."

누구나 흔쾌히 내주지는 않았지만, 가람은 곧 전영을 대신해 인사권자가 될 몸이었다. 그런 치가 이렇게까지 말하니 가발을 만들 만큼은 머리칼을 얻을 수 있었다.

머리칼을 모았으니 이제 가발을 만들 차례였다. 가람은 안채 옷방으로 달려갔다. 욕탕 사용 우선권을 드릴 테니 가발을 만들어 달라고 부탁하자 옷방 사람들은 깔깔 웃으며 그 자리에서 가람을 놀렸다. 그렇지만 그날이 가기 전에 실로 틀을 짜고 머리칼을 한 올 한 올 엮은 가발이 완성되었다.

그럴싸한 선물 같아서 가람은 내심 뿌듯했다. 그날 밤, 전영에게 가발을 내밀기 전까지는 그랬다. 전영은 가발을 보자마자 잡아 팽개치더니 냅다 달려들며 말했다.

"가발 같은 걸 도대체 왜 만들었어? 이거 만들면 도망치는 줄 알아. 절대로 만들면 안 되는 물건이란 말야. 너 내가 죽는 꼴 보고 싶니?"

"…나는 네가 가끔은 평범한 차림을 해도 좋을 것 같았어."

가람이 우뚝 선 채로 내민 손을 천천히 내리는 동안 전영이 안절부절못하며 방 안을 돌아다녔다. 중간중간 가슴을 치면서 한탄하듯 내뱉는 건 물론이었다.

"장서가들이 바보로 보여? 서점조합이 괜히 머리를 밀어 놓겠니? 평범해지지 못하게 강제하는 거잖아. 세상에, 숱 많은 거 봐. 네가 이거 만든 거 여기 사람들이 다 알겠다. 장수정 그 인간 귀에도 당연히 들어갔겠고. 너 도대체 어쩌려고 그래."

"어쩌긴. 도망치는 줄 알면 같이 도망치면 되겠네."

"뭐?"

가람은 바닥에 떨어진 가발을 주워서 결을 잘 골랐다. 역시 하루만에 얼기설기 만들었다고는 믿기 어려울 정도로 만듦새가 정교했다. 어리둥절한 표정으로 서 있는 전영에게 다가가더니 천천히 가발을 내밀었다.

"같이 도망치자. 군산도 좋고 부산도 좋아. 함흥도 괜찮겠고."

"서점조합은 어디에나 있어."

"그럼 외국으로 가면 되지. 네가 얘기했잖아. 활동가들은 여러 대륙으로 망명하곤 했다고. 우리도 망명 좀 할 수 있겠지."

"너, 목숨이 안 아까워? 대체 언제부터 생각한 거야?"

가람은 머리를 긁고 목덜미를 주물렀다. 입밖으로 내뱉자니 멋쩍은 얘기였다.

"솔직히 방금 전까지는 아무 생각 없었어. 하지만 이제부터 생각해야겠지. 뭐 좀 들은 거 있어?"

"넌 도대체 뭐하는…!"

전영이 눈을 부릅뜬 채 한참을 노려보다가, 어깨를 늘어뜨리고는 침대에 드러누웠다. 그러고는 누운 채 마른세수를 몇 번이나 하다가 허공에 발길질을 해댔다.

"아, 진짜, 이게 무슨, 아니 도대체, 아!"

가람이 주춤거리며 침대가로 다가갔다. 전영은 한동안 양손으로 얼굴을 가리고 침대에 퍼져 있다가, 가까이 온 가람의 다리를 두어 번 걷어차더니 누워서 눈 감은 채로 한쪽 손을 내밀었다.

"그거 줘 봐."

"결정이 섰어?"

가람이 피식 웃었다. 전영은 미간을 찌푸린 채 일어나 앉고는 가발을 정돈한 뒤 머리에 뒤집어썼다.

"어쩔 거야. 모 아니면 도지. 지금부터 떠나야 해. 당장 짐 꾸리고, 아편 꺼내 놔."

"아편은 왜?"

전영은 가발 쓴 자기 모습을 쪽거울로 이리저리 살피며 답했다.

"개를 재워야지. 마침 오늘은 달도 안 뜨고. 여기서 군산까지 한번에 가기는 어려우니 부안 문포항을 통해서 군산항에 갈 거야. 군산항 전당포 거리에서 최 박사라는 밀항 브로커를 찾으랬어."

"그걸 어떻게 알아?"

"교육학이 가르쳐 줬지. 나한테 금서를 가르친 책이야. 밀항에 거의 성공할 뻔했는데 입덧 때문에 실패했고, 손톱이 전부 뽑혔어. 거기서는 모든 체벌을 손톱 뽑는 걸로 하거든."

전영은 예사롭게 이야기했으나 듣기만 해도 가슴이 내려앉을 것 같은 말이었다.

"혹시 너도 손톱 뽑힌 적 있어?"

"아니, 한 번도 뽑힌 적 없는 좋은 책이었지. 출판 단지의 편집자나 해방 서적들은 나를 치켜세웠어. 같이 배운 다른 아이들 손톱을 뽑으면서 나를 본받아 좋은 책이 되라고 했지. 그렇게 좋은 책이 어떤 꼴을 당하는지는 더 나중에 배웠고."

그 뒤로는 더 나눌 말이 없었다. 두 사람은 필요한 말만 주고받았다. 그날 저녁 동물학 서적과 개들은 아편 바른 육포를 먹다 잠들었다.

달도 뜨지 않은 봄밤, 두 사람은 조용히 담을 넘었다.

담을 넘는 순간부터 가람의 심장은 정신없이 요동쳤다. 지리와 천문에 익숙한 전영이 잰걸음으로 앞서 나갔다. 부안 문포항에 가려면 동진강을 건너야 한다고 했다. 거기까지 가는 길은 전영이 어림잡을 수 있었다.

가람은 평소 자기가 입던 검정 합섬 옷을 걸친 전영의 뒷모습을 고스란히 따라 걸었다. 뛰다시피 걷다 보니 어느새 물소리가 들렸다. 아직 추격자는 없는 모양이었다. 가람은 나지막하게 말했다.

"나, 사실 강은 처음 봐. 무척 물이 깊게 흐른다며. 우리 둘이 건널 수 있을까?"

"우리는 수심이 얕은 데를 골라서 건널 거야. 옷을 갈아입기도 뭐하니까 신발만 벗은 채 건너면 되겠지. 발에 상처가 생기지 않도록 조심해."

마침내 동진강 기슭에 도착하자, 가람은 자기가 평소 덮고 자던 자리 이불을 만들던 갈대가 어디서 나왔는지 깨달았다. 이곳에서 자라던 거였다. 두 사람은 수심이 얕은 곳을 찾아 물살이 가는 방향대로 걸어갔다. 마침내 여울을 찾을 무렵, 첫새벽 어스름이 저 먼 곳부터 피어올랐다. 둘은 신발을 벗은 채 차가운 물에 발을 담갔다. 문포항으로 추정되는 항구의 등불이 멀리서도 보였다. 두 사람은 너무 지친 나머지 강을 건너자마자 마른 자리를 찾고는 서로 등을 기대어 주저앉았다.

한동안 말없이 숨을 고르다가 전영이 입을 열었다. 남

의 일을 수군대는 것처럼 나지막한 어투였다.

"나는 잡히면 끌려가겠지만 너는 그대로 죽을 거야."

"알아."

"농장주만도 아니고, 서점조합장이 널 개 먹이로 줄 걸."

"웬만하면 그전에 의식이 없었으면 좋겠는데."

"알면서 도대체 왜 도망치자고 한 거야?"

바로 대답할 수 있을 줄 알았는데, 쉬이 말이 나오지 않았다. 잠시 말을 고른 끝에 가람이 답했다.

"나는 너한테 사람은 도구가 아니라고 배웠어."

"고작 그것 때문에?"

"좀 충동적이기는 했지."

"조금이기만 한가. 갑자기 가발을 만들더니 대뜸 도망가자 그러고. 황당해 죽겠어."

전영이 소리 죽여 키득거렸다. 체온과 웃음이 등을 통해 고스란히 전해졌다. 물 흐르는 소리가 두 사람 대신 재잘거렸다.

"가람은 강이라는 뜻이잖아."

"그랬어?"

"몰랐구나. 아는 줄 알았어. 네 이름은 강을 이르는 고유어야."

"그런데 갑자기 내 이름은 왜? 가람이가 가람을 건너서?"

긴장과 피로 사이로 해방감이 타올랐는지, 아무 말이나 다 즐겁게 들렸다. 실없는 농담에도 웃음이 나왔다. 전영은 피실피실 웃다가 말했다.

"전영은 나를 책으로 부르는 이름이지. 지금부터는 나를 여울이라고 불러."

"여울은 무슨 뜻인데?"

"우리가 방금 건넌 곳. 강에서 유난히 수심이 얕은 곳. 그러니까 여울이가 여울을 건넌 셈이야."

가람은 그 이름이 가람의 좋은 짝이라고 생각했지만, 굳이 말하지 않았다. 아직 그 말을 할 만큼 안심하기에는 일렀다.

*

두 사람은 정오쯤에야 군산항에 도착했다. 부두에 내린 다음부터는 바짝 긴장했지만 항구의 활기찬 분위기가 두 사람의 긴장을 누그러뜨리는 듯했다.

"그래도 방심하면 안 돼. 우리 도망친 거 알고 여기 사람 쫙 깔아 놨을 테니까."

여울이 속삭였다. 이제 전당포 거리의 최 박사네를 찾을 차례였다. 생각보다 어렵지는 않았다. 군산항 골목골목을 조금 헤매니 각종 전당포 간판이 걸린 골목이 나왔다. 거기서 최 박사네를 찾는 건 식은 죽 먹기였다. 공교

롭게도, 서른을 넘겼을까 싶은 남자가 웬 늙은이의 바짓단을 붙든 채로 난리를 치던 중이었다.

"최 박사님, 아이고, 제발 살려 주십쇼. 제가 잘리면 저희 갓난이는 뭘 먹고 삽니까. 다시는 손님 있을 때 재채기하지 않겠습니다. 제발 살려 주십쇼."

최 박사로 불린 늙은이는 자기 앞에서 비는 남자에게 침을 뱉고 발길질을 해대고 욕지거리를 내뱉었다. 어려서부터 품팔이꾼 사이에서 고된 노동을 하며 자란 가람이 듣기에도 너무하다 싶은 욕설이었다. 한바탕 욕을 얻어먹은 젊은이는 마침내 포기하고 자리에서 일어나 옷을 툭툭 털었다.

"노인네, 곱게는 못 죽을 거다!"

"나더러 그런 소리 한 놈 혓바닥으로 무역선 한 채는 채운다."

악담하는 치는 요즘 세상에 보기 드문 진짜배기 노인이었다. 이도 죄 빠져서 조글조글했다. 노인장은 혀를 끌끌 차다가, 자기 앞에 멀뚱멀뚱 선 두 젊은이를 보더니 반색하며 반겼다.

"아이고, 손님 앞에서 험한 꼴을 보였구만. 우선 들어오시게."

노인이 두 사람을 가게 안으로 인도했다. 가람은 여울의 표정을 바라봤다. 살짝 얼빠진 건 마찬가지였지만 그래도 고개를 끄덕거렸다. 혹시 모를 일이니 가람은 뒤에서 여울을 감싸듯 가게 안으로 잽싸게 들어갔다.

평범한 전당포가 어떨진 모르겠으나 가게 구조는 대단히 낯설었다. 최 박사는 묵직한 철문 너머로 들어가 문을 잠갔다. 그러고는 쇠창살과 유리를 사이에 둔 교환대 앞에 앉았다. 유리에는 소리가 통하라고 작은 구멍이 나 있었고, 쇠창살은 주먹 하나 들어가지 못할 정도로 촘촘했다. 창살이 없는 건 서랍 정도였다. 양쪽으로 열리는 서랍을 통해 물건과 돈을 교환하는 모양이었다.

"그래서 저당잡히러 오셨나? 팔러 오셨나? 아, 혹시 일자리 관심 있으신가? 키 큰 자네가 떡대도 좋고 참 일 잘할 것 같은데. 아까도 봤겠지만 전당포 일이라는 게 좀 힘해서."

여울이 대신 쏘아붙이듯 답했다.

"다른 용무로 왔습니다. 밀항하게 도와주신다면서요."

창살 너머에서 노인의 얼굴이 굳었다.

"그래, 말하는 본새 보니 네가 책이구만? 저거는 영 책 같잖은데 보자, 애아범인가?"

"아뇨. 우린 평등한 혁명 동지예요. 나는 홀몸이고요."

"혁명 좋지. 나도 참 좋아했이. 마누라도 딸년도 늦게 본 아들놈까지 전부. 너무 좋아해서 다 먼저 가 버리고 나만 남았네. 이제는 혁명보다 돈 되는 일을 더 좋아하지. 자네들 재산 좀 챙겨왔나?"

"개털이에요."

"개털은 한반도 못 떠나. 누구 소개로 왔는지에 따라 값을 깎을 수는 있겠지. 아는 이름이라도 대 봐."

"그런 것도 없어요."

"누구한테 배웠는지도 몰라?"

최 박사가 혀를 차자 여울이 빠르게 답했다.

"교육학. 자기가 지은 이름은 민주."

"…하필이면 그거 제자냐?"

"정확히는 수제자였죠. 손톱 하나 안 뽑혔으니까."

최 박사는 한숨을 푹 쉬더니 손으로 이마를 짚은 채 고개를 절레절레 저었다.

"…용케 목숨은 부지했구나. 다행은 다행인데, 니미럴. 당장 중국 청도 가는 배를 마련해주마."

입에 담기도 민망한 욕설을 궁시렁대는 최 박사에게 가람이 말을 자르듯 물었다.

"가면 무슨 일을 하나요?"

"가면 브로커가 소개할 거다. 이래 봬도 국제적인 망명 조직이야. 익숙해지면 거기서도 더 서쪽으로 도망가라. 전주 책 시장 출신 책이면 무조건 한반도는 떠나야 해. 염병할."

그러고도 최 박사는 팍 찌그러진 얼굴로 온갖 욕을 하며 밀항시 주의사항을 전달했다. 선장과 선원들이 동지인 배인데 선주는 반동분자라 출항이랑 입항 때는 선창 밑에 숨어야 하며, 그때만 조심하면 따로 객실을 내줄 거라는 얘기가 일사천리로 흘러나왔다.

"늬들 여권도 만들어야겠구나. 내가 이 낫살 처먹고 이 짓거리를 왜 또 하고 있나."

여울이 코웃음치며 물었다.

"그러게, 그렇게 싫으면 왜 하시는데요?"

"안 하면 죽은 마누라가 꿈에 나와서 뭐라고 지껄이는데 잠을 잘 수가 있어야지. 늙으면 자는 시간이 귀해져. 이옥분 동지께 감사드려라."

"고마운 분이시네요."

"더 점잖게 해야지, 이 느자구 없는 지식 분자야. 옆에 있는 놈도 같이 해야지."

"이옥분 동지께 감사드립니다."

"덕분에 저희가 밀항을 하게 되었습니다."

최 박사가 준비를 끝냈으니 나오라고 연통을 넣은 다음 날 새벽이었다. 해무가 낀 바닷가 여관방에서도 창밖은 보였다. 같은 방에서 짐을 꾸리던 여울이 먼저 위험을 감지했다.

"놈들이 왔어. 저기 보여?"

"누구?"

"장해정이랑 장수정은 확실해. 개도 끌고 왔어. 여관이란 여관은 뒤지고 다니는 모양인데."

추적자들은 여덟은 족히 되어 보였다. 개도 여러 마리 끼어 있었다. 희뿌연 해무 너머로도 동물 전문 서적의 얼굴과 몸 곳곳에 피멍이 든 게 보였다.

전당포 골목이 전당포로 가득하듯 여관 골목도 여관으로 가득했다. 창밖으로 서점조합장 해정과 농장주 수정 무리가 옆에 있는 여관으로 들어가는 게 보였다. 두 사람이 잡아만 두고 따로 묵지는 않던 숙소였다. 그다음은 이 여관 차례였다.

"최 박사님이 방 두 개 마련한 까닭이 있었구나."

"그 노인네, 진짜 허튼소리는 하나도 안 했네."

여울이 이를 갈며 말했다. 추적자 무리는 1층 숙소부터 방을 하나하나 뒤지는 듯했다. 4층 건너편 방에 도착하기까지는 시간이 좀 걸렸다. 개와 사람이 수런거리는 소리가 잠시 사라졌다가 다시 저 너머에서 들렸다. 여관이 5층이었으니 이제 내려가는 일만 남은 셈이었다.

두 사람은 잠시, 추격자들이 좀 더 아래층으로 내려가기를 기다렸다. 그렇지만 여관 밖으로 나올 때까지 뜸을 들이다가는 들킬 수도 있었다. 가람은 두 사람의 봇짐을 창 너머로 조용히 던지고 난 다음 전영 먼저 옮겼다. 마지막으로는 자기가 넘어갔다. 그러고 창문을 닫으려 하던 차였다. 여울이 가람의 소매를 붙들었다.

"그냥 저쪽에서 안 보이도록 벽에 붙고 창문은 연 채로 두자. 쟤네들 아까 저 방 들렀을 때는 창문이 열려 있었잖아."

가람은 고개를 끄덕였다. 둘은 벽에 달라붙은 채 숨죽

여 추적자들이 다음 방에 들어서기를 기다렸다. 얼마 지나지 않아 두 사람이 방금 전까지 머물렀던 방문이 활짝 열리고, 개가 쩌렁쩌렁 짖어대는 소리가 들렸다.

"난 저 소리가 진짜 싫어."

여울이 미간을 찌푸렸다. 가람은 조용히 하라고 입술에 검지를 가져다 대면서도 웃음을 참아야 했다. 전영이든 여울이든 사람은 한결같았다. 웃을 수 있는 것도 잠깐이었다. 추적자들이 개 짖는 소리를 듣자마자 무어라 지껄이는 소리가 창문 너머로 넘어왔다. 적어도 방금 전까지 여기에 있었다느니, 당장 부두로 나가야 한다느니 의견이 분분했다. 가람은 벽에 붙은 채로 놈들이 왁자하게 두 사람을 잡으면 어떻게 절단낼지 고심하는 이야기를 들으며 식은땀을 흘렸다. 가까이 붙어 앉은 여울의 목덜미에도 송골송골 땀방울이 맺히는 게 보였다. 그렇지만 여울은 침착하게 뒤로 손을 내밀어 가람의 손을 잡고, 기다렸다.

그것만으로도 가람은 마음을 놓을 수 있었다.

두 사람은 장 씨네 일행이 여관방을 떠난 다음에도 한참 지나서 잽싸게 최 박사네 전당포로 향했다. 뭐하다 이렇게 늦었느냐며 욕지거리하던 최 박사 역시 저간의 사정을 듣더니 얼굴을 굳혔다. 곧 가게 안에 있는 변장 소품을 꺼내 두 사람을 크고 뚱뚱한 남자 둘로 꾸몄다. 콧수염에 안경을 쓰고 배 나온 중년 남자처럼 꾸민 가람도 가람이지만, 여울의 얼굴에 수염이 무성하게 붙으니 꼴이 기막혔다.

 두 사람은 변장용 여권과 위조 여권을 따로 챙긴 채 부두로 향했다. 철로 만든 선체와 기둥에 마직 돛을 단단히 박아 넣고 태양광 발전기를 더덕더덕 붙인 무역선이 항구에 그득그득 들어찼다. 선체에 거대한 돌고래 선수상을 단 배를 찾으면 된다고 했다. 부두 저 멀리서 개 짖는 소리가 아련하게 들렸다. 두 사람은 그쪽을 돌아보지 않으려 애썼다. 대신 돌고래 선수상을 발견하는 게 먼저였다. 돌고래 꼬리에는 낫과 망치와 닻이 하나씩 그려져 있었다.

 선원들은 최 박사에게 따로 이야기를 들은 모양인지, 별다른 소개도 하지 않았는데 두 사람을 선창 아래로 인도했다. 식품을 운반하는 무역선이라더니, 선창에는 섭양김제농장에서 출하한 가공 채소가 가득 실려 있었다.

 두 사람은 선창 밑에 누운 채 킬킬 웃었다. 어둠 속에서 한참 웃던 여울이 제때 면도하지 않아 까슬까슬한 가람의 턱을 만지면서 말했다.

 "노인네, 진짜 일 잘한다. 개새끼들이 따라와서 짖어봤자 농장 물건이니까 반가워서 짖는 줄 알 거 아냐?"

 "속으로 욕했던 게 좀 미안해지네."

 "나는 교육학이랑 무슨 사연이 있었는지 궁금해. 이름만 댔는데 어떻게 이렇게까지 해주지."

"그러고 보니까, 아들이 젊어서 죽었다고 하지 않았어?"

무심코 입에서 말이 튀어나오자마자 죄책감이 밀려왔다. 해서는 안 되는 농담을 한 기분이었다. 순식간에 웃음기가 싹 가셨다.

두 사람은 조용히 출항을 기다렸다.

마침내 배가 항구를 떠나고도 한참 지나서야 일등 항해사가 동지들을 객실로 인도하겠다며 선창 바닥을 열었다. 선창 아래 두 사람은 완전히 엉망이었다. 난생처음 뱃멀미를 겪어 서로에게 토사물을 잔뜩 묻힌 채 둘은 객실로 향했다. 민망해하는 둘에게 일등 항해사는 자주 있는 일이라며 위로를 건넸다.

과연 출항 이후 뱃길은 고요했다. 선원 식당도 쓸 수 있었고, 결정적으로 굳이 가발을 쓸 필요가 없었다. 그 배에 있는 사람들은 전부 혁명 동지라고 했다. 한때 전영이었던 여울은 머리를 밀지도, 가발을 쓰지 않아도 된다는 이야기를 듣자 처음 며칠 동안 매우 어색해했다. 가발 없이는 방 밖으로 나갈 엄두를 내지 못했다. 뱃멀미로 고생이 심하기까지 했으니 가람은 나날이 걱정이 커졌다. 하지만 머리카락이 조금씩 올라와 두피의 문신을 가릴 무렵이 되자 가발 없이 선원 식당을 드나들었다. 가람과 함께 선원 식당에서 저녁마다 열리는 세미나에 참여하기도 했다.

청도에 도착할 때쯤, 여울은 머리카락이 잔뜩 자라 굳이 가발이 필요하지 않았다. 선원들은 이렇게 잘 만든 가발이라면 팔아서 돈이 될 거라며 항구에 머무는 동안 중고 물품 가게에 가자고 권했다. 이방인 티를 지워야 하는 둘에게는 꼭 맞는 제안이었다.

둘은 입항하면서도 서로에게 토사물을 묻혔다. 선원들은 원래 그런 거라면서 동지들이 꾸린 숙소로 안내했다. 망명객의 현지 적응을 돕고 숙박을 제공하는 장소였다. 두 사람은 마음 편히 지내는 삶이 어떤 것인지 알게 될 때까지 그곳에서 지냈다. 어디에 매이지 않고 사는 나날은 낯설면서도 달가웠다. 이제 두 사람은 망명객이고 이방인일지언정 자유인이었다. 언젠가는 붙박이가 될지도 몰랐다.

적응하는 데만도 두 계절이 걸렸다. 가람은 서툴게나마 말을 배웠다. 여울은 금세 입과 귀가 트였는지 보다 학습이 빨랐다. 두 사람은 제 나름의 속도로 타향에 적응했고 앞으로 살아갈 길을 고민했다. 결정을 내리기까지 걸리는 시간도 다를 수밖에 없었다.

"상하이에 있는 사회주의자들이 한국어 교사를 구하고 있대. 전문 지식이 있는 사람이면 더 좋고. 나한테 꼭 맞는 일자리야. 같이 갈래?"

여울은 그새 귓바퀴를 덮을 만큼 머리칼이 자랐다. 중간중간 쪽단발이 되도록 손질한 모습이 단정했다. 품이

낙낙한 합섬 두루마기를 걸친 채 다리를 꼬고 앉아 같이 가자는 모습은 마치 한량 같았다. 썩 능란하게 수작 거는 것처럼 굴어서, 가람은 자기도 모르게 웃었다.

"그러게, 같이 가고 싶다."

"당연히 같이 가는 거 아니었어?"

여울이 눈을 동그랗게 떴다. 가람은 여전히 웃는 채로 고개를 저었다. 하고 싶은 일이 생기기로는 가람도 매한가지였다. 다만 여울처럼 뚜렷하게 절차를 밟지 않을 뿐이었다.

"여기서 망명 일을 좀 배우려고. 일단 브로커가 되는 게 목표인데⋯ 또 모르지. 나중에 최 박사 죽고 나면 그 자리에 들어갈지."

커다란 눈이 가람을 응시했다. 길고 촘촘한 속눈썹이 낯에 그림자를 드리우는 모양은 처음 보던 날과 다를 바 없었다. 여울은 자리에서 일어나더니 가람에게 몇 걸음 다가갔다. 한 걸음, 딱 한 걸음 간격으로 떨어져서는 가람을 마주 보고 입술을 달싹거렸다.

그 모습을 지켜보던 가람이 뒤로 한 발짝 물러섰다.

"못 볼 거 아니잖아. 브로커니까 언제나 항구에 있을 테고."

"꼭 네가 할 필요는 없어. 너 혼자 남을 필요도 없고."

"그렇지만 활동가 하나쯤 늘어날 수도 있지. 혁명을 하려면 무엇을 할 것인지에 대해 단단히 배웠거든. 좋은 선생한테 배워서 단단히 의식화됐지 뭐야."

여울이 떨리는 목소리로 물었다.

"선생이 좋았어?"

"응. 나는 굉장히 좋아했어."

여울은 가람이 말을 끝낸 뒤 한동안 아무 말 않고 가람을 바라보았다. 머리부터 발끝까지 천천히 훑어보는 모습이 마치 가람의 생김새를 기억 속에 새기는 것 같았다.

두 사람이 나눈 대화는 그게 마지막이었다. 얼마 뒤 여울은 상해로 떠났다. 가람도 어깨너머로 활동을 시작했다. 두 망명자의 삶이 겹치는 일은 다시는 일어나지 않았다. 그러나 여울은 자기를 이르는 말을 얻었으며, 가람은 금서를 통해 세계를 들여다보는 방법을 깨우쳤다. 그렇게 된 이상 결코 예전으로 돌아갈 수 없었다.

그 사람은 죄가 없어요

봄

희정의 빨간 레인지로버가 막 공파시에 들어선 참이었다. 꽃이 흐드러진 라일락나무가 갈수록 눈에 띄었다.

공파시는 한적한 해안 도시로 라일락 군락지가 유명했다. 희정의 고향이지만 고향 사람을 만나러 가는 길은 아니었다. 희정의 목적지는 공파교도소였다. 공파교도소에 희정이 사랑하는 남자가 살았다.

이야기를 요약하자면 퍽 단순했다. 인간 채희정은 7년 전부터 살인범 이혁진을 옥바라지했다. 희정이 판단하기로, 혁진은 평범한 흉악 살인범과는 완전히 달랐다. 언론을 통해 혁진을 접한 날 희정은 순식간에 사랑에 빠졌다.

희정은 혁진이 무고하다고 굳게 믿었다. 그러고는 혁

진에게 편지를 보냈고 답장을 받았다. 순식간에 구치소 면회까지 진도가 나갔다. 혁진이 재판을 받고 형이 확정되는 동안 두 사람은 사랑에 빠졌다.

형무소 담장을 넘나드는 점을 빼면 여느 연애와 다르지 않았다. 비단 연애에 국한할 것도 없었다. 두 사람이 만나 내밀한 관계를 맺다 보면 어떤 방식으로든 난관이 생기기 마련이었다. 사랑이 형무소 안팎을 가리지 않듯 갈등도 관계의 내외를 따지지 않았다. 두 사람이 처음 맞닥뜨린 파도는 사소한 법률적 문제에 뒤따르는 파리 같은 것이었다.

오붓한 로맨스에 들러붙은 날파리는 유명 탐사 기자였는데, 정권 비리나 사이비 종교 사건을 뚝심 있게 보도하며 명성을 얻은 사람이었다. 공개적인 레즈비언이기도 해서 시사에 관심이 없는 희정도 이슬비의 이름자는 알고 있었다.

슬비는 혁진을 면회하러 온 희정을 줄기차게 쫓아다녔다. 수감자인 혁진이야 붙박이 신세고, 희정의 목적지는 빤했으니 떨쳐내기도 쉽지 않았다. 트레이드마크인 코발트색 셔츠에 반백의 쇼트커트는 꿈에도 나올 지경이었다. 희정은 한사코 취재 요청을 거절했지만, 슬비가 지나가듯 던진 말이 희정의 마음을 움직였다.

"누가 이혁진 씨를 대변해요? 채희정 씨까지 입을 닫으면, 이혁진 씨한테 죄가 없다는 얘기를 믿을 사람이 아무도 없어요. 채희정 씨, 하고 싶은 말 많잖아. 하세요. 나는 그런 목소리를 위해 취재합니다."

희정은 혁진을 사랑하는 만큼 조용한 일상도 사랑했다. 하지만 혁진이 평범한 살인범과는 다르다는 사실을 말할 기회는 얻기 어려웠다. 며칠 밤을 지새우며 망설이던 끝에 희정은 진실을 이야기하고자 마음먹었다. 희정의 신변을 보호해달라는 게 첫 번째 전제였다.

"그 사람은 죄가 없어요. 그것만큼은 확실해요."

결과적으로, 혁진이 죄가 없다는 주장은 방송을 오래 탔다. 희정의 얼굴도 가려졌다. 다만 보도 방향이 사전에 고지된 것과 조금 달랐을 뿐이었다. 공영방송의 탐사보도 〈살인마를 사랑한 여자들〉 특집은 순식간에 사회면의 화제가 되었다. 흉악범과 사랑에 빠졌다는 여자들이 줄지어 방송에 등장했다. 모자이크와 음성 변조 사이에 희정이 있었다. 희정은 그렇게 이슬비의 명성에 추가되었다. 방영 후 얼마 지나지 않아, 희정은 5년째 다니고 있던 건설회사를 그만두어야 했다. 실업급여는 받지 못했다.

꼭 석 달을 앓아 지냈다. 기댈 곳이 변변찮은 잔고가 희정을 사회로 돌려보냈다. 희정은 항우울제와 항불안제에 기댄 채 병원과 관공서를 오갔다. 사회복지사가 자신을 비웃을지도 모른다는 염려는 대수롭지 않았다. 복지제도로 실질적 도움을 받는 일은 죽기보다 어려웠다.

그래도 희정은 운수가 트인 축이었다. 자해하듯 창업 준비에 임한 결과, 희정은 다이어트 도시락 배달 회사를 차릴 수 있었다. 유행하는 다이어트 식단대로 끼니를 때울 수 있는 도시락은 불티나게 팔렸다. 사업은 성공 궤도에 들어섰다. 재무제표를 보던 새벽, 희정은 사람 앞일 모르는 거라고 중얼거렸다.

성공한 사업가 채희정이 번 돈의 일부는 이혁진의 영치금이 되었다. 희정이 세상에서 가장 사랑하는 남자는 올해로 스물여덟 살 난, 무고한 수감자였다.

희정은 원가정으로부터 진정 독립적인 가정을 꾸리고 싶었다. 혁진은 그런 점에서 안성맞춤이었다. 일단 친척 어른이랄 사람이 변변하지 않았다. 어머니는 난산 끝에 혁진의 동생을 남기고 떠났으며, 아버지는 혁진이 18세에 사고사했다. 열여덟 살 먹은 혁진과 열한 살 먹은 남동생 하진은 아버지가 남긴 자가주택과 함께 고모 아래로 명의가 이전되었다. 면식도 없었던 고모는 형제의 유일한 피붙이였다. 그리고 혁진은 스물한 살 되던 해에 고모와 고모부를 죽였다. 결혼식에 올 친인척은 남동생 하나가 전부였다. 친인척이 단출한 점이 참 좋았다.

사건은 혁진이 스물한 살이 되던 해 일어났다. 고모부는 하진을 상습적으로 강간했다. 고모는 외면했다. 혁진이 고모부에게 덤벼들고는 흠씬 얻어맞았다. 참다못한 혁진은 고모부를 죽이고 내친김에 고모까지 죽였다. 그러고는 자진해서 경찰에 출두했다. 앳된 살인범에 대한 동정론과 흉악한 살해 방식이 구설에 올랐다.

사랑할 만한 데다 서로의 형편이 얼추 비슷하기까지 했으니 결혼 상대로는 나무랄 데 없었다. 희정이 7년 동안 애타게 사랑해온 남자는 지금 공파교도소에 있었다. 희정이 앉은, 면회실 맞은편에.

"출소도 얼마 안 남았는데 이감해서 힘들겠어요. 여기는 그래도 새 건물이라 괜찮나?"

"외풍도 덜 들고 음식도 잘 나와요. 나는 희정 씨가 여기까지 와주는 게 그냥 고맙죠. 고향이 공파랬는데 고향에서 교도소 들르는 게 보통 일이에요."

"내가 나이가 얼만데 뭐. 고향에서 알던 사람들은 다 떠났거나 죽었거나 그렇지."

"또 되게 나이 많은 것처럼 말한다. 여섯 살밖에 안 많으면서."

"나한테 혁진 씨야 언제나 연하남이지. 그나저나 혁진 씨, 이번 면도기랑 로션 되게 좋았나 봐. 얼굴이 훤해요. 챙겨다 준 보람이 있다."

"희정 씨가 꼭 쓰랬잖아요. 처음엔 남자가 뭐 이런 걸 쓰나 했는데 출소도 얼마 안 남았다 생각하니까 생각이 바뀌더라고요. 적어도 희정 씨 곁에 있을 때 부끄럽진 않으려고 열심히 썼는데…, 좀 달라 보여요?"

"많이. 내가 하라는 것 중에 별로인 거 있었어요? 스트

레칭은 하고 있죠?"

"희정 씨가 귀에 닳도록 말했는데요. 하고 있죠."

주로 희정이 묻고 혁진이 답했다. 희정은 늘 혁진의 생활 습관을 살폈다. 희정이 옥 바깥에서도 혁진의 건강을 하나하나 염려한 덕분에 혁진은 장기수치고 몸이 덜 축난 편이었다. 면회에서는 항상 이랬다. 두 사람이 감정을 나누는 길고 사적인 대화는 주로 편지로 이루어졌다. 희정은 두서없이 바쁜 일상에서도 자기 전에는 꼬박꼬박 혁진에게 보낼 편지를 썼다. 매번 기십 장에 가까운 편지를 교도소로 부쳤다. 답장도 마찬가지로 정성스럽게 도착했다.

물론 편지로 이야기하기에는 너무 아까운 화제도 있었다. 희정은 혁진에게 씩 웃어 보였다.

"혁진 씨, 나 집 샀어요. 우리 신혼집. 이제 인테리어 들어갔어요. 출소할 때쯤에는 혼수까지 싹 들어갈 거야. 아직 어딘지는 안 알려주지. 방이 세 개라서 둘이 하나씩 쓰고 하나는 침실로 쓰면 될 것 같아."

"희정 씨, 나 같은 놈 때문에 너무 무리하는 거 아니에요?"

"걱정하지 마요. 내가 남자 하나 먹여 살릴 능력은 돼. 혁진 씨는 숟가락만 들고 와서 살림만 해도 된다니까요. 인테리어 시작한 참인데 집에 뭐 들이고 싶은 거 있어요? 흰색하고 회색하고 베이지색으로 꾸미려고요."

"내가 무슨, 뻔뻔하게. 내가 키가 크니까 침대가 컸으면 좋겠다, 이런 것밖에 없죠."

"맞다! 소파도 엄청 긴 걸로 해야겠네. 아, 혁진 씨가 좋아하는 추리소설 작가. 신작 나왔더라고요. 냉큼 사 왔어요. 차입했으니까 잘 읽어요."

"감상문 써서 보낼게요."

두 사람은 면회실 너머에서 서로를 바라보며 마주 웃었다. 면회 시간은 짧았으나 마음이 전해지기에는 충분했다. 7년 세월은 길면서도 금방이었다. 희정은 곧 출소할 약혼자에게 양치를 열심히 하라는 말을 남기고 자리를 떠났다. 이제 정말 출소가 코앞이었다.

면회도 끝났고 영치금도 차입하자 교도소를 떠나는 일만 남았다. 희정은 공파시를 가급적 빨리 뜨고 싶었다. 혁진에게 고향 사람 마주칠 일 없으니 신경 쓰지 말라던 것은 사실이었다. 하지만 희정은 공파시가 싫었다. 애비가 아직도 사는 땅이었다. 희정의 어린 시절을 완전히 망쳐 놓은 개자식과 같은 지역에 있다는 것마저 싫었다. 희정은 진저리치며 주차장으로 향했다.

주차장에는 낯익은 사람이 희정을 기다리고 있었다. 희정의 새빨간 레인지로버 곁에 코발트 빛 셔츠에 검은 바지를 입은 중년 여성이 서 있었다. 새하얗고 짧게 친 머리칼은 염색하지 않은 채였다. 누가 봐도 탐사 보도 전문 기자 이슬비였다. 슬비는 큼직한 검정 선글라스를 아래로 슬쩍 내렸다. 봄볕에 눈을 찌푸린 상태로 말을 걸었다.

"채희정 씨는 여전히 눈에 띄는 차를 타고 다니네. 조용히 살고 싶다던 분이 맞나 싶어요."

"저는 기자님하고 할 말 없어요. 이만 가세요."

"설레었죠? 이혁진 씨 출소 얼마 안 남았잖아. 나도 그래. 우리가 할 말이 아직 남았더라고."

슬비는 희정의 차창에 자기 명함을 꽂았다. 희정은 명함이 꽂히자마자 뽑아서 던져버렸다.

"너무 그러지 마요. 채희정 씨는 알아야 할 게 있으니까. 조만간 연락 갈 거예요."

슬비가 성큼성큼 자리를 떴다. 희정은 신경질적으로 운전석 문을 열고 쾅 닫았다. 주차장을 가로지르는 슬비의 뒷모습이 보였다. 마음 같아서는 콱 박아버리고 싶었다.

희정은 슬비를 쏘아보며 차에 시동을 걸었다. 슬비에게 일행이 있다는 사실이 희정의 눈길을 끌었다. 교도소 입구로 들어가는 슬비 곁에는 앳된 청년이 있었다. 갓 스무 살이나 넘었을까, 멀리서 봐도 키만 컸지, 어린애 같은 구석이 그대로 남아 있었다. 반듯한 얼굴에 수심 어린 표정까지 혁진과 매우 닮은 청년이었다.

아무리 봐도 혁진의 동생 하진 같았다. 7년 전에 열네 살 소년이었으니 지금쯤 스물한 살 청년일 터였다. 희정은 두 사람이 교도소에 들어가는 뒷모습을 지켜보았다.

혁진의 형이 선고된 다음부터 하진은 혁진의 면회조차 오지 않았다고 했다. 혁진은 동생을 못 본 지 오래됐다는 말을 무덤덤하게 꺼내곤 했다. 그리움과 회한이 섞인 듯했다. 에두른 감정 표현에 희정은 위로로 답했었다. 졸지에 고아가 되어 보육 시설에서 성장한 십 대 소년이 흉악범이 된 형의 면회를 오는 것이 어찌나 어렵겠느냐며 다정하게 이야기했다.

출소가 얼마 남지 않은 지금, 비로소 형제간의 만남이 이루어질 모양이었다. 하이에나 같은 기자 이슬비가 끼었다는 사실이 마음에 걸렸지만 어쨌거나 기뻐할 만한 일이었다. 희정은 예비 시동생의 뒷모습을 마지막으로 공파교도소를 떴다.

이번에 혁진이 출소하면 두 사람은 곧장 결혼할 예정이었다. 결혼을 알릴 만한 유일한 친지는 하진뿐이었다.

희정 또한 집과 연락을 끊은 지 오래였다. 희정의 어머니는 알코올 의존증자였다. 희정이 어릴 때 술에 취해 돌아다니다가 방파제에서 실족해 죽었다. 스물아홉 해의 짧은 인생이 그렇게 끝났다. 34세인 지금 희정보다 다섯 살이나 어린 나이였다.

반면 희정의 아버지는 끈질기게 살아 있었다. 사람 목숨이 생각보다 모질었다. 희정의 아버지는 지독한 알코올중독자로 집에 오기만 하면 행패를 부렸다. 희정은 스무 살이 되자마자 집과 연을 끊고 취업 전선으로 뛰어들었다. 그랬는데도 스물너댓 살까지는 아버지가 희정이 사는 곳에 쫓아오는 꿈을 꾸었다. 희정은 아버지가 공파시 어딘가에서 부랑자로 돌아다니지 않을까 상상하곤 했다. 시체 확인하라는 소식이 들리지 않으니 목숨은 붙어 있겠거니 하고 살았다.

가족에 얽힌 구질구질한 사연 때문에 희정은 술이라면 아주 질색이었다. 좋은 날 가볍게 마시는 게 전부였다. 그만큼 끔찍한 보호자를 두고도 떳떳하게 성장했다는 자부심은 단단했다. 희정은 혁진에게 술에 대한 증오심을 편지로 털어놓곤 했다. 마침 혁진도 비슷한 공포를 느끼고 있었다. 악랄한 고모부가 술에 취하면 대단한 행패를 부렸다고 했다.

희정은 혁진 또한 알코올중독자 가족이 있다는 데서 유대감을 느꼈다. 비슷한 역경을 거치고도 살아남은 사람끼리 지니는 연대감이었다. 희정은 반듯하나 앳되고 수심 어린 하진을 보며 비슷한 감정을 느꼈다. 저 아이는 좀 더 안타까운 일을 겪었지만 그래도 마찬가지로 생존자였다. 희정은 하진과 이야기해보고 싶었다.

여름

하진과 만나는 날은 생각보다 빨리 왔다. 눅진하게 늘어지는 여름날이었다. 신혼집 인테리어 현장에 들렀다가 회사로 돌아오자 직원이 희정을 찾았다.

"이하진 씨라는 분이 이름 들으면 알 거라면서 연락처 남기셨더라고요."

"맞아요! 개인 연락처가 없으신 모양이네. 내가 따로 연락할게요."

마침 희정이 혼인신고를 마치면 하진을 만나고 싶다고 편지에 썼던 참이었다. 희정은 곧바로 하진에게 전화했다.

"안녕하세요, 저 채희정이라고 합니다. 도련님이시죠. 아유 반가워라. 연락 주셔서 고맙고 그래요."

― 아…. 안녕하세요. 이하진입니다. 형…을 오랫동안 돌봐주셨다고 해서 연락드렸는데요.

"뭘요. 그나저나 저는 한 번 꼭 뵙고 싶었는데 어쩐 일로 연락주셨어요?"

― 저도 한번 뵈어야 할 것 같아서… 저번에 형 면회 갔을 때 형을 돌봐주신 분이라고 이슬비 기자님한테 얘기 들었거든요. 그래서 연락처 좀 알 수 있냐고 그쪽으로 알아봤어요. 뵙고 싶어서 그랬는데 불쾌하시다면….

불쾌했다. 이슬비는 불쾌한 이름이었다. 슬비가 희정의 사업체 전화번호를 아는 게 이상하지는 않았다. 워낙 독보적인 취재 능력으로 유명한 사람이었다. 오히려 개인 전화번호를 주지 않았다는 게 이상했다.

뭐가 됐든 하진의 연락은 반가웠다. 이슬비와 얽힌 일 중에 그나마 긍정적인 일이었다.

"불쾌하긴요. 이렇게 연락해주셔서 저야 너무 반갑고 그래요. 저도 꼭 한 번 뵙고 싶었어요."

— 그러면… 저번처럼 공파시에서 뵙겠습니다. 교외에 개인실이 있는 카페가 하나 있는데….

"좋아요!"

희정은 하진이 말을 마치기도 전에 승낙했다. 조용한 관광 도시인 공파시는 차로 접근할 수 있는 교외에 카페가 많았다. 하진이 만나고자 하는 곳도 그중 하나였다. 마침 공파시의 명물인 라일락 군락지와는 조금 떨어진 곳이었다. 한적하고 조용한 곳이었다.

약속 날짜까지는 금방이었다. 희정은 잔뜩 기대하고 공파시로 향했다. 희정 쪽에서 하진은 초면이 아니되 초면이나 다름없었다. 7년 전, 재판이 치러지는 동안 멀리서 본 게 전부였다. 막 이차 성징을 띠기 시작하는 소년 특유의 껑병이 같은 모습이었다. 그러던 아이가 벌써 무럭무럭 자라 혁진이 재판정에 섰던 나이가 되었다. 혁진이 구했던 남동생이 혁진의 나이가 되었다. 희정은 감회가 각별했다.

"채희정 씨랑 이렇게 만나니까 또 감회가 남다르네."

카페에서 희정을 기다리던 건 하진만이 아니었다. 중국풍 카페 개인실의 테이블에는 하진과 슬비가 나란히 앉아 있었다. 희정이 개인실로 안내받자마자 슬비가 희정을 반겼다. 희정은 자기도 모르게 개인실 미닫이문을 닫았다. 슬비가 기다렸다는 듯 즉각 다시 문을 열었다.

"내가 채희정 씨 이럴 줄 알았지. 오늘은 내가 이슬비 기자로 온 게 아니거든요? 인간 이슬비가 후견인 자격으로 이하진 씨 만남에 동행한 거야. 일단 앉아 봐."

"이슬비 기자님은 저한테 많은 걸 설명하셔야 할 것 같은데요."

"별거 없어요. 아, 방해받지 않으려고 주문은 미리 해 뒀어요."

슬비와 하진이 나란히 앉고 그 맞은편이 희정의 자리였다. 희정 몫으로는 얼음이 들어간 유리잔 하나와 표면에 김이 서린 콜라 캔이 놓여 있었다. 희정은 유리잔을 슬비 앞으로 밀었다. 그러고는 화장지로 콜라 캔의 입구를 꼼꼼히 닦고 그대로 마셨다.

"채희정 씨만큼 나 싫어하는 사람도 드문데. 참 반가워요."

"이슬비 기자님 싫어하는 사람을 줄 세우면 국토 종단도 할 수 있지 않아요? 그나저나 왜 여기 계시는지는 저도 설명을 들어야 할 것 같은데요. 저는 이하진 씨를 만나러 온 거지, 이슬비 기자님 만나러 온 게 아니라서요."

"이혁진 씨한테는 못 들었겠죠. 단순해요. 이혁진 씨가 감옥에 갔을 때 여기 이하진 씨는 갈 데 없는 열네 살이었어요. 시설에 가더라도 후견인이 필요할 나이잖아. 그런데 마침 나는 이혁진 씨 사건 관련해서 이것저것 찾아보던 차였거든. 예컨대 채희정 씨처럼 이혁진 씨를 꾸준히 만나는 사람이라든가, 뭐 그런 거."

"그래서 지금 저 때문이라는 건가요?"

"그런 얘기가 아니잖아요. 나는 누구를 탓하자는 게 아니에요. 그냥 이혁진 씨가 고모랑 고모부를 죽이고 감옥에 갔어. 그다음에 혼자 남은 이하진 씨는 시설에서 컸어. 일가붙이 하나 없는 하진 씨가 법적 절차를 처리할 때 힘들겠다 싶어서 좀 도움을 줬을 뿐이에요. 그리고 지금도 이하진 씨가 도와달래서 온 거고요. 이하진 씨, 말 좀 해봐요. 내가 채희정 씨 화 돋우려고 나온 건 아니잖아요."

슬비가 팔꿈치로 하진의 옆구리를 찔렀다. 소매를 접어 올린 코발트색 셔츠 차림의 슬비와 검은색 반소매 면 셔츠 차림의 하진은 좋은 대조를 이뤘다. 늙고 젊은 두 사람은 정말이지 공통된 구석이 하나도 없어 보였다. 하늘 아래 그 누구도 보살필 것 같지 않은 슬비가 하진을 7년 동안이나 후견했다니 정말이지 어울리지 않는 일이었다.

"이 기자님 말씀이 맞아요. 저는 채희정 씨…를 뵙고

싶어서 이 자리에 나왔어요. 혼자 뵙기에는 무서워서 이 기자님께 나와 달라고 부탁드렸고요."

"제가 뭐 무서운 사람처럼 보여요?"

"저번에 뵀을 때, 이 기자님께 듣자니 채희정 씨가 형과 결혼할 예정이라고 하더라고요. 저는 형이 무섭거든요. 그래서 채희정 씨도 무서웠어요."

하진은 주눅 들어 있었다. 시선을 자꾸만 아래로 내리깔았다. 혁진과 닮았으되 더 앳되고 더 유약한 생김새였다. 그러고 보니 몸집도 좀 더 마른 편이었다.

하진은 잔에 든 음료를 빨대로 마시고 잠시 한숨을 쉬었다. 에어컨 바람이 감도는 여름 카페 특유의 서늘함이 침묵처럼 깔렸다. 하진은 눈을 잠깐 감았다 뜨고 희정을 똑바로 바라보며 말했다.

"저는 형에 대한 진실을 밝히려고 이 자리에 나왔어요. 믿든 믿지 않으시든 상관없어요. 하지만 저는 형이 어떤 사람인지 알고 있어요. 형은 누구랑 결혼할 수 있는 사람이 아니에요. 형은 누구랑 살 수 있는 사람도 아니고요. 형은, 형은 좋은 사람이 아니에요."

"그게 무슨 소리예요?"

"저는 어릴 때…, 고모부한테 계속 강간당했어요. 이건 아실 거예요. 신고도 하려고 했지만 고모가 막은 것도 사실이에요. 그런데 그때…, 형도 저를 건드렸어요."

하진의 목소리가 떨렸다. 하진은 빨대를 붙잡고 얼음

이 든 잔을 쿡쿡 찔렀다. 희정은 그저 눈을 휘둥그레 뜨고 이야기를 듣고만 있었다.

"고모부는 술만 마시면 집을 뒤집어놨어요. 형이랑 제가 들어가기 전까지는 고모를 때렸대요. 그 뒤로는 형이 맞고 저는 당했죠. 고모부는 어린 남자애를 좋아했어요. 저희가 터울이 꽤 지잖아요. 그때만 해도 고모부 눈에 형은 너무 컸어요. 그렇게 한바탕 형이 맞고 나면… 형은 저한테 물어보기 시작했어요. 왜 너만 고모부가 때리지 않느냐고."

"혁진 씨가 하진 씨한테 화풀이를 했다고요?"

"아니요. 화풀이라고 말할 수 있는 일이 아니에요. 고모부가 술에 취해서 저를 강간한 다음에 형이 저한테 왜 너만 맞지 않았냐면서 저를 강간했다는 얘기예요."

고모부의 주사는 희정도 아는 얘기였다. 혁진은 처음 수감 되었던 몇 년 동안은 그 화제로 이야기하기도 힘들어 보였다. 대신 혁진은 편지로 고통을 토로했다. 당시에 고모부 때문에 얼마나 고통스러웠는지, 동생을 지키지 못해 어찌나 죄책감에 시달렸는지 주저리주저리 늘어놓았다. 아직도 그 편지는 희정의 편지함에 있었다.

희정은 혁진이 마른세수를 하며 말을 고르던 모습을 떠올렸다. 고모부의 주사에 대해 면회 도중에 이야기할 때면 감정이 북받치는지 눈물을 글썽이기도 했다. 그 모습이 눈에 선했기에, 희정은 눈앞에 있는 하진이 무슨 이야기를 하고 있는지 믿기지 않았다. 그러나 희정의 뜻과는 달리 하진은 계속 희정이 알지 못하던 이야기를 구비구비 풀어냈다.

"그날이 일요일이었어요. 형이랑 저는 원래 일요일에는 교회에 간다면서 집을 비웠거든요. 그런데 그날따라 고모부가 아침부터 술을 마셨어요. 형은 교회에 갔지만 저는 고모부한테 붙잡혔어요. 그렇게… 괴롭힘당한 다음이었어요. 원래 고모부는 그러고 나면 잠들었거든요. 그런데 형이 돌아올 때 잠에서 깼어요. 형한테 교회는 왜 가냐면서 시비를 걸었어요. 저는 큰 소리 나는 게 무서워서 화장실에 숨어 있었어요. 고모부가 형을 때리고 다시 잠들 때 저한테 무슨 일이 생길지 생각하기도 싫었거든요. 그런데 형이 화장실 바깥에서 저를 불렀어요. 저는, 저는…"

하진이 몸을 웅크리며 부들거렸다. 안색이 허옇게 질려 보였다. 호흡이 점점 가빠졌다. 슬비가 하진의 어깨를 다독이며 말했다.

"이하진 씨, 힘들면 쉬어. 혼자 있고 싶으면 우리가 비켜줄게. 억지로 말할 필요 없어."

"맞아요. 여기, 좀 마시시고. 물 떠다 드릴까요?"

하진은 고개를 저었다.

"잠시 나가서 진정하고 올게요. 죄송합니다. 이 기자님이 대신 말씀해 주셨으면 좋겠어요. 그래도 될까요?"

"그럼요. 제가 이슬비 기자님이랑 안 좋대도 사리를 못 가리진 않아요. 힘든 얘기 하느라 고생했어요. 쉬고 와요."

희정이 벌떡 자리에서 일어나 객실 문을 열었다. 하진은 문밖으로 도망치듯 나갔다. 애티가 역력한 얼굴은 분명 눈물을 흘리고 있었다. 희정은 문밖을 잠깐 살펴봤다가 자리에 앉았다. 슬비가 마른세수하던 손을 그대로 천천히 올려 머리칼을 쓸어넘겼다.

"나도 이하진 씨한테 직접 말을 시키고 싶지는 않았어요. 그런데 이하진 씨가 채희정 씨는 직접 말해야 믿을 거라고 하더라고. 내가 아무리 피도 눈물도 없다는 소리를 듣고 살지만, 그런 일 겪은 거는 정말 말 시킬 엄두가 안 났는데. 그래도 이하진 씨가 직접 하겠대서 결국 이렇게 됐습니다. 내가 여자만 안 만났어도 저만한 아들이 있을 나인데 참… 몹쓸 짓 했다 싶네요."

"도대체 그 뒤로 무슨 일이 있던 거예요?"

"요약하자면, 고모부는 취해서 한 방에 쩍. 고모는 저항했어요. 그때 이혁진 씨는 이하진 씨 불러서 고모를 잡으라고 지시했고, 이하진 씨는 무서워서 못 나왔고. 결국 이혁진 씨는 고모랑 단독으로 실랑이를 벌이다 고모도 죽였어요. 시체는 재판에서 얘기 나온 것처럼."

슬비가 가상의 칼자루를 쥔 것처럼 굴더니 손목을 아래위로 쾅, 쾅, 흔들었다. 뻔한 암시였다. 시신은 모두 칼로 난자된 채 발견되었다. 얼굴을 훼손하기도 해서 수법이 흉악하다고 난리가 났었다.

"이혁진 씨는 이하진 씨한테 입을 다물라고 한 거지. 자기가 고모부 죽이고 감옥에 들어가면 너는 내가 감옥에 있는 동안 자유라고. 대신 고모부가 동생을 상습적으로 성폭행해서 형이 동생을 위해 복수했다, 이렇게 동기를 만들어달라고. 그 친구 어려서부터 줄곧 추리소설 좋아했더라고. 지금도 차입한 도서 목록 태반이 추리소설이죠?"

희정은 저도 모르게 미간부터 찌푸렸다. 사건 직후부터 혁진의 차입 물목에 추리소설이 많다며 욕지거리를 남기는 이들이 들끓었다. 아직도 이따금 욕지거리를 남기곤 했다.

"지금 추리소설 독자라고 혁진 씨가 흉악범이라는 말씀인가요?"

"아니지. 나는 지금 이혁진 씨나 채희정 씨를 도덕적으로 판단하려고 온 게 아니라니까. 일단 이혁진 씨는 원래 흉악범입니다. 그런데 동생을 지키기 위해 고모부를 죽인 게 아니라, 동생도 강간하고 고모랑 고모부를 죽인 흉악범이라는 얘기죠. 곧 출소를 앞둔 흉악범이 유사 범죄를 저지를까 봐 이하진 씨가 용기를 낸 거고. 나는 이하진 씨가 힘내라고 따라온 것밖에 없어요."

때맞춰 하진이 객실로 돌아왔다. 슬비는 담배를 피우

겠다며 명함을 상에 올려두고 자리를 비웠다. 하진은 한바탕 울고 온 모양이었다. 고개 숙인 채 얼굴 곳곳을 손으로 가다듬었다. 침묵을 견디지 못한 희정이 먼저 말을 꺼냈다.

"…제일 어색할 때 나가고 말이야. 참 초지일관한 분이에요."

말 끝나기 무섭게 하진이 재채기하듯 짧게 웃었다. 희정의 입꼬리가 빙긋 올라갔다. 유머는 어떤 상황에서든 버팀목이 된다. 그리 재치 있는 말을 한 것도 아니지만, 어쨌거나 희정이 말을 끝내고 웃으니 기분이 좋았다. 분위기도 한결 부드러워진 것 같았다. 헛기침 몇 번 뒤에 하진이 말했다.

"채희정 씨한테는 받아들이기 어려운 얘기일지도 모르지만, 저한테는 형이 진짜… 무서운 사람이거든요. 제가 벌써 스물한 살인데도 그래요. 형이 출소하고 나면 도저히 한국에서 살 수도 없을 것 같아요. 얼마 전에는 처음으로 면회 가서 그 얘기를 했어요. 곧 외국에 나가서 살 거라고. 형만 아니었으면 도망칠 일도 없는데, 저는 겁쟁이라서…"

"겁쟁이라고 말하지는 말아요."

"저는 겁쟁이인걸요. 재판이 끝난 다음에는 형 관련한 소식은 전부 귀를 막고 살려고 했어요. 이 기자님도 신경 써 주셨고요. 그래서 형하고 결혼하려는 분이 있다는 건 저번에 알았어요. 이 기자님은 제가 하는 얘기가 채희정 씨한테는 다른 나라 말처럼 들릴 거라던데… 제 얘기가 믿겨지세요?"

어느 순간 하진은 고개를 들어 희정과 눈 맞추고 이야기했다. 희정은 한동안 시선을 받다가, 답했다.

"조심스럽게 말씀드리자면 하나같이 믿기 어려운 말씀이기는 해요. 저도 그간 지켜본 혁진 씨의 모습이 있으니까요. 혁진 씨는 진실된 사람 같았어요. 감옥에 있지만 좀 더 나은 사람이 되고자 애쓰고 싶어했고, 동생을 걱정했고, 저를 신경 썼고… 죄송해요. 제가 하진 씨 앞에서 무슨 소리를."

하진이 어색하게 웃었다. 젊은 사람들이 어쩔 줄 모르거나 말을 삼킬 때 상황을 무마하기 위해 짓곤 하는 표정이었다.

"형이 좀 그래요. 성실하고 얌전하고 수줍어 보여요. 저도 좀 그런 편이고요. 그런데 제가 저번에 만났을 때, 출소해서 어떻게 살 거냐고 물어봤어요. 호구 하나 잡았으니 팔자 폈다고 하더라고요."

"혁진 씨가 그런 소리를 했다고요?"

"못 믿으실 만해요. 7년 동안 알고 지낸 형보다 처음 본 저를, 이 기자님 주선으로 만났으면 더 믿기 힘드실 거예요. 그래도 확인하고 싶으시면 이 기자님 연락처로 연락주세요. 제가 출국하기 전까지는 전화가 될 거예요."

하진은 꾸벅 인사하고 객실을 떠났다. 객실 밖에서 슬비와 마주쳤는지 이제 가자며 이야기하는 소리가 들렸다. 희정은 서늘한 여름 카페에 홀로 남아 하진과 슬비가 남긴 말들을 곱씹었다. 하나같이 믿기지 않는 말이었다. 적어도 희정이 7년 동안 지켜본 혁진은 그렇게 금수만도 못한 자가 아니었다. 그리고 희정에 대해 함부로 말할 사람도 아니었다.

테이블 위에 놓인 슬비의 명함에 눈이 닿았다. 희정은 잠시 망설이다 명함을 챙겼다. 6년 만에 슬비의 명함이 필요해졌다.

희정은 당장이라도 혁진에게 달려가 일이 어떻게 된 거냐고 묻고 싶었다. 그러나 우선 냉정해지고자 했다. 잔뜩 흥분했을 때는 어느 정도 시간을 들여서 진정해야 했다. 그래야 이성적 사고가 가능하다는 걸 알 만큼은 나이 들어 있었다. 그러나 하진이 했던 이야기는 공파시를 떠나는 내내 희정의 머릿속을 떠나지 않았다.

혁진은 믿음직했고 정이 많고 수줍은 남자였다. 희정과는 오랜 기간 속내를 털어놓는 사이였다. 편지 교환은 생각보다 더 많은 얘기를 할 수 있었다. 희정이 아는 혁진은 도저히 일곱 살이나 어린 동생을 겁박할 만한 사람이 아니었다. 더군다나 상습적이라니!

하지만 뜨거운 여름 햇살 아래 도로를 달리는 동안 하진의 모습이 계속 떠올랐다. 말끝을 흐리다 끝내 울음을 참지 못하고 자리를 피하던 모습이 눈에 선했다. 혁진과 닮으면서 좀 더 앳되고, 좀 더 안쓰러워 보이고, 좀 더 지켜줘야 할 것만 같은 청년이었다. 그리고 정말이지 인정하고 싶지 않았지만 희정은 하진이야말로 사실을 말하고 있는 것처럼 느껴졌다.

그날 밤, 희정은 슬비에게 연락했다. 슬비와 오래 통화하고 싶지는 않았다. 6년 전에도 슬비는 모든 통화를 녹음했다. 취재 자료로 쓰기 위해서였다. 지금도 그럴 게 뻔했다. 대신 희정은 슬비에게 단 한 가지만 물어보았다. 희정이 가장 하고 싶지 않았던 말이었다.

"나는 그저 너절한 살인범한테 속아서 7년을 낭비한 건가요?"

"그야 나는 모르죠. 그렇지만 이하진 씨 말은 거짓이 아닌 것 같아요. 당시 일기장 중에서 제출 안 한 것들이 있어요. 나는 그걸 봤는데 끔찍했어. 나 같은 인간도 아, 사정이 딱하다, 저 친구한테는 후견인이 필요하겠다, 생각할 정도였다면 설명이 될까요."

"지나치게 충분하네요."

그 이상은 목이 메어 도저히 말할 수 없었다. 희정은 전화를 끊고 밤새도록 울었다. 눈물이 쏟아지는 만큼이나 희정이 인정하고 싶지 않았던 사실들이 하나둘씩 의식의 수면 위로 샘솟았다.

희정은 인간적으로 슬비 같은 사람이 질색이었다. 사

람을 말로 꼬드겨서 곤란을 겪게 했다. 하지만 인간 이슬비가 아니라 기자 이슬비는 자타공인 신뢰할 수 있는 정보만 말하는 언론인이었다. 슬비는 6년 전에도 혁진이 흉악범이라고 상정했다. 지금도 마찬가지였다.

게다가 슬비는 하진의 후견인으로 나서기도 했다. 슬비는 취재원의 인생 따위를 소중히 여기는 사람이 아니었다. 슬비 덕분에 직장을 잃어 봤던 희정은 그 점을 너무나 잘 알고 있었다. 희정은 하진을 바라보던 슬비의 시선이 다분히 물기 어린 것이었다는 것까지 떠올랐다. 공파교도소에서 마주쳤던 날에도 슬비는 굳이 하진을 소개하지 않았다. 오히려 하진을 이끌고 교도소 안으로 들어가는 모습을 인제 와서 돌이켜 보면 병아리를 보호하는 어미 닭 같은 구석이 있었다.

하물며 희정은 혁진을 잘 모르는지도 몰랐다. 정확히는 혁진이 희정에게 보여주고 싶어 하는 일부만 알고 있었다. 희정은 여전히 믿고 싶지 않았다. 혁진의 모습이 눈앞에 어른거렸다. 조용조용 말하는 다정한 목소리가 귓전에 생생했다. 희정의 이성이 그 목소리에 첨언했다. 희정은 면회 때 잠깐 보는 것을 제외하고는 혁진과 길게 시간을 보낸 적이 없었다. 길고 긴 편지를 오랜 기간 교환했지만 그걸로 혁진을 안다고 할 수는 없었다. 편지는 일종의 넋두리였다.

희정은 혁진이 무슨 음식을 좋아하는지 알고 있었고

무슨 일을 하고 싶어 하는지 알고 있었고 추위를 많이 탄다는 것도 알고 있었다. 하지만 희정은 혁진이 어떤 사람인지 이제는 정말 알지 못하겠어서 그 밤이 다 가도록 통곡했다.

희정은 처음에 자기가 불쌍해서 울었다. 그다음에는 분해서 울었다. 창밖이 밝아 올 무렵에는 하진에게 미안해서 울었다.

여름 내내 희정은 마음이 복잡했다. 일이 바빠서 그나마 고통을 외면하기 쉬웠다. 여름이 더 늦기 전에 다급하게 살을 빼려는 사람들 덕분에 주문이 폭주했다. 눈코 뜰 새 없이 바쁜 와중에 혼자 남게 되면 희정은 저도 모르게 눈물을 흘렸다. 미쳐가는 기분이었다.

혁진에게는 언제나처럼 편지가 왔다. 희정은 전처럼 답장하지 않았다. 이번 여름은 조금 바쁘다며 엽서를 한 장 보냈을 뿐이었다. 다이어트 인구가 늘어나는 계절이나 성수기에는 주문자가 늘곤 했으므로 여상한 대응이기는 했다. 평소에는 그렇게 엽서를 보냈다가도 쉴 틈이 생기자마자 혁진을 만나러 갔다. 이번엔 달랐다. 희정은 전처럼 혁진을 만나러 갈 엄두가 나지 않았다. 속속들이 캐묻고 싶으면서 어디서부터 시작해야 할지도 몰랐다.

희정이 잠시 마음을 멈추는 동안에도 희정의 인생은 지난봄 희정이 꾸린 대로 흘러갔다. 신혼집 삼아 장만한 35평형 아파트는 분통처럼 도배되었다. 희정이 말한 대로 흰색과 밝은 회색과 베이지색으로 꾸며졌다. 여차하면 시동생까지 데리고 살 요량으로 방이 셋에 욕실이 둘인 집을 골랐다. 그 집의 내장 공사가 완료되었다는 소식을 듣고서야 희정은 여름이 저물었다는 걸 알았다.

여름의 끝자락, 갓 꾸민 집에는 희정이 주문한 가구 일습이 하나둘 도착했다. 키가 큰 혁진을 배려해 소파와 침대가 모두 큼직한 물건이었다. 커다란 가구가 가득한 새집에 희정은 혼자 입주했다.

"이런 데서 어떻게 혼자 사나?"

희정은 오래 울었다. 비단 이불이 깔린 침대는 너무 넓었다. 이불도 침대도 혼수 삼아 장만한 물건이었다. 희정은 자신이 새로 꾸민 살림집이 혁진과 함께 산다는 전제로 만들어졌다는 사실이 참을 수 없었다.

침실만 그런 게 아니었다. 서재에는 혁진이 7년간 읽은 추리소설을 모아둔 책장도 있었다. 7년은 긴 시간이었다. 혁진을 위해 차입했던 도서는 내지에 교도소 반입 서적이었다는 서지가 붙어 있었다. 그런 책들이 책장 하나를 가득 채웠다. 옷장도 혁진의 옷장이 따로 있었다. 희정은 혁진의 치수에 맞춰 옷을 사 쟁였다. 감옥에서 나오면 입을 옷이 없을 게 뻔해서, 하나같이 희정의 취향대로 한 벌 한 벌 정성들여 골랐다.

희정이 혁진을 돌보고 사랑하기 위해 마련했던 물건은 전부 주인을 잃은 신세가 되었다. 희정은 그 물건과

정성의 임자를 찾아 주고 싶었다. 적어도 희정의 마음을 쓰는 게 덜 아까울 사람에게 애정을 보이고 싶었다. 혁진에게 속아 지낸 지난 세월을 돌이킬 수 있다면 가장 좋았다.

희정이 하진에게 연락한 것은 새 아파트에 입주한 지 일주일째 되던 날이었다.

가을

처음에 희정은 하진에게 식사를 대접했다. 슬비에게 연락해서 슬비 없이 따로 이야기를 나누고 싶다고 했다. 며칠 뒤 하진이 승낙했다는 답변이 돌아왔다. 희정은 조용한 일식집에 예약을 잡았다. 개별 객실도 중요했지만 우선 음식이 깔끔해서 좋아하는 집이었다. 적어도 희정은 하진에게 좋은 걸 누리게 해주고 싶었다. 하진이 회를 먹지 못할까 봐 잠깐 고민했지만, 일식집에서 날생선만 취급하는 건 아니었다.

"이렇게 맛있는 건 처음 먹어봐요."

다행히 하진은 회를 먹을 수 있었다. 음식이 하나하나 나올 때마다 하진은 나직하게 감탄했다. 잔뜩 기가 질려 있던 태도도 천천히 누그러졌다. 희정은 새삼 하진이 스물한 살이라는 걸 의식했다. 스물한 살 먹은 어린애를 먹이는 기분은 나쁘지 않았다.

"회전초밥집도 딱 한 번 가봤거든요. 그때 너무 맛있

었는데, 여기는 비교도 못 하겠네요. 우와…."

"초밥집에 한 번 가봤어요?"

"네. 어릴 때는 단체 식사가 안 되는 데라 못 갔고, 시설 나와서는 일하느라 바빠서 못 갔어요."

"이슬비 기자가 사주지도 않았고요?"

"이 기자님이랑은 밥 먹는 사이가 아니라… 서류 필요할 때 만나는 사이라서요. 방 보증인 구할 때라든가."

"세상에, 그 양반 정말 너무하네요. 너무한 사람인 건 알았지만."

"이 기자님은 예쁜 여자한테만 밥 사요."

슬비의 모습이 스쳐 지나갔다. 코발트색 셔츠에 검정 바지, 그리고 반백의 쇼트커트. 껄렁하고 공격적이다가 갑자기 헐렁하게 구는 태도까지 두루두루 섞여 있었다. 그런 사람이 예쁜 여자한테만 밥을 산다는 소리까지 들으니 희정은 웃음을 참을 수 없었다. 눈앞에 있는 청년이 슬비의 피후견인만 아니었어도 깔깔 웃을 생각이었다. 희정은 애써 점잖게 대꾸했다.

"그것참 그분다운 일이네요."

"웃으셔도 돼요. 이 기자님은 중년 레즈비언이라기보다는 껄렁한 고등학생 같잖아요. 가끔 저보다 더 제 또래 남자처럼 굴어서 신기해요. 저는 또래 남자들하고 지내는 게 쉽지가 않은데 이 기자님은 태어날 때부터 그런 사람 같아요."

"웃어도 된다니 속 편하게 웃을게요. 파란 셔츠만 입고 다니는 게 특히 그래요. 그건 도대체 무슨 컨셉이야?"

"정말 자기 하고 싶은 대로만 하시잖아요. 딱 한 번 사적인 일로만 만난 적 있었는데, 스무 살로 넘어가던 12월 31일에 참새구이 집에 데려갔어요. 이제 어른 됐으니까 이런 것도 먹을 줄 알아야 한다는데 너무 어이가 없는 거예요. 참새 머리가 그대로 붙어 있는데."

"저 쫓아다녔을 때는 어땠는지 알아요? 교도소 앞에서 이따만한 꽃다발을 들고 기다렸어요. 어이가 없어가지고…."

한참 신나게 슬비의 흉을 보다가도 교도소 이야기가 나오자 하진의 얼굴이 굳었다. 희정이 다급하게 사과했다.

"미안해요. 내가 말실수했어요. 미안해요. 나는 내가 하진 씨한테 미안해서 만나자고 한 건데…. 미안해요."

"꽤 긴 시간을 형이랑 지내셨잖아요. 제가 뭐라고 할 일은 아니죠. 밥도 얻어먹고 있는데."

"이게 뭐라고 그래요. 밥 사준다고 남 상처 헤집어도 되나. 나는 그냥 하진 씨가 곧 이민 간다길래, 이민 가기 전에 조금이라도 만나고 싶었어요. 물어보고 싶은 것도 있었고요. 너무 주제넘은 소리 같고 나도 그걸 알지만…. 혹시 하진 씨는 대학 가고 싶었던 적 없어요?"

하진은 쓸쓸하게 웃었다.

"왜 없었겠어요. 그런데 형 출소가 얼마 남지도 않았고, 시험 칠 때는 가석방 얘기가 나오기도 해서 포기했죠. 지금은 형 출소할 걸 생각하면 자격증 따고 이민 갈 생각이나 해야겠다, 싶어요."

"유학도 방법이잖아요."

"제가 무슨 돈이 있어서 유학을 가겠어요?"

희정은 하진의 손에서 젓가락을 빼냈다. 그러고는 양손으로 하진의 손을 감쌌다. 비로소 희정이 하려던 이야기를 꺼낼 순간이었다.

"내가 할 수 있어요. 미국 같은 데만 아니면 하진 씨 하나 유학 보낼 능력은 돼요. 한국 대학도 괜찮고."

"한국 대학도 아니고 유학 자금을 어떻게 받겠어요. 저는 이민 가려고 자격증 준비하기 시작했는데요."

"자격증을 얼마 전에 시작했어요? 이민 가기 직전인 게 아니라?"

하진이 자기도 모르게 입을 벌렸다. 말실수인 모양이었다. 하진은 변명을 꺼내려는지 운을 떼려다 그냥 털어놓았다.

"네. 시설 나올 때 정착 자금 받은 게 워낙 쥐꼬리라 월세 보증금 마련하는 데도 오래 걸렸어요. 지금은 낮에 아르바이트하고 저녁에 공부해요."

"나도 스무 살 때부터 혼자 돈 벌어서 그 맘 알아요. 그거 어떻게 해. 공부가 되는 것도 아니고. 혼자 살림하는 것도 힘든데…. 이슬비 기자 진짜 너무하네."

"셋방 보증인 돼준 사람도 기자님인데요. 아니었으면 제가 어떻게 구했겠어요. 고시원이나 들어갔겠죠."

후식 상이 들어오는 동안 대화는 잠시 중단되었다. 행인두부가 상에 놓였다. 희정은 우선 먹고 말하자며 한입 맛보라고 채근했다. 하진은 한술 뜨더니 얼굴이 환해졌다. 희정은 몹시 만족스러웠다.

희정은 젊은이를 잘 먹이고 있다는 만족에 더해 다른 방면의 바람도 이루고 싶었다. 섣부른 것 같기도 했지만 지금이 둘도 없는 기회 같아 보였다. 희정은 생글생글 웃으며 하진에게 말했다.

"하진 씨, 저는 방이 세 개짜리 집에 살아요. 사정 아무것도 모를 때 신혼집으로 좋겠다 싶어서 꾸몄어요. 그런데 저는 하진 씨가 들어와 살아도 좋겠다 싶었거든요. 그래서 마침 집에는 손님방 하나가 침실로 남아요."

하진이 희정을 바라보았다. 소년과 청년의 중간 즈음에 온 청년의 얼굴은 볕에 그을리고 매끈했다. 휘둥그레 놀란 얼굴에는 정말 젊다 못해 어린 사람들이나 보일 수 있는 천진함이 섞여 있었다. 불안과 가난을 기반으로 삼은 사람 특유의 위태로움이 그대로 드러나 있기도 했다.

희정은 한때 자신에게도 저런 시절이 있었다는 걸 생각했다. 그때 희정은 자신이 얼마나 위태로워 보였는지 실감하지 못했다. 나이를 먹은 뒤 그 시절의 사진을 보면서 짐작할 뿐이었다.

"남는 손님방에 하진 씨가 들어와 살았으면 좋겠어요. 월세는 안 받을 거예요. 식비는 내고 싶으면 내도 돼요. 공부할 시간을 확보하는 것도 학원비를 대기도 편할 거예요. 나가고 싶으면 언제든지 나가도 되고요."

"제가 어떻게 그렇게 뻔뻔하게 굴겠어요?"

"기회가 있을 때 잡는 건 뻔뻔한 게 아니에요. 나는 하진 씨한테 학원비를 대주고 싶기도 해요. 그렇지만 그거는 안 받을 것 같고. 마침 나도 여자 혼자 살기에는 무서운 참이었어요. 집에 남자가 있으면 다행이죠. 게다가… 이번 집은 혁진 씨가 몰라요. 알려주지도 않았고요."

"정말 형이 모르나요? 그리고, 조심스러운 질문이겠지만… 왜 저한테 이렇게까지 잘해 주시겠다고 하시나요?"

"마지막 편지는 지난번에 살던 집에서 보냈어요. 그 집은 아직 전세 기간이 남아 있어요. 출소하고 난 다음에도요. 하진 씨한테 왜 호의를 보이느냐면… 사정을 몰라서 미안한 게 반인데, 그걸 빼면 남 같지 않아서 그래요."

"어떤 점이요?"

"우리 엄마도 일찍 죽었어요. 술에 취해 방파제에 빠져서. 방파제는 한번 헛디디면 몇 미터나 순식간에 쏙 빠지고 빠지면서 여기저기 부딪혀서 바로 죽거든요. 용케 살았대도 구조 요청 같은 거 남들이 못 들어요. 방파제 사이에 소리가 묻혀요. 엄마는 그렇게 스물아홉에 가셨고… 우리 아빠는 알코올중독자고요. 난 스무 살 넘어서 숙식 제공 아르바이트 찾은 다음 집하고 한 번도 연락 안 했어요. 앞으로도 안 할 거고요. 내가 이슬비 기자가 보도했던 대로 미친 여자라서 혁진 씨한테 공감했던 건 아니에요. 그대로… 하진 씨 사정에 마음이 가기도 하고요. 진정성은 믿어줬으면 해요."

식사가 끝나기까지도 하진은 확답하지 않았다. 희정은 새집 침대에 새 이불을 깔아 두기는 했지만 거절 가능성을 염두에 두었다. 하진은 겁이 많아 보였다. 하지만 희정이 한 이야기는 전부 진심이었다. 거짓 한 톨 없었다. 희정은 하진에게도 연민과 공감을 느꼈다.

그 때문에 하진이 승낙하겠노라 답하자 때 희정은 세상을 얻은 것처럼 기뻤다. 며칠 뒤 하진은 셋방을 정리하고 희정의 아파트에 도착했다. 하진의 살림은 단출했다. 싸구려 가전 일습을 버리니 옷 몇 벌과 자격증 기술서가 전부였다. 한번 쓰고 버려야 하는 일회용 면도기 따위가 구질구질하게 딸려 있었다.

일기장처럼 개인적인 물건을 뺀다면, 하진이 가져온 모든 것은 희정의 집에 더 나은 대안이 있었다. 마침 희정의 집에는 하진처럼 키가 큰 남자가 입을 만한 옷들이 많았다. 면도용품부터 양말까지 다양했다. 심지어 속옷도 있었다.

처음에 하진은 혁진 몫으로 사들인 물건을 쓰지 않았다. 하지만 하진이 안 쓰면 전부 버려야 한다는 이야기를 들은 다음부터는 적극적으로 쓰기 시작했다.

"저 쓰라고 산 게 아닌 건 알겠지만 없이 커서 아까운 건 못 참겠어요."

"그럴 줄 알았어. 나도 그래요. 하자품은 가져 봐야 짐이니까 버릴 때 망설이지도 않는데, 멀쩡하고 좋은 물건은 못 버려."

월세 부담이 줄어들자 하진은 공부할 시간을 어느 정도 확보할 수 있었다. 하진은 주말 아르바이트만 남기고 모든 일을 그만두었다. 대신 공부와 집안일에 매진했다. 희정이 바라던 바였다. 공부도 일이라고 설득한 보람이 있었다. 하진은 희정이 집을 비운 동안 청소를 하고 공부를 하다 귀가한 희정을 맞이했다.

가을이 깊어 가는 동안 두 사람은 함께 저녁을 보내는 사람이 있는 삶에 익숙해졌다. 희정은 가을철 행락객 도시락 주문이 잇따르자 잠을 줄여가며 일해야 했다. 하진은 그런 희정을 위해 아침에 홍삼을 비롯한 건강 보조제를 먹기 편하게 내놓기도 했다. 희정이 오랜만에 받아 본 생활 속 배려였다.

희정도 어느새 하진의 삶을 살피는 게 익숙해졌다. 희정은 하진에게 생활비 카드를 내주는 한편, 개인 용도로 쓰라며 문화상품권을 몇십만 원어치 가져다주기도 했다.

"문화상품권을 왜 이렇게 많이 주세요?"

"그야 밖에 나가서 영화도 보고 책도 사고 좀 놀고 그러라고 하고 싶은데, 그냥 카드로 주면 아예 안 쓸 거잖아요. 저랑 사는 동안 한 달에 한 번씩 문화상품권 이렇게 드릴 거예요. 안 써봤자 환불 안 할 거니까 편한 대로 써요. 게임을 하든 뭘 하든."

문화상품권을 받은 첫 달, 하진은 희정에게 얼기설기 영화감상문을 써냈다. 희정이 일찍 귀가한 날에는 그날 무슨 영화를 보았는지 종알종알 떠들기도 했다. 흥행 중인 액션 영화를 보고 온 날에는 너무 멋있었다며 열광하기도 했다. 식구가 있는 저녁과 넉넉한 문화생활은 희정이 스물한 살에 누리고 싶던 것들이었다.

혁진과 함께 살기 위해 꾸민 집에 살고 있건만 혁진 생각은 하루가 다르게 줄어만 갔다. 대신 그 자리에 하진이 들어와 있었다. 하진은 보살피는 보람이 있는 청년이었다. 희정은 가끔 하진이 공부하고 있을 때 과일을 가지고 방에 들어가기도 했다.

"TV에서 많이 봤어요. 제가 공부할 때 누가 과일 깎아서 방에 들어오는 건 이번이 처음이에요."

하진이 소반을 전해 받으며 말했다. 희정은 순식간에 눈물을 글썽거렸다. 두 사람은 잠시 각자 흐느끼다가 서로를 부둥키고 격려했다.

서로를 돌보는 나날은 단풍과 함께 깊어만 갔다. 하진은 남이 챙겨주는 일을 어색하게 여겼다. 희정은 무슨 마음인지 알 것 같았다. 용접사 자격증 학원에 등록한 첫날, 희정이 기념하자면서 간단하게 유부초밥으로 도시락을 쌌다. 하진은 그 모습을 옆에서 바라보며 어떻게든 돕겠다고 했지만 희정은 그냥 앉아서 받아먹으라며 웃었다. 어쩔 줄 몰라 하는 하진을 보며 희정은 애틋하고 귀여웠다.

희정의 관심사는 점차 하진의 행복으로 옮겨 갔다. 고작 한 계절을 못다 지냈는데 이미 혁진은 안중에도 없었다. 가을 행락객 주문이 끝나고 여유가 생기자 희정은 가벼운 여행을 계획했다. 이번에는 하진도 데리고 갈 참이었다.

"저 한 번도 외국에 나가 본 적 없어요."

"일본은 이제 뭐 옆 동네나 다름없죠. 나는 한국에서 단풍 보러 간 사람들 밥 열심히 먹였으니까 내 단풍 보러 가야 돼! 하진 씨도 같이 간다고 생각하니까 좋네요."

하진은 여권조차 없었다. 새로 발급받아야 했다. 희정이 예상했던 바였다. 여권이 나온 다음 날, 희정은 하진을 데리고 나라 여행을 떠났다.

나라에는 아직 가을의 흔적이 남아 있었다. 단풍이 여전했고 교토보다는 한적했다. 하진은 첫 번째 해외여행이라며 활기차게 쏘다녔다. 사슴 공원에서 사슴 먹이를 주다가 사슴에게 쫓기기도 했다. 가을의 나라는 여러모로 아름다웠다.

"오늘 너무 좋았어요. 시간이 멈췄으면 좋겠어요."

"하진 씨는 앞으로 더 좋은 날이 기다릴 거예요. 내 말 믿어요."

공원 근처 절을 떠날 때 하진이 말했다. 희정은 힘주어 답하며 하진의 등을 토닥거렸다. 석양이 두 사람의 뒤를 채웠다. 가을도 저물어 가고 있었다.

여행 첫날의 버거운 일정이 끝났다. 두 사람은 각자 호텔의 자기 방에서 씻고는 희정의 객실에서 수다를 떨었다. 집에서 함께 저녁을 먹는 일과 비슷했다. 차이가 있다면 두 사람이 같이 사는 동안 거들떠보지도 않았던 술이 끼어 있다는 점이었다.

"이왕 여행 왔는데 샴페인 한잔은 마셔 줘야겠죠?"

희정이 뻐기듯 말했다. 희정은 따지고 보면 1년에 한두 번 정도 술을 마시는 게 전부였다. 열세 살 차이 나는 두 사람은 유리잔에 발포주를 나누어 따르고는 가볍게 부딪쳤다. 오늘 겪었던 일의 좋은 점과 아쉬운 점을 논했고 내일 하기로 작심한 일에 기대하는 점을 안주 삼았다.

희정은 하진의 뺨이 발그레한 모습을 보았다. 입술도 달아올라 있었다. 하진은 갓 씻고 나와 덜 마른 머리카락을 이야기하는 틈틈이 뒤로 넘겼다. 손가락이 이마와 후두부를 쓸다가 목덜미에 닿는 모습이 보였다. 자기 전이라 면도하지 않은 턱은 파릇파릇했다. 고개를 숙이고 쑥스럽다는 듯 웃을 때마다 볼우물이 패었다. 희정이 바라는 대로 내일 일정을 치르겠다며 웃는 모습은 앳되고 귀여웠다.

그러나 희정을 가장 달아오르게 만든 것은 하진의 젊음이 아니었다. 하진이 한참 사슴의 공격성에 대해 잔을 흔들며 이야기하던 도중 실수로 술을 흘렸다. 누가 먼저랄 것도 없이 화장지를 꺼내려다 두 사람의 손이 부딪혔다. 희정과 하진은 부딪힌 자리가 불에 덴 것처럼 화들짝 놀라 손을 떼었다. 희정이 다시 테이블을 닦으려 할 때였다. 하진이 희정의 손등에 손을 올렸다. 하진은 희정의 손을 잡고 손톱부터 입맞추었다. 입술은 손톱에 닿고 손가락에 닿고 손등에 닿고 손목에 닿았다. 하진이 희정을 올려보았고 희정은 하진을 끌어당겼다.

희정은 오랜 기간 바랐던 이상적인 앞날을 예감했다. 다만 꿈이 이루어지려면 반드시 완벽하게 해결해야 할 일이 있었다.

첫눈

혁진이 출소한 날에는 첫눈이 내렸다. 그것도 함박눈이었다. 희정은 눈 내리는 도로를 뚫고 공파시로 차를 몰고 갔다. 자동차에 연결할 수 있는 전기물주전자를 따로 챙기기도 했다.

공파교도소에서는 혁진이 기다리고 있었다. 희정이 미리 차입했던 겨울옷 차림이었다. 희정은 두부 한 모가 담긴 움푹한 그릇에 갓 끓인 물을 따랐다. 두부에서 김이 펄펄 피어올랐다.

"세상에. 희정 씨는 어떻게 이렇게 자상해요?"

"겨울에 나오는데 두부가 차가우면 속상하잖아요."

혁진은 그릇을 들어 두부의 귀퉁이를 한입 베어 물었다. 희정은 혁진을 올려다보며 환하게 웃었다. 혁진이 두부 든 그릇을 내리려고 하자 희정은 혁진의 팔목을 붙잡았다.

"혁진 씨 생각해서 가져왔어요. 두부는 몸에 좋은 거니까 남기면 안 돼요."

"희정 씨도 참…."

"남기면 안 된다니까요."

희정이 힘주어 말했다. 혁진은 잠시 난처한 얼굴로 망설이다가 맨손으로 남은 두부를 집었다. 희정은 혁진이 두부 한 모를 남김없이 먹어 치운 것을 본 다음에야 일회용 그릇을 근처 쓰레기통에 버렸다. 희정은 그제야 만족스럽게 웃었다.

"혁진 씨 나온다고 하늘도 축하하나 봐요. 피곤하죠? 근처에 호텔 잡아 놨어요."

"나 짐승 될지도 몰라요."

"이미 짐승 아니었어요?"

어느새 눈이 소담하게 쌓였다. 희정은 능숙하게 차를 몰아 해변으로 이동했다. 바닷가는 외려 눈이 덜 쌓인 편이었다. 희정이 잡은 곳은 말이 호텔이지 여관이라는 상호를 달고 있었다. 그러나 허름한 외관에 비해 내장은 깔끔한 편이었다. 게다가 아름답게도 눈 내리는 바닷가를 침대에 누운 채로 바라볼 수 있었다.

눈발이 휘날리는 겨울 바다는 고요했다. 철 지난 관광객 하나가 먼 곳에서 산책하는 정도였다. 두 사람은 더운물로 씻고 나온 뒤 침대에서 입을 맞추었다. 7년 동안 별렀던 일을 지금부터 벌일 참이었다. 희정이 혁진의 몸 곳곳을 쓸었다. 장승처럼 마른 몸은 옥살이한 기간이 나이테처럼 남은 듯했다. 한동안 서로를 어루만지던 두 사람이 몸을 겹치려던 때, 혁진이 갑자기 고개를 푹 숙였다.

"너무 오랜만이라…"

"괜찮아요. 그럴 수도 있죠. 피곤해서 그런 거야. 한잠

자고 회나 먹으러 가요. 근처에 횟집 있더라."

희정은 혁진을 토닥거리고는 잽싸게 뒤처리에 들어갔다. 희진은 욕실에 들어가자 혁진은 철푸덕 침대에 드러누워서 눈 내리는 겨울 바다를 보다가 까무룩 잠들었다.

7년 만에 누운 매트리스는 지나치게 쾌적했다. 한잠 자고 일어나니 어느새 저녁이었다. 사위가 컴컴했다. 혁진이 자리에서 일어나자 곁에 있던 희정이 협탁에 놓인 싸구려 보조등을 켰다.

"지금까지 안 자고 깨어 있었어요?"

"혁진 씨 자던 사이에 나도 잠깐 잤어요. 금방 깼는데 잘 자고 있어서 깨우기 뭐하더라고요. 배고프다. 우리 빨리 밥 먹으러 가요. 여기 근처에 낚시꾼들 들르는 횟집 있거든요."

"그러고 보니 공파시가 희정 씨 고향이었죠. 잘 알겠어요."

"아무렴요. 옛날에 떴어도 동네 빤하죠, 뭐."

희정과 혁진은 팔짱 끼고 주차장까지 갔다. 오래된 여관 주차장에서 희정의 차는 눈에 띄어도 한참이나 띄었다. 밤의 소도시는 어두웠고, 두 사람을 태운 빨간 레인지로버는 차도 인적도 드문 해안도로를 쏜살같이 달렸다. 희정은 속도를 낼 때마다 콧노래를 불렀다.

횟집은 외진 곳에 있었다. 정말 낚시꾼이나 들를 만했다. 자갈이 깔린 주차장에 발을 딛자 바닷바람이 눈발과 함께 몰아쳤다. 혁진이 눈살을 찌푸리고 사위를 돌아보자 저 너머에 등대가 보였다. 등대와 횟집 사이를 채운 방파제를 가로등이 띄엄띄엄 비췄다.

"여기가 정말 맛있거나 내가 7년 동안 옥살이하는 동안 세상이 바뀌었거나 했나 봐요. 이런 데서도 장사가 되나?"

"바닷가 출신으로서 수수께끼를 풀어줄게요. 낚시꾼들은 맛 때문에 오는 게 아니라 남이 손질해줘서 오는 거거든요."

횟집은 조용했다. 희정과 혁진 일행 말고는 근처에 사는 사람들이 식사하러 나온 것 정도였다. 혁진이 메뉴판을 보며 망설이고 있을 때 희정은 대뜸 시가로 계산해야 하는 값비싼 메뉴를 불렀다. 거기에 술까지 시켰다.

"술이라면 지긋지긋하지만 오늘 같은 날에 안 마신다면 인생이 너무 재미없이 흘러가지 않겠어요? 대리운전 부르면 될 테니까 오늘은 한잔해요."

"희정 씨 참 개구져. 그렇게 말하면서 따라주는 술은 안 마실 수가 없잖아요."

두 사람이 주거니 받거니 술잔을 나눴다. 손님 없는 날에 큰 주문이 들어왔다며 주방에도 활기가 띠었다. 그 사이 혁진은 출소 후 어떻게 살고 싶은지 말을 꺼냈다. 나직하고 조곤조곤한 투로, 낯을 붉히며 조심스럽게 입을 열었다.

"희정 씨 회사에서 적응 기간을 가질 수 있으면 좋을 것 같아요. 어렵다면 바로 노가다 뛰러 가려고요. 부담 없이 거절해도 괜찮아요."

"내가 언제 혁진 씨가 하고 싶다는 거 못하게 한 적 있나? 잔 비었네요. 따라줄게요."

두 사람이 앉은 상은 음식이 연이어 나와 순식간에 푸짐해졌다. 혁진은 나오는 메뉴마다 게눈감추듯 해치웠다. 젊은이다운 먹성이었다. 남색 셔츠에 짙은 녹색 스웨터를 입고 있어서 제대한 복학생처럼 보이기도 했다. 아직도 학생 같아 보이는 혁진은 새로 나오는 음식에 젓가락을 댈 때마다 흐뭇한 표정이었다.

"그러고 보니 혁진 씨, 도련님한테는 출소했다고 연락했어요?"

"아, 아직 안 했네요. 참, 형이란 놈이 빠져가지고. 여름에 면회 왔을 때 이민 간다더라고요. 걔랑도 연락해야겠어요."

"이왕 나왔으니까 하는 말인데, 혁진 씨, 도련님이 딱 혁진 씨 그때 나이잖아. 도련님 혼자 이민을 어떻게 보내겠어요. 우리 집에 방이 남으니까 도련님도 와서 사는 것도 좋지 않겠어요?"

"글쎄요…. 글쎄. 걔가 그러고 싶을진 모르겠네요. 그냥 이민 간댔으니까 보내는 게 좋을 것 같은데. 7년이나 떨어져 살았잖아요. 이제 와서 다시 살면 어떻겠어요."

혁진이 엉거주춤하는 사이 희정이 새롭게 술을 따랐다. 술잔이 부딪치는 소리는 명랑했다. 희정은 혁진과 거듭해서 잔을 비웠다.

"혁진 씨 생각이 그러면 어쩔 수 없고. 혁진 씨한테 이유가 있겠지. 아이고, 또 잔 비었다. 기분 좋은 날이니까 다시 잔 부딪칩시다."

음식을 다 먹을 때쯤에는 희정이고 혁진이고 불콰하게 취한 지 오래였다. 자리에서 일어나 식대를 치르는 희정의 어깨에 혁진이 외투를 걸쳤다. 희정은 혁진에게 외투를 건네받아 입고는 혁진의 품에 얼굴을 묻었다.

"좋은 날이라고 너무 마셨나, 저 진짜 취했네요. 희정 씨는 괜찮아요?"

"괜찮긴 한데 산책 좀 했으면 좋겠어요. 밖에 눈도 그쳤네."

"차 두고 무슨 산책을 해요."

"그거야 물어보면 되죠. 사장님! 여기 잠깐만 주차해놓고 산책 다녀와도 될까요? 대리를 부르더라도 좀 깨고 부르고 싶어서요."

앞치마 차림인 대머리 남자가 희정에게 카드를 건네주며 말했다.

"어차피 새댁 찬데 우리야 상관없죠. 돈 안 내고 도망가는 것도 아니고. 너무 늦게 오지만 마세요. 대리 불러드리려면 시간 맞춰야 하니까."

"고맙습니다!"

희정과 혁진은 밤의 해안을 걷기 시작했다. 내리던 함박눈은 그치고 곳곳에 눈이 쌓이고 녹은 흔적이 보였다. 두 사람은 손을 잡고 등대를 향해 걸어갔다. 싸늘한 바닷바람이 술로 달아오른 뺨을 식혔다.

방파제는 거센 해풍을 맞아 공명했다. 바람이 몰아칠 때마다 방파제에서 피리 소리가 났다. 소금기 어린 겨울바람이 거니는 사람의 뺨을 때렸다. 먼바다에서부터 파도가 밀려와 마침내 방파제 아래편에 부딪힐 때마다 물거품 사그라드는 소리가 났다. 등대는 수평선을 향해 깜빡거렸다.

"오랜만에 술을 마셔서 정신이 없네요. 사장님 말씀 들었어요? 새댁이래요. 부부 같나 봐. 하하."

"혁진 씨, 취했어요?"

"아무래도 그렇죠. 이제 위험한 짐승이에요."

"그렇구나. 혁진 씨 고모부도 그랬어요?"

"뭐라고요?"

혁진이 걸음을 멈추었다. 손을 잡고 거닐던 희정이 몇 걸음 앞서 나갔다가 뒤를 돌아보았다. 희정은 혁진의 양손을 꼭 잡고 혁진을 한번 끌어안았다. 혁진이 반사적으로 희정의 등허리를 잡고 머리를 쓸었다가 팔을 풀었다.

"아유, 혁진 씨 참 예뻐 보여요."

"술 너무 많이 마신 거 아니에요?"

"혁진 씨 고모부도 그랬을 거라니까요."

"갑자기 그게 무슨 소리예요?"

"하진 씨한테 다 들었어요. 너도 개자식인 거."

 희정은 있는 힘껏 혁진의 몸통을 밀었다. 눈 쌓인 산책로는 미끄러웠다. 혁진은 눈 깜짝할 사이에 방파제 아래에 떨어졌다.

"아냐!"

 단말마와 함께 콰득 소리가 났다. 방파제가 노래하는 사이사이에 가죽 푸대 부딪히는 소리도 몇 번 들렸다.

 혁진이 걸쳐 주었던 두터운 외투는 초겨울 해풍쯤 막아낼 수 있었다. 희정은 천천히 주변을 살폈다. 눈이 닿는 곳에 인적이 없었다. 일을 저지르기 전에 확인했다면 좋았겠지만, 희정도 확실히 취하긴 취한 모양이었다.

 희정은 얼마간 자리에 앉아서 방파제의 휘파람에 귀 기울였다. 그래도 이곳은 공백 지대였다. 등대에 좀 더 가깝다면 모를까, 이 근처에는 마땅한 감시카메라도 없었다. 희정은 방파제 아래에서 혹시라도 신음 소리가 들리지 않을까 싶어 귀를 기울였다. 여전히 방파제만 홀로 지껄이고 있었다.

 희정은 아래를 들여다볼까 고민하다가 자리에서 일어섰다. 방파제 틈으로 떨어진 사람은 십중팔구 시체로 나왔다. 성하게 나왔다는 소리를 들은 적이 없었다. 희정의 어머니도 술에 취한 채 헛디뎠을 뿐이었는데 방파제에 삼켜져 죽었다. 살아 나올 리 없었다. 사람은 그저 술에 취해 방파제에 떨어지기만 하면 죽었다. 죄 없는 사람 목숨도 그런데 혁진이라고 다를 건 없었다.

희정은 잰걸음으로 횟집에 돌아갔다. 걸음걸음마다 하루씩이라도 어려지고 싶었다. 혁진을 극진히 보살피며 지낸 세월이 자그마치 7년이었다. 하루라도, 적어도 일 년이라도 더 일찍 하진을 만났더라면 지금과 달랐으리라 장담하고 싶었다. 물론 결코 희정이 장담할 수 없는 많은 가정과 마찬가지로 시간을 돌릴 수 없기에나 상정할 수 있는 일이었다.

떠날 때는 두 사람이고 돌아올 때는 한 사람이었다. 횟집에 도착한 희정은 가쁜 숨을 쉬며 투덜거렸다.

"저희 신랑이 자기 혼자서라도 더 걷겠다는데 환장하겠네요. 대리 좀 불러주세요."

"신랑은 어쩐대?"

"알아서 택시 타고 오겠대요. 어우, 철딱서니 없어서 정말."

대머리 사장은 희정에게 웃으며 대리운전을 불렀다. 다른 점원들도 키득키득 웃기 시작했다. 희정은 새댁이 고생 많다는 말과 함께 횟집을 떠났다. 희정은 대리운전 기사가 말을 거는 내내 덜덜 떨고 있었다. 기사는 아가씨가 많이 추운 모양이라며 염려했다. 희정은 기사의 염려를 뒤로 하고 호텔에 들어가 쓰러지듯 잠들었다.

희정이 자고 일어나서 제일 먼저 한 일은 우선 씻는 거였다. 술 마신 다음 날 나는 체취는 지독했다. 희정은 뜨거운 물을 맞으며 지난 밤부터 이어진 흥분과 숙취를 씻어내렸다. 씻고 나와서는 여관 카운터에 전화를 걸었다. 신랑이 혹시 나가지 않았느냐고 묻자 직원은 들어오지도 않았다고 답했다. 희정이 바란 대로였다.

희정은 곧바로 경찰에 신고했다. 약혼자가 실종됐다며 수선을 피웠다. 희정은 손수 차를 몰고 공파경찰서로 향했다. 유행 지난 눈썹 문신을 하고 자주색 립스틱을 바른 중년 형사가 희정을 불렀다. 희정은 형사 앞에서 간략하게 어제 있었던 일을 진술했다. 출소한 약혼자와 술을 잔뜩 마시고 바닷가에서 산책하다가 먼저 들어왔는데, 자고 일어나니까 아무도 없고, 여관 카운터에서도 본 적 없다는 얘기였다.

형사는 희정의 진술을 받아 적는 동안 내내 심드렁한 태도였다. 희정이 혁진과 무슨 관계인지 알고 난 다음에는 더욱 의욕이 없어 보였다. 노골적으로 짜증스럽되 무례하지만 않을 정도로 형사가 말했다.

"방파제쪽 확인해 볼게요."

중년 형사가 희정을 내버려두고 불쑥 자리를 떠났다. 얼마 지나지 않아 형사가 돌아왔다. 형사는 희정에게 혁진의 부고를 전했다. 혁진의 시체가 방파제에서 발견되었는데, 음주 후 실족사로 추정된다고 했다. 오전이 지나기도 전이었다.

희정은 공파경찰서에서 얼마간 참고인 조사를 받아야 했다. 중년 형사는 희정을 앉혀놓고 상세한 신상 명세와 혁진과의 관계를 캐물었다. 형사가 묻고 희정이 답변할 때마다 형사는 한숨을 푹푹 내쉬었다. 중간중간 자기 목덜미를 잡기도 했다. 혁진이 살인범이고, 희정이 7년 동안 옥바라지를 해왔으며, 출소하면 결혼하기로 했고, 최근에는 혁진의 동생까지 부양하기 시작했다고 말하자 형사의 표정은 정말이지 볼만했다.

"채희정 씨, 꼴랑 스쳐 가는 형사가 이런 말하는 것도 웃기긴 한데, 채희정 씨 스스로를 좀 소중하게 생각해도 괜찮아요."

형사의 염려와 함께 희정은 무고한 몸으로 집에 돌아올 수 있었다. 참고인 조사가 몇 차례 더 이어질 거라고 했지만 우선 공파시를 떠나는 게 먼저였다.

희정은 집에 돌아왔다. 마침 집이 텅 비어 있었다. 희정은 몸에 걸치고 있는 모든 것을 벗어던지고 안방 욕실로 직행했다. 아직까지 술 냄새가 풍기는 것 같았다. 희정은 뜨거운 물에 몸을 담그며 앞으로 살아갈 날을 생각했다. 몇 차례, 참고인 조사를 몇 차례 거치고 나면 희정은 자유였다. 7년 동안 희정을 속인 남자와 영원히 작별할 수 있었다.

몸이 노골노골해지자 자연스럽게 잠이 들었다. 희정

은 욕조에서 졸다가 엉덩이가 미끄러졌다. 잠에서 벌떡 깨었다. 그때 문밖에서 하진이 통화하는 소리가 어렴풋하게 들렸다.

"저도 방금 들어왔어요. 희정 씨는 먼저 와서 목욕하던 중이더라고요. 아마 자고 있나 봐요."

희정은 하진의 목소리에 귀를 기울였다. 하진은 거실에 있는 모양이었다. 침실 문을 닫지 않았는데 들릴 만한 곳은 거기밖에 없었다.

"참고인이라고 범인이면 저도 범인이게요? 솔직히 이 기자님 육감이 그렇게 잘 들어맞는 건 아니잖아요. 육감 믿고 주식하다 오천만 원 넘게 까먹은 게 엊그제 같은데 무슨 그런 말씀을 하세요."

슬비가 전화를 건 모양이었다. 희정의 행적에 대해 캐묻는 것 같았다. 정말 빠른 사람이었다. 희정은 잠이 덜 깬 머리로 비몽사몽간에 하진의 말소리에 집중했다. 미지근했던 목욕물이 차츰 식어갔다. 하진은 열정적으로 희정을 변호했다. 슬비에게 퉁명스럽게 핀잔을 주기도 했다. 그러다가 하진이 단호하게 잘라 말했다.

"그 사람은 죄가 없어요."

희정은 기쁘게 웃었다. 희정도 그런 생각을 하던 참이었다.

화엄사 들매화는 끝내
흐드러지고

지리산을 에둘러 섬진강이 굽이굽이 휘돌아 흐르는 청정 지역. 구례를 이르는 옛 관광 문구는 대기 오염 이래로 옛말이 되었다. 역에서 나오자마자 목이 매캐했다. 선재는 구례 역전에서 오래된 기억을 떠올렸다. 마지막으로 구례에 들른 게 15년 전이었다. 여전히 공기청정탑 하나 없는 동네였다. 그나마 노면은 기억보다 깔끔했다. 근에 갈아엎은 모양이었다. 새삼 대통령의 본거지라는 실감이 났다. 대통령은 지리산 일대에서만 5선을 단 정치인으로 선재가 구례에 살던 시절에도 구례군 일대의 국회의원이었다.

 대통령은 당선되기 전부터 고향에 새로운 도로와 투자를 약속했다. 지역민이라면 누구나 반가워할 일이었다. 좋은 소식을 몰고 다니는 이는 언제나 환영받았다.

반대로 나쁜 소식을 들고 오는 이는 미움 받기 마련이었다. 선재는 지금 명백한 후자였다.

구례역을 나서자마자 선재의 운동화 끈이 풀렸다. 선재는 미간을 찌푸렸다. 구례 땅에 발을 딛자마자 땅이 불청객을 내쫓는 듯했다. 선재는 벤치에 앉아 운동화 끈을 단단히 매었다. 리본을 만든 다음 그 위에 매듭을 하나 더 올렸다.

"김 팀장님은 신발 끈을 항상 그렇게 묶네요."

"채지안 씨는 또 그 소리예요. 엄마가 이래야 안 풀린다고 귀에 못이 박이도록 잔소리했거든."

"어머님이 꼼꼼하신가 봐요."

"오죽 꼼꼼하신지 몰라요. 글쎄, 이런 일도 있었어요. 후배 중에 칠칠찮은 놈이 하나 있었거든요. 하루는 그 친구가 군대에서 휴가 나왔다가 우리 집에서 자고 간 적이 있어요. 다음 날에 잘 놀다 간다고 인사하는데, 그 친구한테 우리 엄마가 군번줄은 챙겼냐고 물어봤어. 아니나 다를까 얼빠진 놈이 그거 놓고 부대에 복귀할 뻔했지 뭐야."

"깜빡할 수도 있죠. 얼빠진 놈이라니 너무하네."

지안이 학사장교로 군 생활을 하던 무렵의 얘기였다. 전역하고 집에서 구르던 지안을 기념수목보전위원회에 끌고 온 지도 벌써 반년이 넘었다. 본래 너나들이하던 사이였지만 업무 시간만큼은 공적인 호칭을 부르고 서로 존대하고자 애썼다. 남들 눈이 있을 때는 몰라도 워낙 오래 알고 지낸 사이니만큼 둘만 얘기하다 보면 어느새 편하게 이야기하고 말았다.

오늘 같은 날은 특히 더 그랬다. 단둘이 구례로 오는 동안 두 사람은 내내 반말을 썼다. 역 밖으로 나가는 길에는 정신 차리자며 다짐했지만 소용없었다. 격식을 갖출 필요가 있었다. 선재는 짐짓 엄격한 체했다.

"채지안 씨, 제발 정신 똑바로 차리십시오. 우리 지금 BH 지시로 가고 있습니다."

"제가 팀장님께 드릴 말씀입니다. 지금부터 BH 지시를 받들어 택시를 잡겠습니다."

구례역 앞에는 재래식 노출형 택시 정류장이 고스란히 남아 있었다. 키에 비해 걷는 속도가 빠른 선재는 정류장까지 앞서 걸었다. 훌쩍 키가 크고 굼뜬 지안이 그 뒤를 따랐다. 정류장까지 가는 길에도 현수막이 여럿 걸려 있었다. 각 정당에서 연말연시 안부를 물었다. 동지섣달에 흔히 보이는 풍경이었다. 지역 학군에서 입시 성적을 과시하는 현수막을 내기도 했다. 개중에서도 단 한 가지 메시지가 특히 눈에 띄었다. '화엄사 매화 이전을 결사반대하는 시민 모임'은 현수막도 모자라 포스터까지 다닥다닥 붙여놓았다.

"이거 동네 분위기가 심상치 않긴 하네요."

"구례가 좀 그렇습니다. 선수 많은 동네니까요. 그래도 잘 풀릴 겁니다. BH 고향이지 않습니까."

"김 팀장님 고향이기도 하시잖아요."

지안이 느물거리자 선재가 미간을 찌푸렸다.

"그거랑 이거랑 같냐. 그리고 나 출생지는 서울이라니까."

"맞습니다. 서울 사람 다 되셨습니다. 택시 왔습니다. 동네 분위기 보니까 이제부터는 조용히 가야겠습니다. 제가 문 열겠습니다. 팀장님부터 타세요."

선재는 한숨을 푹 내쉬며 택시에 올라탔다. 이제부터 벌어질 일을 상상하기만 해도 눈앞이 깜깜했다. 어쨌거나 선재는 나랏돈을 받아먹었으므로 도망칠 구석도 마땅찮았다.

지안이 말했다.

"기사님, 화엄사 좀 가 주십시오."

"화엄사 어디까지 가서 내려드릴까요?"

"어디랬죠?"

지안이 선재를 바라봤다. 선재가 말했다.

"일주문 안에, 불이문 앞에 내려 주십쇼."

"거기 요새는 차 못 들어갑니다. 올해 입산 금지됐잖아요. 관광객은 못 들어가요. 일주문 앞 매표소에 세워 드릴게."

"아이고, 졸지에 등산하게 생겼네요. 전동기라도 가져올걸."

이번에는 지안이 한숨을 쉬었다. 선재가 지안 대신 입을 열었다.

"저 관광객 아닙니다. 매표소에서 문 열어줄 겁니다."

"기사님 귀찮게 뭐 그래. 간다고 열어주겠어? 그냥 일주문 앞에 내리자."

선재가 도리질 쳤다. 기사는 실랑이하기 귀찮다며 우선 출발했다.

차창 밖으로 눈에 익은 거리가 보였다. 구례역에서 화엄사까지 가는 길은 변한 게 하나도 없었다. 나들이옷을 차려입은 관광객이 곳곳을 쏘다녔다. 그러고 보니 마침 단풍철이었다.

12월 지리산은 곳곳에 단풍이 들어 장관이었다. 자연을 보호하기 위해 지리산 국립공원에 출입이 금지된 해이니만큼 등산객은 적었다. 대신 섬진강에 나들이 온 것 같은 관광객이 많았다. 도시락 바구니를 들고 다니기도 했다. 선재는 합류한 적 없는 인파였다. 고향에 관광하러 오는 사람은 없었다.

선재는 서울에서 태어났지만, 누군가 고향을 묻는다면 구례라 답했다. 돌이 갓 지날 무렵 어머니를 따라 구례로 이사했고 그대로 구례에서 쭉 자랐으니 구례 사람이 맞았다. 지리산과 섬진강과 반달가슴곰과 바나나 농장 사이에서 선재는 무럭무럭 자랐다. 모녀끼리 꾸리는 단출한 살림이었다.

선재가 대학에 갈 무렵이었다. 어머니의 일이 기계로 완전히 대체되었다. 연말까지는 계약 기간이 남아 그나마 다행이었다. 어머니는 선재가 대학에 붙은 도시로 이사하겠노라 선언했다. 선재는 그 해가 가기 전에 서울에 있는 대학에 붙고 어머니와 함께 서울로 떠났다. 그리고 15년이 지나는 동안 한 번도 구례를 돌아본 적 없었다. 어머니는 아직도 구례에서 만난 옛 직장 동료와 연락하는 모양이었지만 선재는 서울살이로도 버겁도록 바빴다. 서울살이가 바쁘다는 핑계를 걸어두고 구례에 살던 시절을 외면하고 있는지도 몰랐다. 다시는 고향에 올 일이 없으리라 생각했지만 사람 앞날은 한치도 모르는 법이었다. 선재는 지금 대통령직속위원회 소속으로 일하러 귀향하는 중이었다.

"비단옷 입고 고향에 온 격이네."

지안이 우스개인 양 이야기했다. 선재 대신 기사가 말을 받았다.

"아이고, 구례 분이셨어요? 화엄사랑 연이 좀 있으신가?"

"저 말고 이 친구가 구례 사람이에요. 저는 서울 사람이고요. 구례는 처음 와 보는데, 지리산 근사하네요."

"괜히 영산인 게 아니지요. 이왕 오신 거 섬진강도 보시고 남도 밥상도 받아 보시고 쩌그 농장에서 바나나도 따 보고 그러십쇼. 지리산 바나나 아시지요?"

"한국 사람이 그거 모르면 간첩이지요."

지안이 기사와 실없는 대화를 이어나갔다. 어떤 대화가 오가는지는 선재의 귀에 좀처럼 들어오지 않았다. 선재는 대신 지안이 처음 꺼낸 말을 생각했다. 대통령직속위원회 소속으로 공적 임무 수행을 위해 고향에 돌아오긴 했다. 관료제 전통이 깊은 문화권이니만큼 금의환향의 고사는 얼추 들어맞았다. 하지만 탐탁잖은 일을 하고 있어선지 사고가 전부 불길한 쪽으로 튀었다. 비단옷을 입고 고향에 갔던 항우는 결국 죽었다. 선재는 고대 중국 군벌과 완전히 다른 처지였으나 그걸 알면서도 연상을 멈출 수 없었다. 대통령직속위원회의 입지가 유독 불안해서 그런지도 몰랐다.

지리산 자락에서 바나나가 자라도 대통령직속위원회 제도는 고스란히 남아 있었다. 대통령이 직접 만드는 위원회니만큼 정권이 바뀌면 사라지는 전통도 여전했다. 인상적인 성과를 남겨야 오래 살아남았다.

선재와 지안이 소속된 기념수목보전위원회도 예외는 아니었다. 기후 위기의 시대였다. 천연기념물로 지정된 나무는 하나둘 말라 죽었다. 관리하려면 인력이 필요했다. 천연기념물센터 하나로는 한계가 뚜렷했다. 그렇다고 새 정부가 들어서자마자 공무원을 증원할 수는 없었다. 야당에서 들고 일어날 게 명약관화했다. 증원을 택한다면 언제 늘릴 수 있을지도 기약이 없었다.

이럴 때는 역시 위원회 정치가 제맛이었다. 새롭게 당선된 대통령은 즉각 기념수목보전위원회를 만들었다. 완연한 아열대 기후에 적응하지 못하고 고사하고 있는 천연기념물에 대한 언론 보도가 잇따랐다. 기념수목보전위원회의 현장연구위원들은 천연기념물로 지정된 나무를 찾아 전국 방방곡곡을 누비며 수목의 건강과 향후 생존 가능성을 살폈다.

전수조사에는 총 반년이 걸렸다. 수목의 상태가 위중한 순서대로 보고서가 작성되었다. 그렇게 마련된 연구팀의 보고서는 청와대로 직행했다. 일자리 다음으로 중요한 게 생태 문제였다. 해양 생태계는 돌이킬 수 없는 지경에 이르렀다. 그나마 산야는 급속하게 변하는 기후를 가까스로 견뎌냈다. 대통령은 천연기념물을 보전하기 위해 각고의 노력을 아끼지 않겠다고 선언했다.

기념수목보전위원회의 본격적인 사업이 시작되었다. 첫 타자는 화엄사 들매화였다. 천연기념물로 지정된 지는 채 50년도 되지 않았지만, 수령은 500년에 가까웠다. 어찌 된 일인지 지난가을부터 나무가 시들거렸다. 조사 나간 연구위원은 들매화가 변화한 자연환경에 적응하지 못한다는 결론을 내렸다.

매화의 원산지는 아열대였다. 바나나가 자랄 만큼 남도가 따뜻해졌대도 매화가 못 살 까닭이 없었다. 나무가 고령인 게 문제였다. 나이를 먹은 만큼 급격한 기후 변화를 견디기 어려워하는 것 같았다. 가설을 증명하듯 화엄사에 있는 다른 매화는 여전히 싱그러웠다. 하다못해 같은 천연기념물인 올벚나무도 노익장을 과시했다. 수종이 다르기도 했거니와 들매화보다 100년은 어렸다. 아직은 더 버틸 힘이 있는 모양이었다.

화엄사 들매화는 설악산으로 옮겨질 예정이었다. 화엄사 들매화의 새 거주지로 선정되기 위해 설악산에 면한 인제와 양양과 속초가 경합했다. 치열한 선정 기간을 거치고 마침내 속초가 승리했다. 총선 승리를 위해 그나마 인구 많은 속초시가 뽑힌 거 아니냐는 낭설이 떠돌았다. 일련의 모든 과정에 구례군민의 의견은 조금도 반영되지 않았다. 정책은 중앙에서 번갯불에 콩 볶아 먹듯 결정되었다.

구례군민과 화엄사 신도들은 강력하게 반발했다. 화엄사의 반응은 격렬할 지경이었다. 농촌 인구가 많은 지역이다 보니 수목관리사 자격증은 하나씩 가지고 있었다. 민간 기술로도 들매화를 건강하게 보살필 수 있다는 격문이 매일같이 오갔다. 게다가 화엄사에 있는 다른 매화는 전부 멀쩡했다. 겹매화고 홍매화고 가리지 않고 날이 따뜻해지니 갈수록 물이 올랐다. 자연스레 반대 운동이 일어났다. 도처에 내걸린 현수막에서 지역 여론이 생생하게 전달됐다. 선재는 벌써 마음이 무거웠다.

무슨 일이 있어도 행정대집행이 이루어질 예정이었

다. 대통령 직속 기념수목보전위원회 대외협력팀장 김선재는 그 사실을 화엄사에 통보하기 위해 구례에 파견되었다.

선재는 셔츠 앞섶을 가볍게 풀어헤쳤다. 지리산이 가까워질수록 숨이 턱턱 막히는 것만 같았다.

*

지안은 화엄사 입구에 도착한 순간부터 토끼 눈을 했다.

대화엄성지(大華嚴聖地)라고 새겨진 커다란 선돌 뒤로 불타는 듯한 단풍나무가 줄지어 서 있었다. 은행과 벚나무도 제각기 가을 빛깔로 물들었다. 부연 가을 햇살에 붉은 단풍잎이 끝 모르게 아롱거렸다. 실로 장관이었다. 기사는 지안의 얼굴을 흘깃 보더니, 흐뭇한 얼굴로 말했다.

"기막히지요이. 이러니 입산을 막고 그러지요. 후손들한테 고스란히 남겨줘야지. 요 앞이 일주문입니다. 매표소 앞에 차단기가 있지요. 거그서부터는 못 들어갑니다."

선재가 담담하게 답했다.

"그 앞에 잠깐만 세워 주시면 됩니다."

"진짜 절에서 나오셨소?"

선재는 행동으로 대답했다. 차단기 앞에 차가 멈추자

매표소를 지키던 중년 사내가 차창 앞에 다가왔다. 입산 금지 기간이라 못 들어온다는 말이 채 끝나기도 전에 선재가 차에서 내렸다. 그러자 사내가 대뜸 선재를 부둥켜안았다.

"선재 아니냐! 네가 어쩐 일이냐?"

"처사님, 오랜만에 뵙습니다."

"음마, 야시러워브러. 이게 얼마 만이냐. 보살님은 잘 계시고? 너는 어째 요로코롬 얼굴을 안 보이냐. 니 얼굴 다 까먹는 줄로만 알았다."

"덕분에 건강하시죠이. 오랜만에 뵀으니까는 말씀도 좀 나누고 싶은디, 일행이 있어서 인자 올라가 봐야 쓰겄네요. 죄송스러워서 어쩨브로요."

"싸게 가서 일 봐라. 원래 외부인 입산 금지 기간이지만은, 선재 니가 무슨 외부인썩이나 되겄냐. 저짝은 뭐다냐, 신랑감이냐?"

"옛날 말루다가는 꼬붕이지요."

"오랜만에 부처님 앞에 데려온다는 게 신랑감도 아니고 꼬붕이다냐."

사내는 싱글벙글 웃는 낯으로 차량차단기를 올렸다. 동지섣달 꽃 본 듯하다는 말이 절로 떠오르는 풍경이었다. 선재는 깊게 허리를 숙여 인사했다. 택시에 타자마자 지안이 말을 붙였다.

"나는 김 팀장님이 사투리 쓸 때가 좋더라. 친척이

야?"

"그냥 아는 분. 기사님, 이대로 불이문까지 가주십쇼."

"아이고, 물론입죠. 역시 절에 연이 있으셨구만."

"김 팀장님, 역시 고향이라 다르십니다."

운전대는 화엄사로 향했다. 화엄사 계곡 곁에 난 도로는 온통 오색 단풍으로 꽉꽉 들어차 있었다. 지안은 창밖 가을 풍경에 감탄하느라 선재가 무슨 표정을 짓고 있는지 미처 보지 못했다. 방금 전까지 붙임성 좋게 말 붙이던 모습은 흔적도 없었다.

택시는 겨울바람과 앞서거니 뒤서거니 달렸다. 단풍 터널을 지나 불이문 앞에 도착하니 채 정오도 되기 전이었다. 양쪽으로 펼쳐진 산등성이 사이로 절이 자리 잡고 있었다. 빛바랜 단청은 시간이 그대로 고인 듯했다. 새로인 기왓장 사이로 시절 모르고 움튼 새순도 보였다.

"어떻게 하지? 대문 닫혀 있는데. 외부인 출입 금지 기간이면 우리도 못 들어가는 거 아닙니까? 그나저나 진짜 천년고찰이라고 부를 만하네요. 기둥 멋지다."

"대문이 아니라 일주문이라고 부릅니다. 지금 불이문이 옛날 일주문이에요. 이 문 너머가 대화엄성지인 거지."

"저 성당 다니는 거 아시잖아요. 그나저나 요새도 절밥 주나? 나 한 번도 절에서 밥 먹어 본 적 없어. 오늘 동지잖아요. 동지에는 절에서 팥죽 주는 거 아냐?"

"먹을 수 있을지나 모르겠네. 빨리 갑시다. 우리 일하러 왔잖아요. 주지 스님은 요사채에 계실 겁니다. 그 전에 화엄매 상태도 측정해야죠."

선재가 문을 밀고 절 안으로 들어갔다. 다행히 열려 있었다. 두 사람은 경내로 들어섰다. 깎은 돌로 반듯하게 정비한 길은 말끔하고 호젓했다. 선재는 거침없이 걸어갔다. 길을 꿰고 있는 듯했다. 목적지는 들매화가 자라는 길상암이었다. 금강역사와 동자가 지키는 금강문을 지나고 사천왕이 지키는 천왕문을 지나 종각과 보제루 사이로 향했다. 보제루에서 돌면 바로 대웅전이 보였다. 마침 젊은 승려 하나가 대웅전에서 앞마당으로 내려오는 중이었다. 승려는 섬돌에 발을 디디려다 말고 선재 일행을 바라보았다. 그러더니 대뜸 아는 척을 했다.

"선재 아니냐?"

"은혜 스님이오?"

선재가 눈인사로 받았다. 젊은 승려는 만면에 웃음을 띠고 신을 발에 꿰는 듯 신고는 달려왔다. 멀리서도 덩치가 제법 커 보였는데 가까이서 보니 한결 큼직했다. 장승 같은 젊은 승려도 선재를 부둥키는 것은 마찬가지였다. 제법 호들갑스러웠다. 반면 선재는 차분했다.

"졸업했다는 이야기는 들었는데 선재 니도 많이 시간을 잡쳤다, 야. 이게 얼마 만이냐."

"나도 구족계 받고 나서 천은사 가셨다는 이야기까지

는 들었지. 화엄사 계시는 줄은 몰랐구만."

"여여심 보살님께 들었냐? 대만 다녀왔다가 인자 화엄사 기획국장 되았다. 선재 친구 되십니까? 저는 은혜입니다. 선재랑은 어려서부터 알고 지냈습니다. 반갑습니다."

"은혜 스님도 아주 출세하셨네. 마흔도 안 돼서 지리산 대화엄사 기획국장 달고."

"말도 말어라. 하필 내가 기획국장 된 해에 나라에서 화엄매를 옮기네 뭐네 해 갖고 아주 골치가 아프다. 뭐더러 옮기는지 몰러. 여여심 보살님은 잘 계시지? 여전히 공사다망하시고?"

"겁나게 잘 계셔브러. 신도회장님은 여전히 독재 중이시고?"

"인자 오선개헌도 끝마치셨다. 근데 니는 신도회장님 안부를 왜 나한테 묻냐. 성질머리하고는."

은혜가 툴툴거렸다. 입술이 부르튼 걸 보니 어지간히 피곤한 모양이었다. 하지만 표정만은 동지섣달 꽃 본 듯했다. 매표소 앞 처사와 똑같은 태도였다.

"아이고, 이만 물러납니다. 처사님도 모처럼 사람 없을 때 오셨으니 화엄사 구경 재미지게 하고 가십시오. 옮긴다고 난리인 화엄매 구경도 하시면 좋겠습니다. 열한 시 반에 점심 공양이니 한 바퀴 돌고 공양 드리러 오십시오. 선재야, 쩌 뒤에 가면 반가울 것이다. 뭐가 반가운지는 비밀이다."

생글생글 웃으면서 은혜가 인사했다. 지안도 엉겁결에 고개를 푹 숙였다. 선재는 처음에 목례했듯 이번에도 눈짓만 하고 말았다. 은혜가 보이지 않자 지안이 소리 낮춰 물었다.

"어떻게 아는 사이야?"

"화엄사 신도회장 아들이야. 어머니끼리 아셔."

"성당 친구 비슷한 거구만요이."

"채지안 씨는 사투리 못하니까 따라하지 마라."

잰걸음으로 대웅전 뒤로 가는데 누런 고양이 한 마리가 대웅전 뒤뜰에서 선재를 덮쳤다. 날쌔게 달려와서 선재의 신발과 다리 사이에 머리와 뺨을 문대고 털을 묻혔다. 선재는 쪼그려 앉아 한번 쓰다듬다가 고양이 목에 걸린 메달을 확인했다. 가벼운 나무 메달에 '화엄사 금손이'라고 음각되어 있었다.

"싱거운 양반이…. 하기사, 반갑긴 하다. 채지안 씨, 얘 스무 살 넘었다."

"어르신이 접대를 잘하시네요."

"아는 사이라서 그렇습니다."

지안도 선재처럼 금손이를 쓰다듬으려 손을 가져다 댔다. 금손이는 누운 자리에서 용수철처럼 튀어오르더니 지안의 손등을 앞발로 때렸다. 빡 소리가 화엄사 대웅전 뒤뜰에 울려 퍼졌다. 손등에는 고양이 발바닥 모양대로 빨갛게 때린 자국이 남고 말았다.

"확실히 붙임성 좋은 성격은 아니네."

"발톱 안 세워줘서 고맙다고 해."

선재가 키득거리며 웃었다. 아직 갈 길이 멀었다.

대웅전 뒷길을 통해 구층암으로 빠진 뒤, 장독 옆길을 지나 대숲을 좀 더 걸어가면 길상암이 나왔다. 거기에 기념수목보전위원회가 옮길 예정인 화엄사 들매화, 천연기념물 485호, 화엄매가 있었다. 들매화 앞에 도착할 때쯤에는 두 사람 모두 헉헉댔다. 선재는 이마를 훔치고 가방을 끌렀다.

"이제 내려갈 일만 남았습니다. 힘냅시다."

오래된 매화나무는 맨눈으로 보기에도 쇠한 티가 났다. 접붙이지 않고 땅에서 그대로 자라난 나무답게 기둥이 꼬였는데 옆으로 기우는 자리에는 지지대를 세워 쓰러지지 않도록 처치했다. 지난번 조사 때 설치한 게 분명했다. 함께 설치했을 수목활력도 원격 측정기는 흔적도 없었다. 들매화 이전 사업 계획서를 전달하자마자 화엄사 측에서 냅다 떼어버렸다. 대외협력팀은 화엄사 가는 길에 수목활력도를 측정하는 업무도 떠맡은 처지였다.

선재는 챙겨온 장비로 흙에 수목활력도 측정기를 꽂았다. 지안이 바로 매화나무 껍질에 전극을 붙였다. 두 사람은 숨을 가라앉히며 조사 결과가 나오길 기다렸다.

"김 팀장님, 대단하십니다. 어떻게 문 하나 지날 때마다 스님들이 알아봅니까. 역시 구례의 딸이십니다. 심지어 고양이도 기억해서 다리에 부비고. 금손이랬나?"

"시끄러워. 이래서 말하기 싫었는데."

선재가 불퉁하게 굴어도 지안은 시시덕거렸다. 불이문을 지난 다음부터 마주치는 승려마다 전부 선재를 알아봤으니 희한한 일이기는 했다. 대숲에서 거닐고 있던 구층암 주지는 굳이 기다리라고 해놓고는 금손이가 낳은 자식을 보여주기도 했다. 어미에게 맞아서 구층암까지 쫓겨났다는 슬픈 이야기가 구성진 부산말로 구비구비 풀려나왔다. 온 김에 구층암에서 차를 한 잔 마시고 가라고 권하기에 선재가 애써 사양했다.

"집이 화엄사 신도였어? 어떻게 그렇게 스님들이 다 알아봐? 10년도 넘게 붙어 다녔는데 한 번도 못 들었네. 집이 불교인 건 알았어도."

"정확히 말하면 화엄사에서 자랐어. 엄마가 공양간에서 공양주 노릇을 오래 했거든. 왜, 스님이랑 방문객 밥 차려주는 일 있잖아. 그러다 음식입출력기가 설치돼서 서울로 돌아온 거야. 아버지는 내가 돌도 지나기 전에 근처 다른 절에서 출가했고. 별로 재미있는 얘기는 아니야."

"내가 괜한 말을 꺼냈네. 아버님이 스님이신 줄은 몰랐어."

"그런 건 아니야. 알잖아, 그냥 내가 옛날이야기 하기 싫은 거지."

선재는 도리질하고 사무적으로 측정 결과를 기록했다. 환경은 완벽했다. 토양 산도는 6.0, 유기물과 총질소량도 알맞았다. 유효 인산은 안정치보다 약간 모자란 축이었으나 얼마든지 해결할 수 있었다.

"전기전도도와 염류도 대체로 알맞게 나옵니다만 인산염이랑 마그네슘 수치 약간 모자랍니다. 그래도 이상적인 환경입니다. 대기 및 토양 온습도 완벽하고요. 수목 활력도는 괜찮습니까?"

"형성층 주변 조직 전기저항도는 너무 높습니다. 큰 줄기 여럿은 수관이 이미 죽은 상태입니다."

선재는 혀를 찼다. 정말 늙어서 앓는다고밖에 말할 수 없었다. 수치와 영상 자료를 전해 듣는 것과 직접 측정 후 실감하는 건 달랐다. 지안도 한숨을 쉬었다. 마지막 측정 결과와 대조해 보니 더욱 참담했다. 화엄사 들매화는 빠른 속도로 고사하는 중이었다.

"영 씁쓸하네요."

"그러게나 말입니다."

선재는 한숨을 푹 쉰 다음 장비를 주섬주섬 챙겼다. 기지개를 한번 켜며 들매화를 바라보고는 말했다.

"이만 주지 스님 뵈러 갑시다, 채지안 씨. 아마 요사채에 계실 거야."

내려가는 길에 지안은 침묵했다. 거북한 분위기는 아니었다. 오랜 친구와 아무 말도 하지 않을 때만큼 편안한 순간도 드물었다. 게다가 단풍 든 지리산 한복판에 무성한 대나무밭을 지나는 순간은 썩 근사했다. 고즈넉한 시간이었다.

선재는 요사채로 향하는 걸음마다 옛 생각이 나서 조금 당혹스러웠다. 구례 역전이 그대로인 것보다 훨씬 변한 게 없었다. 어린 시절에 구층암과 길상암 사이를 뛰어다니던 기억이 절로 떠올랐다. 어머니는 새벽부터 저녁까지 공양간에 붙어 있었다. 돌이 지나기도 전에 출가한 아버지는 하안거 동안거 때나 마주쳤다. 동자승도 두지 않는 큰 절에서 어린이로 살아가는 건 썩 즐겁진 않았다. 가끔 마주치는 동정 어린 시선이 가장 부담스러웠다. 주로 사정을 아는 신도가 그랬다.

다 옛날이야기였다. 어머니는 화엄사 공양간에 음식입출력기가 들어오자 직장을 잃었다. 그래서 서울에 오니 선재는 비로소 자신의 유년기를 둘러쌌던 모든 시선에서 벗어날 수 있었다. 음식입출력기 덕분에 구례의 작은 사회를 탈출한 셈이었다. 선재는 음식입출력기의 보급으로 인한 기쁨을 만끽했다. 익명성은 대도시의 미덕이었고 음식입출력기는 현대 식품공학의 정수였다.

21세기 식품공학은 4차 산업 혁명이라는 이름에 걸맞았다. 지구는 하루하루 뜨거워졌다. 해양 자원은 고갈을 앞두고 있었다. 환경에 악영향을 덜 끼치고 출처를 신뢰할 수 있는 음식이 필요했다. 냄새와 식감을 재현하는 요리화학자가 점차 늘었다. 식물성 원료로 육식을 완전히 모사하게 된 날은 기념비적이었다. 인간의 삶이 근본적으로 뒤바뀌었다. 요리화학자들은 새로운 산업을 공학 채식 산업이라 명명했다. 그 전부터 비건 식단으로 살아온 불교도는 환호했다. 두부로 만든 콩고기 전통이 깊은 아시아에서는 불티나게 팔렸다. 즐겁고 맛있고 윤리적인 공학 채식의 시대가 도래했다.

재래식 축산업은 실험실에서 나온 콩고기 따위가 아닌 육고기야말로 건강한 식자재라고 주장했다. 실험실에서 개발된 가짜 음식을 믿을 수 없다는 주장이 뒤따랐다. 식품 안전성에 대한 문제 제기는 물론이었다. 축산업계는 식품공학 산업 전반을 사보타주하는 로비를 진행했다. 그 모든 노력이 소용없었다. 시대 정신은 공학 채식으로 기울었다. 온실가스를 덜 배출하면서도 고기의 맛을 풍요롭게 즐길 수 있다니, 환상적이었다. 윤리적 정당성과 맛과 건강 밸런스를 동시에 갖춘 공학 채식은 인류가 선택한 다른 길이었다. 아마존 열대우림이 탄 자리에 공학 채식 식품 원료를 재배할 농장이 세워졌다.

그중에서도 음식입출력기의 상용화는 4차 산업 혁명의 꽃이라 부를 만했다. 입체입출력기술과 보급형 자기공명영상기술을 응용해서 발명된 물건이었다. 자성을 띤 입력기 안에 음식을 집어넣고 고주파를 쏘면 음식 속 수소원자핵이 공명했다. 음식의 곳곳에서 나오는 공명 신호를 디지털화한 다음 재구성해서 업로드하면 음식의 밀도와 식감이 고스란히 측정됐다. 향미재현기술은 화룡점정이었다. 자기공명영상을 찍는 동안 섬세한 향미해석기관이 표면적으로 음식의 향미를 분석하고, 자기공명영상 결과와 조합해 어느 부위에서 어느 식재료가 어떤 향을 내는지 파악했다. 마지막은 조립이었다. 검측 결과에 따라 음식입출력기는 분자 단위로 음식을 재현해냈다. 재료를 채워 넣고 바라는 음식을 정하기만 하면 그대로 출력되었다. 재료는 공장에서 함께 판매되었다. 식물성 탄수화물, 단백질, 지방, 섬유질, 갖가지 향료와 영양소와 식감재. 식물성 단백질을 소화하지 못하는 이들을 위해 소화 효소가 따로 개발되기도 했다.

음식입출력기는 식문화를 완전히 뒤흔들었다. 재료만 갖추어진다면 못 만들 음식이 없었다. 갓 뽑혀 나온 따끈한 음식은 나무랄 데 없었다. 음식입출력기 회사는 집에서 5성급 파인다이닝을 버튼 하나로 먹을 수 있다고 광고했다. 여러 요리사가 달라붙어 몇 년 동안 축적한 각국의 다양한 레시피는 기가 막혔다. 유명 식당에서는 레시피를 상품으로 내걸었다. 이용자가 올린 집밥 레시피도 마찬가지였다.

통신 시설에 연결된 음식입출력기만 있다면 누구나

손쉽게 온실가스를 덜 배출하는 친환경적인 음식을 맛볼 수 있었다. 음식입출력기는 요리의 개념을 완전히 바꿔놓았다. 이제 누구나 어디서든 무엇이든 재현할 수 있었다. 재료와 레시피만 있다면 음식입출력기가 모든 음식을 만들었다. 아침으로 네팔의 가지 커리에 이탈리아의 판나코타를 뽑고, 점심으로는 터키의 포도잎 쌈에 러시아의 꿀 케이크를 곁들였다. 저녁으로는 푹 삭힌 홍어회에 탁주로 반주했다. 식문화의 신기원이 열린 셈이었다.

낙후 지역에 음식을 보급하는 일도 간편했다. 전기와 식자재와 음식입출력기만 있다면 무엇이든 먹일 수 있었다. 그쯤 되니 누구도 공학 채식을 채식이라 이르지 않았다. 기존의 식문화가 재래식 육식이라고 불렸다. 육식 문화는 역사의 뒤편으로 사라져갔다. 가뜩이나 사양길이던 재래식 축산업은 육식을 고집하는 소수를 위해 근근이 명맥만 잇는 수준이었다. 근본적인 변화는 돌이킬 수 없었다.

요식업은 새로운 국면을 맞이했다. 이제 식당에서는 온전히 경험만 판매했다. 이름을 내건 요리사는 식사 경험을 팔았다. 상차림과 장소가 식당의 주된 상품이었다. 레시피는 집에서 얼마든지 재현할 수 있었다. 대신 재현할 수 있는 레시피의 이용권이 불티나게 팔렸다. 이제 무언가를 먹고 싶다면 그 레시피의 이용권을 구매해야 했다.

 대중음식점은 여전히 살아남았다. 하지만 판매하는 물건이 달라졌다. 식당에서는 음식 대신 공간을 잠시 이용할 권리를 팔았다. 조리사 대신 음식입출력기를 들여놓았다. 대중음식점의 조리사는 직장을 잃었다.

 선재의 어머니도 음식입출력기로 직장을 잃은 사람이었다. 화엄사는 절이었다. 절에서 음식을 하는 공양주 보살은 사찰 음식을 만들어 승려와 신도를 대접했다. 평범한 식당에서 일했다면 서빙으로 직종을 바꾸고 그대로 고용될 수도 있었겠지만, 화엄사에서는 그럴 수 없었다. 공양주가 사찰 음식을 산더미처럼 차려 두면 승려와 객들이 알아서 나누어 먹는 절차는 음식입출력기와 자동화급식시설 설치 이후로 단순해졌다. 음식입출력기 앞에서 음식을 받고 먹으러 가면 끝이었다. 다 먹은 식기는 식기세척기에 돌려놓았다. 그러면 자동화한 급식 시설 공정에 따라 말끔하게 닦인 그릇이 식기장에 놓였다.

 시대의 변화라는 게 그랬다. 냉장고가 보급되고 얼음장수라는 직업이 사라졌듯, 음식입출력기가 보급되고 조리사라는 직업이 사라졌다. 이제 요리는 완전히 문화의 영역으로 뒤바뀌었다. 선재도 선재의 어머니도 그 일에 유감은 없었다. 절에서 땔나무를 마련하던 불목하니도 현대적 난방기기 보급 이후로 사라졌다. 공양주가 그다음 순번이었다.

직장을 잃은 선재의 어머니, 진희로 말할 것 같으면 음식입출력기를 적극적으로 찬양하는 축이었다. 진희는 평소 선재가 끼니를 대충 챙겨 먹는 버릇에 대해 오래오래 잔소리하곤 했었다. 이제 그 걱정에서 해방된 거나 다름없었다. 진희는 화엄사에서 받은 퇴직금으로 음식입출력기를 구입했다. 버튼 하나만 있으면 든든한 상차림이 쏟아져 나왔다. 어찌나 기특하게 여기는지 우리 집 주방장이라고 부르며 귀여워하기도 했다.

편리하게 얻는 미식의 즐거움이 인류를 압도했다. 기기를 한 대 살 때마다 소외계층에 식재료가 돌아간다는 초기 마케팅이 보급률을 더욱 높였다. 윤리적 만족감은 미식의 덤이었다.

그나마 기호품은 사정이 나았다. 음식입출력기의 공세를 피할 수 있는 몇 안 되는 분야였다. 술과 차와 커피는 아직도 번성했다. 기호품이란 근본적으로 문화의 영역이었다. 명장이 우려낸 차와 맛과 향과 성분이 똑같다 해도 그것을 솜씨 좋게 우리고 맛보는 방법을 알기까지 오랜 시간이 걸렸다. 사람들은 경험을 즐기기 위해 아날로그 방식으로 문화를 접했다.

화엄사 주지 해량도 그런 사람이었다. 선재는 승려가 묵는 요사채인 삼전으로 향했다. 선재가 댓돌 아래에서 해량을 찾자 문짝이 활짝 열렸다. 나이가 무색하게 관옥만 같은 육십 대 중년 남자가 선재를 맞았다. 눈길에 애정이 함빡 어려 있었다.

"오랜만이구나. 왔다는 이야기 들었다."

선재는 댓돌 아래에서 답했다.

"차담을 하고 싶습니다."

"차쯤이야 얼마든지 내줄 수 있다. 올라오너라. 함께 오신 분도 같이 오십시오. 절에 오셨는데 차 한 잔 마시고 가셔야지요."

선재와 지안은 섬돌 위에 신을 나란히 벗어 두고 마루에 올라섰다. 오래 묵은 한옥이지만 도배를 새로 했는지 분통처럼 정갈했다. 선재는 방에 들어서자마자 대뜸 큰절을 올렸다. 해량은 어린애한테 세배받듯 흐뭇하게 웃으며 지켜봤다. 지안은 앉기 전에 허리 숙여 인사하는 걸로 절을 대신했다.

선재가 바로 앉고 말했다.

"일 때문에 왔습니다."

"서두를 것 없다. 통성명부터 해야 하지 않겠느냐. 반갑습니다. 화엄사 주지인 해량입니다. 늙은 몸이라 일어서 맞지 못하니 양해 바랍니다."

"채지안입니다. 김선재 팀장님과는 학교 선후배 사이입니다. 지금은 같이 일하고 있습니다."

"연이 깊으신 모양입니다."

잠시 안부가 오갔다. 주된 내용은 날씨 이야기와 신변

잡기였다. 대학 때 알게 되었다느니, 지안은 성당에 다닌다느니 하는 말 사이로 근래 기후 변화의 양상이 어떠하다는 이야기가 화제에 올랐다. 그 와중에도 해량의 손은 바삐 움직였다. 물을 알맞은 정도까지 덥힌 다음 찻잎이 든 유리 주전자에 왈칵 부었다. 주둥이가 길고 몸체가 날씬한 물건이었다. 해량은 주전자와 한 쌍 같은 유리잔을 한 잔씩 돌렸다. 무른 풋콩 빛깔을 살짝 띠는 노란 찻물이 아름다웠다.

"구층암 야생차밭에서 올해 딴 녹차입니다. 본래 구층암 주지를 맡고 계시는 조안 스님이 우리는 게 진국입니다만, 지리산에서 내려온 약수로 우리기는 매한가지입니다. 우리는 솜씨가 보잘것없어도 목을 적시기에는 적당할 것입니다."

"스님 덕분에 귀한 걸 마십니다. 잘 마시겠습니다."

해량과 지안이 차를 한 모금씩 마셨다. 반면 선재는 가만히 앉은 채 찻잔을 쏘아보다 입을 열었다.

"어머니께 해량 스님이 주지 스님 되셨다는 말씀은 들었습니다."

"여여심 보살님께서 다른 말씀은 안 하셨느냐?"

"없습니다. 그보다 제가 말씀드릴 것이 있습니다."

"너는 항상 서두르는구나. 느긋해지는 공부는 평생 해도 모자라지 않다."

선재는 침묵했다. 대신 문밖에서 풍경이 울렸다. 겨울

바람에 나뭇잎이 속살거리는 소리가 실내까지 전해졌다.

해량이 물었다.

"요새는 무슨 일을 하느냐?"

"기념수목보전위원회에 있습니다. 오늘은 그 일로 왔습니다."

"나를 설득하러 왔느냐? 주지만 설득한다고 해서 풀리는 일이 아니다."

"알고 있습니다. 하지만 행정대집행이 예정되어 있습니다. 어쩔 수 없습니다. 가급적 조용하게 옮기기 위해 설득하러 왔습니다."

비로소 선재가 찻잔을 들어 한 모금 마셨다. 삼면이 바다에 면한 땅에서 자라는 차다 보니 맛이 달면서 짰다. 목 안 깊은 곳에서 향이 피어올랐다. 해량은 선재가 차를 넘기고 향을 음미하기까지 기다렸다. 선재도 차 한 잔을 전부 마시기 전까지 다시 말을 꺼내지 않았다. 지안은 바늘방석에 앉은 기분이었다.

마침내 해량이 물었다.

"언제냐?"

"2월 초순입니다. 나무가 꽃이 피고 나면 힘이 빠지니, 그 전인 2월 초에 옮길 것입니다."

해량은 한숨을 내쉬었다. 희게 센 눈썹이 축 처졌다. 선재는 담담했다.

"동안거에 들어가신 노스님들 뵐 면목이 없는 짓이다."

"이미 결정이 났습니다. 반발하신다면 행정대집행에 들어갈 수밖에 없습니다. 용역이 투입될 겁니다. 강제로 옮기느니 이게 낫습니다."

선재의 말씨가 단호해졌다. 그에 질세라 해량의 음성도 커졌다.

"화엄사는 천년고찰이다. 백 년 전 한국전쟁 때도 살아남았다. 매화도 버틸 수 있다. 게다가 옮기겠다는 절차부터 수상쩍다. 들매화가 바닷가인 속초에 가서 얼마나 버티겠느냐?"

"강원도라 하지만 지질학자와 식물학자가 선정한 지역입니다. 나무는 절과 다릅니다. 절은 사람이 죽은 나무로 지은 집입니다. 들매화는 아직도 숨이 붙어 있습니다. 옮기면 더욱 건강하게 살 수 있는 나무를 붙들고 약을 써가며 숨만 겨우 붙여놓는 것은 사람 욕심입니다."

"선재, 네 탁견이 실로 선재로구나. 선재로다, 옳도다, 그러하도다. 나무를 억지로 살려놓는 것은 전부 사람의 욕심이다. 그러니 강원도로 옮기는 것도 욕심에 불과하다. 이왕 욕심이라면 나와 여럿도 하나 가지고 있다. 화엄매가 화엄사에서 죽기를 바란다. 더 이야기 나눌 것이 없겠구나."

해량이 혀를 찼다. 고개를 내젓더니 잊은 물건을 챙기

듯 덧붙였다.

"점심 공양 시간이 가차우니 들고 가거라."

"괜찮습니다. 그저 큰스님께서 다시 생각해 주셨으면 좋겠습니다."

처마에 걸린 풍경만 야단스럽게 딸랑거렸다. 반면 세 사람이 들어찬 방 한 칸은 적막했다. 해양의 한숨이 고요를 깼다. 이내 찻주전자를 들어 마지막 한 잔 옥로를 따라내고 말했다.

"동안거 들어가신 덕은 스님 건강이 편치 않으시다. 알고 있느냐?"

선재가 미간을 좁혔다.

"화엄사에 계신 줄도 몰랐습니다. 마지막으로 말씀 들었을 때는 경산에 계셨습니다. 어머니는 아십니까?"

"여여심 보살님은 알고 계신다. 꽤 되었다. 올해가 고비인데 마지막으로 숙제를 풀고 싶으신 모양이다."

"놀랄 것도 없습니다. 참말이지, 자기들끼리만 비밀을 가지기로는 오래도 된 분들입니다."

"부모와 자식의 연이라는 것이 그렇지 않겠느냐. 너도 아직 놓지 못한 것이 있구나."

"더 드릴 말씀이 없습니다. 이만 가 보겠습니다."

선재는 야멸차게 말하고는 인사도 하지 않고 방에서 물러났다. 지안이 그 뒤를 따라 엉거주춤 일어난 뒤 꾸벅 절하고 따라나섰다. 신을 신고 쫓아가니 선재는 벌써 대웅전 앞마당에 놓인 두 탑 사이를 지나가고 있었다. 가는 길에 한 번 돌아보지도 않았다.

"아쉽다. 팥죽 먹고 싶었는데."

"미안하다. 나 때문에 괜히 절밥도 못 먹고."

지안이 선재의 어깨를 끌어당겼다. 키가 작은 선재는 키 큰 지안의 품에 쏙 안겼다. 지안은 한쪽 손으로 선재의 어깨를 가볍게 도닥이며 위로했다.

"요새 음식입출력기 레시피가 다 똑같지 뭐. 그런데 덕은 스님이 누구야?"

"아버지. 더 정확히 말하자면 아버지였던 사람."

생각만 해도 넌덜머리가 나는 이름이었다. 선재는 더 말하지 않고 빠르게 걸었다. 아무와 마주치고 싶지 않았다. 다행히 점심 공양 시간이라 공양간이 있는 범음료 쪽에 인기척이 몰려 있었다. 선재는 빠르게 불이문을 지났다. 지안이 속보를 따라잡느라 헉헉거렸다.

선재는 불이문을 지나자 눈에 띄게 안도했다. 그 너머부터는 속가였다. 다시 구례역에 갈 차를 잡으려면 적어도 매표소 밖으로 나가야 했지만, 어쨌든 더는 승려를 마주치지 않을 수 있었다. 덕은 생각을 조금이라도 더 하고 싶지 않았다.

시간이 계절처럼 녹아내린 골짜기를 떠나는 내내 선재는 머릿속으로 서류를 작성했다. 기념수목보전위원회 대외협력팀의 공식적인 첫 업무였다. 위원장인 이은영이 목이 빠져라 기다리고 있을 게 뻔했다. 선재는 구례역에 도착하기 전까지는 한숨 돌리리라 마음먹었다. 구례에서 서울까지는 한 시간이 조금 덜 걸렸다. 그만하면 보고서 하나 작성할 시간으로는 충분했다.

*

 선재가 미처 태어나기도 전, 다시 말해 선재의 어머니인 김진희가 아직 여여심 보살이 되기 전에 있었던 일이다.

 진희는 남편과 함께 펫시팅 업체를 꾸렸다. 사업은 제법 괜찮게 굴러갔다. 다정한 남편과 무던한 시가 식구는 홀아버지 밑에서 외롭게 자란 진희에게 많은 위로가 되었다. 딱 하나 모자란 게 있다면, 자식이었다. 진희는 몇년에 걸쳐 난임 치료를 받았다. 처음에는 아이를 낳자는 말에 비협조적이던 남편도 어느새 진희와 함께 전전긍긍했다. 식단과 건강을 관리하고 날짜를 철저히 지켰다. 시험관 시술 때 돕지 못해 미안하다며 위로했다. 몇 년이 지나도 아이 소식이 없자 진희는 미신에 매달리기까지 했다. 아이가 생긴다는 일은 돌부처 코를 갈아 먹는 것만 빼고 다 해 봤다.

 임신과 출산을 포기할 무렵이었다. 진희 부부는 부처님 앞에 절이라도 하며 마음을 비우자고 여행을 떠났다.

평소에는 현대 불자의 평균답게 부처님 오신 날과 동지에만 들렀다. 그것도 집 근처 절에 가는 게 전부였다. 이왕 다른 지역까지 와서 신이 났는지, 막상 목적지인 화엄사에 도착하니 괜히 미련이 생겼다. 진희는 남편과 함께 108배를 올렸다. 아이를 얻게 해달라고 간절히 빌었다. 선재는 그렇게 생긴 딸이었다.

임신이 안정기에 접어들자 젊은 부부는 아이에게 선재라고 이름 붙였다. 태명 삼기엔 딱 좋은 이름이었다. 선재(善哉). 옳고 좋은 일을 만났을 때 절로 나오는 종교적 감탄사였다. 선재는 달을 채워 건강하게 태어났다. 진희는 몸조리가 끝나자마자 일에 복귀했다. 선재의 육아는 남편 몫이었다. 태명이 곧 아이의 이름이 되었다.

둘이 벌이던 사업을 혼자 하려니 체력이 달렸다. 진희는 출근해서 일하고 퇴근하면 곯아떨어졌다. 그렇게 전쟁처럼 시간이 흘렀다. 선재 아버지는 어느 날 집을 나가 돌아오지 않았다. 진희가 귀가했을 때 선재는 빈집에서 빽빽 울고 있었다. 감탄 같은 아이의 돌잔치를 치르기도 전이었다.

진희는 아이와 단둘이 남겨졌다. 남편의 원가족에게 연락해 보았으나 아무도 소식을 몰랐다. 선재 백일잔치에 남편네 식구가 찾아왔지만 전부 돌려보냈다. 얼마 지나지 않아 선재 아버지로부터 연락이 왔다. 지리산 천은사에 들어가 있다고 했다. 몇 년 뒤에는 정식으로 계명을 받고 승려가 되었다. 법명은 덕은이었다.

덕은은 천은사에서 행자 생활을 했다. 마침 천은사 옆 화엄사에서 공양주를 구했다. 진희는 선재를 데리고 구례로 떠났다. 새벽부터 저녁까지 사찰 음식을 만들고 절에 음식이 필요한 대소사 전반을 주관했다. 많지 않은 월급은 전부 베이비시터에게 들어갔다. 다행히 선재는 비교적 손이 덜 가는 아이였다. 아무거나 잘 먹고 손을 타지 않았고 깊게 잠들었다. 좀 더 자라서는 절간을 돌아다니며 승려와 함께 예불을 드렸다. 어린이 출가 교실에 참여한 아이들을 골목대장처럼 이끌기도 했다. 진희는 선재를 키우며 여여심 보살로 나이 먹었다. 휴일에 덕은과 대화하는 날도 있었다. 선재는 그런 날이면 괜히 심통을 부렸다.

돌도 안 된 딸과 기반 없는 아내를 버리고 혼자 출가한 남자였다. 선재는 시비를 가리게 된 순간부터 덕은이 영 곱게 보이지 않았다. 굳이 따지자면 싫어하는 편이었다. 덕은이 출가한 나이가 넘고는 더 그랬다. 없는 게 나은 남자였다. 진희가 혼자 선재를 기르겠노라 다짐한 마음도 절절하게 이해했다. 하지만 진희가 덕은을 따라 구례로 내려간 건 아직도 불가해했다.

진희는 선재에게 비밀이 많았다. 군말하지 않는 사람이었다. 선재는 어머니가 갑옷처럼 두른 비밀과 마주칠 때마다 지레 상처받지 않는 법을 평생에 걸쳐 익혔다.

하지만 덕은의 건강이 위독하다는 것까지 선재에게 숨길 줄은 몰랐다. 도대체 딸에게 뭐 하나 똑바로 알려 주는 법이 없었다. 선재는 열차를 타고 서울로 돌아가는 동안 내내 불쾌했다. 겉으로는 태연한 척 보고서를 작성했지만 속에서는 짜증이 드글드글 끓었다. 진희에게 화엄사행을 비밀로 하겠노라 다짐했다.

막상 도착하고 나니 비밀로 할 것도 없었다. 선재는 사무실에 도착하자마자 행정대집행 관련 공문을 보냈다. 그러자 화엄사에서 기다렸다는 듯 기자회견을 시작했다. 탄압에 굴하지 않겠다는 화엄사의 입장 표명이 언론을 통해 각종 미디어에 보도되었다. 기념수목보전위원회에서 입산 금지 기간인데도 아랑곳 않고 화엄사 곳곳을 침탈했다는 내용도 함께 나갔다. 선재와 지안이 수목 활력도를 측정하는 모습까지 고스란히 공개되었다. 화엄사 곳곳에 설치된 CCTV 영상을 분석해 동선도 확인할 수 있었다. 얼굴이라도 가려져서 그나마 다행이었다.

"하여튼 영감쟁이. 점잖은 척해도 아무나 주지 해먹는 거 아니지."

선재가 경망스럽게 헐뜯었다. 지안은 말없이 음료를 가져다주었다. 선재는 따뜻한 모과탕을 마시며 머리를 굴렸다. 진희는 분명 선재가 찾아갔다는 소식을 전해 들을 터였다.

아니나 다를까, 잠시 후 진희에게 연락이 왔다. 선재는 받지 않았다. 한동안 집에 들어가기 싫었다. 선재는 진희를 차단해놓고 지안네 집에서 출퇴근했다. 거실 소파에서 일어나 번갈아 씻고 난 다음 함께 아침을 먹은 뒤 출근했다.

어느새 불자와 시민 단체를 중심으로 화엄사 들매화를 지켜내자는 시민운동이 일어났다. 화엄사는 절밥을 매개로 광고도 하고 보도자료도 내쏟았다. 기념수목보전위원회 대외협력팀에 오는 연락이 갈수록 늘어났다. 팀원은 어떻게든 업무를 나눌 수 있었지만, 팀장인 선재는 꼼짝없이 늘어나는 일을 떠안았다. 지안은 안타까운 눈치였다. 본격적으로 화엄사에서 항의 농성이 시작된 날부터는 아예 침대를 양보했다.

"내일 위원장님 귀국하시잖아. 오죽 깨질 것 같으면 내가 이러겠냐. 마음이 불편하면 몸이라도 편해야지."

"염치가 없네. 따지자면 내가 선밴데."

"너랑 내 사이에 무슨 선후배가 있냐."

선재는 지안이 마음을 써주어 고마웠다. 위원장 이은영은 지독한 상사였다. 마주칠 생각만 해도 걱정이 앞섰다.

은영은 지난 정권부터 천연기념물센터장 자리를 노리고 있었다. 쉰을 갓 넘겼으니 센터장을 달 만했다. 하지만 학예1팀장이었던 은영 대신 학예2팀장이 그 자리에 앉았다. 은영을 따라 기념수목보전위원회로 따라온 연구원이 전하기로는 은영이 그때 어찌나 불같이 화를 냈는지 직원들이 단체로 병가를 내려 들었다고 했다. 겉으로는 점잖고 세련된 중년이었지만 속은 완전히 다혈질에 안하무인이었다.

아니나 다를까, 은영은 귀국하자마자 선재를 불렀다. 선재가 위원장 사무실에 들어서자마자 문을 닫았다. 선재에게는 상자 하나를 내밀었다. 기파차단처리가 된 물건이 분명했다.

"김 팀장, 주머니에 든 전자기기 전부 여기에 담아."

선재는 가지고 있던 모든 전자기기와 기록 장치를 꺼내 담았다. 모욕적인 절차였다. 은영은 아무렇지도 않게 상자 뚜껑을 닫고는 수발신탐지기를 꺼내 선재의 몸을 훑었다. 도청 장치를 확인하려는 모양이었다. 당연히 아무것도 나오지 않았다.

"기본은 돼 있네."

은영이 탐지기를 내려놓고 의자에 앉았다. 선재가 마주 앉으려 하자 손을 올려 제지했다.

"내가 귀국하기 전에 좀 찾아봤는데, 김 팀장 화엄사랑 인연이 아주 깊더만? 홀어머니가 거기서 밥 지으면서 김 팀장 먹여 살렸던데. 혹시 김 팀장도 들매화 옮기는 데 이의 있어?"

"전혀 없습니다."

"그런데 왜 일이 이따위로 돌아가? 김 팀장 다녀오니

까 일이 더 꼬였잖아. 도대체 무슨 짓을 한 거야?"

"보고서에 올린 대로입니다. 지시하신 대로 했습니다."

"지시대로 했으면 일이 이따위로 꼬여? 이거 BH 지시야. 김 팀장은 BH가 시킨 일을 망친 거라고. 대통령직속 위원회 계약직 하나가 대통령이 지시한 사업을 초장부터 말아먹으면, 나라가 돌아가겠어? 김 팀장, 사적인 이유 때문이면 지금 말해. 금방이라도 해결해줄 수 있어."

선재는 식은땀을 흘렸다. 은영이 문제를 해결하는 방식은 지난 반년 동안 익히 지켜봤다. 은영은 기념수목 전수조사를 하는 동안 몇 사람의 문제를 해결했다. 아주 단순했다. 은영은 문제가 있다고 말하는 사람을 즉시 해고했다. 그러고는 새로운 사람을 고용했다. 선재도 그렇게 뽑힌 경우였다.

"전혀 아닙니다. 다시 설득해 보겠습니다. 오히려 화엄사랑 연이 깊은 게 제 강점입니다. 몇 번이고 찾아가도 화엄사 사람들이 저를 내치지 못할 테니 최대한 끈질기게 설득할 수 있습니다."

"최대한 끈질기게 설득할 수 있다고 하면 안 되지. 설득할 때까지 할 수 있다고 말해야지. 김선재 씨가 일을 이따위로 하면 김선재 씨 추천한 지도교수 얼굴은 뭐가 돼. 동기한테 일 잘한다고 제자 소개했다가 욕만 먹고. 나는 또 뭐가 되고. 김선재 씨가 우리 언니 아들 또래야. 나도 조카 같은 김선재 씨한테 이러기 싫다. 우리 제발 잘하자. 응? 고생하신 어머니한테 잘해드릴 나이 됐잖아. 내가 어떻게 하라고 했어?"

"설득할 때까지 하겠습니다. 죄송합니다."

은영은 고개를 까딱거리고 눈짓했다. 선재는 허리를 굽혀 인사한 뒤 상자 안에 든 기기를 챙겼다. 위원장 사무실 밖으로 나오는 길에는 최대한 숨을 천천히 쉬었다. 걸음이 빨라지지 않게 애쓰며 가장 먼 화장실까지 도착한 다음에야, 선재는 울 수 있었다.

모욕을 감내하는 대가로 돈을 버는 기분이었다. 처음으로 모욕감과 돈을 교환했던 날부터 선재는 울음을 참는 법을 갈고닦았다. 15년이 가까운 세월이 지난 지금은 충분히 훈련해서 울고 싶을 때만 울었다. 울고 난 얼굴을 감추는 방법에도 능숙해졌다. 하지만 마음이 닳은 부분만큼은 쉽사리 회복되지 않았다.

들매화까지 갈 것도 없었다. 선재야말로 말라 죽고 있었다. 그렇지만 밥그릇이 귀중했으므로 선재는 즉각 다시 구례로 떠났다. 이번에도 지안을 대동한 채였다. 나머지 팀원은 전부 서울에서 유관 업무를 처리했다.

화엄사는 지난번과는 달리 사람이 바글바글했다. 구례군민과 화엄사 신도가 번갈아 들매화 앞에서 불침번을 서는 모양이었다. 부처님 오신 날 인파를 방불케 했다. 그런 데다 선재를 바라보는 시선이 영 곱지 않았다. 절에 블레이저까지 차려입고 왔으니 정체가 들통날 만했다.

"이번에야말로 쉽지 않겠는데요."

"어쩌겠어. 까라면 까야죠. 갑시다."

선재는 한숨을 쉬고 요사채로 직행했다. 해량의 거처 앞에는 은혜가 주저앉아 있었다. 지난번보다 훨씬 피곤해 보였다.

선재는 가볍게 눈짓했다. 은혜는 군말 없이 고개를 저었다.

"갑자기 뭡니까?"

"김선재 씨 못 들어오게 하시랍니다."

"은혜 스님은 왜 또 갑자기 김선재 씨라고 부릅니까?"

"저도 공무 수행 중이라서 그렇습니다."

은혜는 덤덤하게 답했다. 선재는 순간 속에서 감정이 울컥 치받는 것을 느꼈다. 이번에는 도무지 참을 수 없었다.

"도대체 은혜 스님까지 왜 이래? 나도 충분히 힘들어!"

"저도 김선재 씨 막고 싶지 않습니다. 시키는데 어쩝니까. 살려주십쇼."

"나야말로 살려 줘라. 은혜 스님은 종단에서 생활비 나오는구만. 속가 식구들도 먹고 살만하잖어. 지리산 바나나 농장 절반이 신도회장님 건데 무엇이 걱정인가. 식품입출력기 있대도 과일은 척척 팔리는데. 나는 이제 내가 가장이여. 우리 엄마 내년이면 일흔인데 누가 먹여 살릴거나. 일흔 노인더러 나가서 일하라 그래브러? 엄마랑 나랑 손가락이나 쪽쪽 빠는 꼴 보고 싶으면 거그서 계속 버티고 있으소. 나 이번 거 못 하면 잘려브러."

"김 팀장님, 진정하세요."

"지금 진정이 되겠냐? 은혜 스님, 이거 대통령 지시요. 대통령직속위원회 만든 거 보면 알잖소. 어차피 못 물러. 그러니까 뭐라도 협상을 해야 할 거 아니겠소. 하다못해 동안거 이후로라도 미룰 수도 있잖어. 다짜고짜 못하게 하면 뭐가 돼. 천연기념물 법적으로 국가 자산인게 못 옮기게 막아봤자 행정대집행 하면 끝이여. 이걸 모르는 것도 아니면서 도대체…. 미안허다. 내가 말이 심혔다."

선재는 씩씩대다 말고 입을 다물었다. 삼전 주변에 사람이 몰리고 있었다. 시선이 까끌거리는 듯했다. 선재는 당장이라도 도망치고 싶었다. 눈길로 질타하는 것만 같아서 견딜 수가 없었다.

"선재 이만 들어오너라. 속가 인연 꺼내 가며 사람 괴롭히지 말고."

문지방 너머에서 해량의 목소리가 들렸다. 선재는 잽싸게 댓돌 위로 올라갔다. 해량이 문을 열어 바로 들어갈 수 있었다. 지안이 뒤따랐으나 해량은 선재가 들어오자마자 냉큼 문을 닫아버렸다.

"잠시 둘이 나눌 이야기가 있어 그렇습니다. 양해 부

탁드립니다."

해량의 음성이 낮고 깊게 울렸다. 범종을 치는 듯했다. 수선스러운 소리가 점점 멀어졌다. 선재는 자리에 앉아서 숨을 가다듬었다. 해량이 탄산수를 건넸다.

"일단 마셔라. 은혜랑은 나중에 이야기하고."

"고맙습니다."

목을 쏘는 물을 대번에 들이켜니 한결 진정되는 것 같았다. 선재는 다 마신 유리병을 다탁에 내려놓고 말했다.

"들으셨겠지만, 무를 수 없습니다. 이미 옮기기로 결정됐습니다. 뭐라도 협상하셔야 합니다. 날짜를 늦추든, 옮길 장소를 바꾸든, 협상할 수 있을 겁니다. 행정대집행 들어가면 용역이 화엄사 불이문 넘어까지 들어옵니다. 저도 그렇게까지 되기를 바라지는 않습니다."

"어째, 협상한다손 치면 되겠느냐."

"됩니다. 위원장 지금 급합니다. 수목 커리어 전부를 걸어서 예민한 겁니다. 협상하자 치면 무조건 받습니다. 지금 협상하셔야 합니다."

"너더러는 무엇을 시켰느냐."

"가급적 마찰 없이 진행하라고 지시받았습니다. 저도 되도록 그랬으면 좋겠습니다. 은혜 스님한테 죄송하고 그렇습니다."

"네가 수행자도 아닌데 무엇이 문제냐. 알았다. 그래도 일은 공식적으로 하는 게 낫겠다. 서울 가 있거라. 조만

간 연락이 갈 게다. 점심 공양 시간이니 그냥 가지는 말고."

"괜찮습니다. 이만 가보겠습니다."

선재는 그대로 큰절을 올렸다.

그날은 해량이 은혜를 시켜 구례역까지 차로 배웅했다. 가는 동안 은혜는 애써 떠들썩하게 굴었다. 선재도 지안도 장단을 맞춰서 차가 와자지껄했다. 그러다 구례역에 도착할 즈음에는 모든 농담이 멎었다.

"조심해서 가라잉."

"아까 한 말은…."

"되았다. 아닌 말루다 내가 상팔자긴 허다. 먹고 살 만한 집 자손으로 태어나서 출가했는디 이만허면 부처님이나 진배없제. 너무 신경 쓰지 말구 조심해서 가라잉. 처사 님두 조심해서 올라가십쇼."

선재가 씩 웃었다.

"부처님은 왕자였잖어."

"덕분에 편하게 왔습니다. 고맙습니다."

은혜가 고개를 까딱거리고는 그대로 역전을 떠났다.

선재는 한동안 붙박이로 선 채 화엄사 방향을 바라보았다. 지안이 선재를 뒤에서 껴안고 말했다.

"좋은 사람이네."

"맞아. 좋은 사람이야."

선재는 지안의 가슴에 얼굴을 묻고 한참 울었다. 철

이 난 뒤로 남 앞에서 우는 모습을 보이는 것은 처음이었다. 소슬한 겨울바람에 낙엽이 휘날리는 소리가 선재의 울음소리를 감추었다. 선재는 얼마간 울다 고개를 들었다. 지안은 눈물투성이인 선재의 얼굴을 못 본 척하고 활달하게 역으로 향했다. 한 손으로는 선재의 손을 꼭 잡은 채였다.

새해가 코앞이었다.

✶

화엄사에서는 새해맞이 부처님 되신 날 법회에 앞서 기자회견을 열었다. 대웅전 앞마당에 온갖 매체의 기자와 화엄사 신도와 시민 단체 상근자가 몰려 있었다. 선재를 비롯한 대외협력팀도 그 자리에 함께했다. 은영을 수행하는 것은 물론이었다.

입장표명은 간명했다. 화엄사 측에서는 갈등을 바라지 않는다, 기념수목보전위원회에 보내는 협상안을 발표한다는 공지가 따랐다. 해량의 음성이 경내에 너르게 퍼졌다. 잠시 후 해량 옆에 은혜가 올라가더니 직함을 밝히고 안내문을 읽었다.

"…그리하여 화엄사에서는 기념수목보전위원회에 세 가지 난제를 드리겠습니다. 화엄사 측에서 제시하는 세 가지 난제 중에 최소 두 가지라도 기념수목보전위원회 여러분이 해결하신다면, 저희는 부처님 뜻이라고 여기고 협상에 임하겠습니다. 더 질문 있으십니까?"

은영이 손을 들었다.

"말도 안 되는 조건을 걸면 어떻게 합니까? 하늘의 별을 따 오라고 하시면 저희가 딸 수 있겠습니까?"

"말도 안 되는 미션이라고 판단하셨으면 거절하십시오. 그렇다면 저희 측에서 다른 방식을 내놓을 겁니다."

이번에는 언론사에서 나온 기자가 물었다.

"계속 거부권을 행사하면 어찌합니까?"

"거절하는 사유가 마땅치 않다 싶으면 저희 쪽에서는 협상안을 파행할 수밖에 없습니다. 되도록 그런 마찰을 빚지 않도록 안을 제시하는 바이니 상호 존중하에 협상이 이루어지길 바랍니다."

은혜는 쿵쿵거리며 코맹맹이 소리로 답했다. 고질인 비염은 그대로였다. 미디어 앞에 서는 곤욕을 빨리 끝내 주고 싶었다. 선재가 손을 들었다.

"난제마다 기한은 얼마나 됩니까?"

"행정대집행 예정 일자는 2월 1일입니다. 협상안을 조율하려면 최소 일주일은 걸릴 겁니다. 각 난제마다 최대 일주일씩 잡으면 딱 맞겠습니다."

아무리 생각해도 쇼였다. 화엄사 들매화를 지키기 위한 시민운동을 선전하려는 목적이 분명했다. 단상 위에서 푸근한 표정을 짓고 내려다보는 해량을 보면서 선재는 직감했다. 뭔가 잘못 돌아가고 있었다. 불길했다. 근거가 필요했다. 서울에 가서 차근차근 짚어보면 까닭을 알 수 있을 터였다. 선재는 은영에게 귀엣말했다.

"위원장님, 좀 수상합니다. 서울 가서 알아봐야 할 것 같습니다."

은영이 코웃음 치고는 자신만만하게 말했다.

"김 팀장, 젊은 사람이 왜 그렇게 패기가 없어? 우리라고 화제성이 안 필요한가? 기념수목보전위원회 사업을 알릴 절호의 기회잖아. 어떻게 놓치겠어? 좋습니다. 제안 받아들입니다."

해량이 환하게 웃었다. 은영도 마주 웃었다. 은영이 단상 위에 올라 해량과 악수했다. 곧이어 해량이 첫 번째 난관을 발표했다. 아주 일사천리였다.

"시원시원하게 답해주시니 저희도 기쁩니다. 그렇다면 이 자리에서 첫 번째 난관을 말씀드리겠습니다. 갈수록 극심해지는 대기 오염 때문에 화엄사에서 노고단이 보이지 않게 되었습니다. 새로 무엇을 짓지도, 벌레 하나 죽이지도 말고 일주일 안에 화엄사에서 노고단이 보이도록 만들어 보십시오. 공기청정탑으로 지리산을 훼손하지 않고 노고단이 보일 수 있도록요. 위원장님, 하실 수 있겠습니까?"

"그쯤이야 얼마든지 가능하지요. 휴대용 공기청정기를 지리산 곳곳에 깔되 벌레장을 하나씩 설치하면 되잖습니까? 화엄사에서 노고단이야 그렇게 멀지도 않고요. 거기까지 옮기는 게 문제겠지요."

답을 찾지 못한 실무자는 은영이 직면한 새로운 문제로 떠오를 것이었다. 은영이 문제를 해결하는 방식은 정평이 나 있었다. 선재는 흘깃 지안을 바라보았다. 지안 역시 벌레 씹은 표정이었다. 다른 팀원은 말할 것도 없었다.

법회가 시작될 무렵 기념수목보전위원회 사람은 화엄사를 빠져나왔다. 업무 분장은 즉석에서 이루어졌다. 모두가 직감했듯 대외협력팀 앞으로 해당 업무가 떨어졌다. 위원장은 수행비서와 함께 근처 다른 천연기념수목을 확인하러 시찰에 나갔다. 선재는 서울 가는 기차에서 얼빠진 채 머리를 굴렸다.

"지리산은 국립공원입니다. 길이 없습니다. 휴대용 공기청정기를 우리가 이고 지고 올라가야 하나요. 그러다 벌레 밟으면 죽이는 거 아닌가?"

"김 팀장님께서 그러시면 어떻게 합니까. 지리산 제일 잘 아시는데."

"내가 무슨 소림사에서 자랐습니까? 벌레 밟아도 안 죽이는 법을 어떻게 압니까. 무슨 좋은 생각들 없으십니까? 채지안 씨, 나만 책하지 말고 채지안 씨도 아이디어 내주세요. 저는 지금 아무 생각 안 납니다."

"드론 어떻습니까? 헬기 레펠하듯 낙하시키면 될 것

같은데요. 드론으로 기기 투하하는 건 군대에서도 많이 씁니다. 계속 드론으로 띄워 놓는 게 제일 효율이 높을 테지만, 그러면 날벌레들 죽이는 꼴 되니까 어렵겠고요."

선재가 앉은 자리에서 벌떡 일어났다.

"드론 좋다! 마침 구례군이 농업 특구니까 군청에 드론이 많아요. 사람들이 농번기에 빌려다 쓰고 농한기에는 다시 갖다둔단 말입니다. 바로 이거네. 지금부터 협조 요청서 씁시다. 공기청정기는 몇 개 필요하죠?"

"지금 계산했습니다. 휴대용 공기청정기로 노고단 보일 만큼 돌리려면 공기청정기 팔백 대가 필요합니다. 지표면 기준입니다."

"찾아보니까 군청 드론 수량도 딱 적당하네요. 이백 대면 금방이지. 서면 지금 제가 쓸게요."

"장교로 군대 간 보람이 있네요. 나와서 어디 쓰나 했는데."

그날 서울행 열차 안에서 작은 잔치가 열렸다. 기념수목보전위원회 대외협력팀은 오래간만에 사기가 올랐다. 각계의 비난을 다방면으로 감당하던 차였다. 특히 선재가 기분이 좋았다. 다음 날 구례군청에서 불가능하다고 답장이 오기 전까지는 그랬다.

"근본적으로 구례군민을 위한 자산인 데다가 지리산에 산불 나면 진화할 때 드론 쓴대요. 농한기라고 해도 언제나 비상 동원 체제를 갖춰야 한다고."

팀원 하나가 나직하게 읊었다. 선재 눈앞에도 같은 내용이 보였다. 선재는 한숨을 폭폭 내쉬다가 나지막하게 중얼거렸다.

"빌어먹을 지방자치. 빌어먹을 행정조례. 빌어먹을 농업 특수구역. 빌어먹을 국립공원."

"김 팀장님, 진정하세요. 왜 지방자치까지 욕하고 그러십니까. 협조 공문이야 다른 데 보내면 되죠. 잠깐 쉬러 가세요. 써서 결재 올릴게요."

지안이 선재를 달랬다. 선재는 시무룩한 채 잠시 밖에 나갔다. 진희에게 연락이 오고 있었지만 차단해 두어서 무심하게 넘어갈 수 있었다. 공원을 맴돌다 사무실에 돌아오니 이미 답장이 와 있었다.

지안이 보고했다.

"전북하고 충남도 사정은 비슷하다고 합니다."

"봤어요. 웃을 일은 아닌 것 같은데 다들 왜 이렇게 분위기가 좋습니까."

"광주랑 부산은 된대요. 광역시라 그런가, 드론이 넘치나 봐요."

말이 끝나기 무섭게 선재의 얼굴에도 화색이 돌았다. 이제 비용 인가를 받을 차례였다.

기념수목보전위원회 대외협력팀은 다음 절차에 착수했다. 공기청정기와 방충망을 주문하고 물류운송비용 인가를 받았다. 영수증 처리하는 데는 시간이 더 걸렸다.

나랏돈을 쓰는 일은 즉석에서 되는 게 하나도 없었다. 위원장 재량으로 처리할 수 있는 돈이 있어서 그나마 다행이었다. 그것도 모자란 지경이었다. 게다가 드론의 숫자도 만족스럽지 않았다. 선재는 은영을 찾아가 보고했다.

"도합 팔십칠 대 가능하다고 합니다. 벌레 하나 안 죽이는 조건을 지키려면 작업 소요 시간은 이틀쯤 걸릴 것 같습니다."

"너무 모자란데. 백 대 채우세요."

"위원회 재량으로 인가 가능한 액수를 넘어섭니다."

"우선 사비로 처리하세요. 드론 그거 얼마 하지도 않는데. 나중에 영수증 처리하시고."

총무팀에서 받아주지 않을 게 빤히 내다보였다. 그래도 직장은 유지할 수 있었다. 선재는 팀원들에게 은영의 지시를 전달했다.

"그나마 안 잘려서 다행이네요."

"저도 같은 생각입니다. 밥그릇이 뭔지."

"그래도 드론 생기지 않으셨습니까."

"제가 그걸 어디다 쓰겠습니까. 제발 살려 달라고 진정서라도 써서 청와대에 띄울까요?"

대외협력팀 전체가 키득거렸다.

선재는 진정서를 쓰는 대신 일을 굴렸다. 휴대용 공기청정기에 방충망을 결합하는 데는 도합 하루가 넘게 걸렸다. 대외협력팀은 선재까지 네 명이 전부였다. 한 사람이 200개씩 작업한 셈이었다.

"김 팀장님, 쉬면서 하세요. 허리 나갑니다."

"채지안 씨도 좀 쉬면서 합시다. 죽겠네요."

"저는 튼튼합니다."

다음은 드론 차례였다. 드론은 각자 입력한 좌표로 공기청정기를 이송했다. 공기청정기 팔백 대를 드론 백 대로 옮겼다. 공기청정기를 드론에 잇는 작업은 사람 손이 갔다. 여덟 차례 치르고 나니 도무지 허리가 남아날 것 같지가 않았다. 대외협력팀 네 사람은 화엄사 주차장에서 끙끙거리며 드러누웠다. 손 하나 까딱하지 못할 것 같았다.

"드시면서 하세요들."

은혜가 소반을 들고 주차장으로 나왔다. 그대로 바닥에 내려놓은 소반에는 주먹밥이 산처럼 담겨 있었다.

"아이고, 은혜 스님 오셨어요. 제가 일어나야 하는데. 뭐 이런 걸 다 가져오셨어요."

"채지안 씨도 참. 오늘로 세 번째 뵙는데 뭘 일어나십니까. 누워서 드셔도 소가 되지 않으니 편하게 드세요. 뭐든 먹고 하셔야죠이."

은혜가 능청을 떨며 먼저 한입 먹었다. 코맹맹이 소리는 한결같았다.

"비염도 안 나스고 뭐해브렀서?"

"인자 1월이잖냐. 일교차가 큰데 가시겄냐. 죽을 맛이다."

"죽기는 뭣허러 죽냐. 수행자는 성불을 해야지."

선재도 쟁반에 담긴 주먹밥을 우물거렸다. 수행자는 성불을 해야 하듯, 선재는 먹고살아야 했다.

비록 기념수목보전위원회 대외협력팀 식구들에게 드론이 몇 대씩 남았지만, 어쨌거나 사흘 안에 노고단이 훤히 올려다보였다. 휴대용 공기청정기를 지면에 내려놓은 것치고는 굉장한 성과였다. 요사채 삼전에서 근사하게 올려다보이는 품이 심상찮았다. 해량도 눈을 둥그렇게 뜨고 노고단을 바라봤다.

"나도 옛날 사람인가 보다. 이렇게 될 줄은 꿈에도 몰랐구나."

해량이 노고단을 향해 합장했다. 은영은 그 모습을 바라보며 으스댔다. 기자들이 앞다투어 그 모습을 기록했다.

"된다고 말씀드리지 않았습니까. 다음은 뭡니까?"

"저는 노고단이 보이면 족합니다. 구층암 주지인 조안 스님께서는 필요한 게 있다고 하시더이다. 한번 가 보십시오."

"물론이죠. 갑시다!"

은영이 앞장서 나갔다. 은영은 구층암이 어디에 있는지 모르지만 일단 발걸음을 뗀 것 같았다. 선재는 재빨리 은영을 인도했다.

구층암은 화엄사의 부속 암자였다. 비교적 가까운 편이었다. 대웅전 뒷길로 쭉 걷기만 하면 나왔다. 큰 절에 딸린 암자답게 이모저모 꼴을 갖추어 절대 허름하지 않았다. 특히 구층암 울 안에 들어서자마자 보이는 모과나무 기둥 두 주가 시선을 끌었다. 위로 올라갈수록 가지가 뻗어 굵직해지는 모과나무는 옹이 곳곳에 세월이 들어찬 것만 같았다. 반면 아직도 땅에 뿌리내린 모과나무는 껍질이 반들반들 윤이 났다.

"구층암 주지 조안입니다. 하이고, 이래 많이들 오시가 우짜노."

중년 비구니 하나가 벌떡 일어나 객을 맞이했다. 풍채가 남달랐다. 구층암 모과나무 기둥과 비슷한 느낌이었다. 질박하면서 큼직하고 두터웠다. 관람객이 워낙 많다 보니 구층암 마당이 꽉 찬 느낌이었는데, 구층암을 지키고 있던 조안 하나가 그에 능히 견줄 만했다.

조안이 목을 가다듬더니 우렁우렁하게 말했다.

"구층암으로 말할 것 같으면 오래 묵은 비구니 도량입니다. 일제강점기 거치면서 비구 도량으로 바뀌었는데, 것도 옛말입니다. 점차 비구니 비율이 높아지면서 구층암도 본래대로 비구니 도량이 됐지요. 여는 특히 저 대숲하고 야생차밭이 유명합니다. 보셨지요."

"이제 저희 위원회가 뭘 해드리면 됩니까?"

"하이고, 승질도 급하시네예. 가만 들어 보이소. 구층암에서는 해탈이라고 고양이가 한 마리 삽니더. 대웅전 사는 금손이 아들인데 엄마한테 맞아서 쫓기났심더. 금손이 가가 나쁜 아는 아인데 승질이 좀 있어가. 위원장님 들으라고 하는 말씀 아니고예. 해탈이가 엄마한테 쫓기난 다음부터 구층암에 붙어 사는데, 우리야 같이 살기로 영 귀엽지만서도 아가 자꾸 차밭 두더지를 조사뿌지 뭡니꺼. 아무리 미물이라 캐도 절에서 사는 안데 그래가 되겠습니꺼."

은영이 자르듯 말했다. 조안은 능청스러운 표정이었다.

"뭘 시키시려고 하시길래 이렇게 말씀이 기세요?"

"다름이 아니라 해탈이가 살생 좀 못하게 해주이소. 딱 일주일만 안 하면 원이 없겠습니다, 이 말입니더. 아를 묶지도 잡지도 말고 내키는 대로 살게 냅두고예. 하실 수 있지예?"

"뭐 그런 걸 가지고. 얼마든지 할 수 있죠."

은영이 자신만만하게 대답했다. 구층암의 상징인 모과나무 기둥 사이로 조안과 악수하는 모습을 기자들이 기록했다.

이제 대외협력팀은 고양이를 쫓아다니며 살생을 막아야 했다.

고양이 사료는 괜찮았다. 합성 단백질에 소화 효소를

곁들인 지 오래였다. 하지만 고양이의 사냥 본능이 문제였다. 고양이가 내키는 대로 살게끔 내버려두되 살생하지 않으려면 인간이 고양이의 주의를 돌리는 수밖에 없었다. 대외협력팀은 화엄사 출력기를 빌려 고양이 장난감을 종류별로 뽑아냈다.

"입체입출력기가 있어서 불행 중 다행이지. 아, 비닐 나비도 뽑자. 귀엽다."

지안은 군말 없이 선재의 지시를 따랐다. 뽑아낸 장난감이 차곡차곡 쌓였다. 구층암 앞에서는 다른 팀원들이 해탈이와 놀아주고 있었다.

고양이는 신발 끈 한 줄로도 행복할 수 있었다. 단점이 있다면 금세 질린다는 것 정도였다. 무엇에 반응할지는 몰랐다. 하찮은 장난감에 더 열렬하기도 했다. 대외협력팀 사람들은 번갈아 쪽잠을 자며 해탈이와 열정적으로 놀았다. 비교적 순탄하게 일주일이 흘러가는 듯했다. 하지만 닷새째 되던 날 아침, 고양이 사료를 훔쳐먹으려고 나타난 다람쥐를 해탈이가 사냥해버린 바람에 그 모든 노력이 물거품으로 돌아갔다.

조안이 껄껄 웃으며 말했다.

"선재야, 선재야. 생각해 보그라. 고양이한테도 불성이 있는 것 같나."

"사냥 본능은 충실한 것 같습니다."

"고마 다들 고생하셨소. 그라믄 보자, 누가 좋을까. 맞다. 기획국장 은혜 스님한테 가 보이소. 내는 부처님 앞에 살생해서 죄송타 카고 해탈이랑 한잠 자야겠심더."

잠이 모자라 지친 대외협력팀의 마음을 아는지 모르는지, 해탈이는 양지바른 곳에 앉아서 몸단장하다 잠들었다. 조안이 암자 안에서 해탈이를 불렀지만 잠든 고양이는 귀 하나 쫑긋하지 않았다. 1월의 두 번째 주도 얼마 남지 않은 때였다.

보고가 우선이었다. 두 번째 난제가 실패했다는 소식을 전하자 은영은 불호령을 내렸다. 세 번째 난제를 곧 시작한다는 말에는 잘라 말했다. 이번에는 은영 또한 참가하겠다고 이야기했다. 대외협력팀은 점심 공양에 꼽사리 껴 한 끼니 결판지게 얻어먹고는 은영을 기다렸다.

"이래서 일을 맡겨만 둘 수가 없어. 도대체 왜 이럽니까?"

고양이가 다람쥐를 잡는 것은 본능이었다. 자유로이 살게 만드는 건 은영도 수락한 조건이었다. 은영은 닷새 전 자신이 무엇에 동의했는지 전부 잊은 사람처럼 굴었다. 세 번째 난제도 실패하면 가만히 안 둘 줄 알라며 으름장을 놓았다.

마지막 난제를 출제할 사람은 화엄사 기획국장인 은혜였다. 은혜는 공양간에서 밥을 먹다가 그 사실을 전해 듣고는 어리둥절한 표정이었다. 채 마흔도 되지 않은 젊은 승려는 잔뜩 주눅 들며 말했다.

"왜 제가 다음 타자로 꼽혔는지 모르겠습니다. 저는 그냥 중간관리직입니다."

"젊은 스님, 큰 스님들께서 까닭이 있으니까 시켰을 거 아니에요. 잘 생각해봅시다."

은영이 윽박지르듯 말했다. 은혜는 잠시 움츠러들다가 머리를 긁고는 말했다. 여전히 비염 때문에 코를 홀쩍거렸다.

"보다시피 제가 요새 코가 막혀서 비음이 잘 안 납니다. 비음이 뭐냐면, 이응, 미음, 니은, 뭐 이런 거고요."

은영이 따지듯 말을 끊었다.

"이은영, 다 비음이네요. 그래서요? 빨리 갑시다. 같잖은 수작 부리면 가만 안 있을 거예요."

"그럼 난제를 내겠습니다. 여러분도 코를 막고 '고향만두'를 정확하게 발음해 보세요. 고, 향, 만, 두. 제가 지금 이게 잘 안 되네요."

선재가 말참견했다.

"위원장님, 제가 아는 스님입니다. 속가에서 언어학과 나왔습니다. 이거 받으시면 안 됩니다."

"김선재 씨는 그게 안 돼? 이은영이 비음 아냐. 이은영 코 막고 되잖아. 그 난제 받을게요. 다들 봐요."

은영은 코를 검지와 엄지로 집고 말했다.

"고학 받두."

은혜가 헤벌쭉 웃었다. 주머니에서 휴지를 꺼내 코를

풀고는 다시 웃었다.

"위원장님, 지금 고향 만두가 아니라 고학 받두라고 하셨습니다."

"무슨 소리야? 나 똑바로 발음했습니다. 봐요. 고학 받두."

"녹음해서 들어 보세요. 이거 동의하신 겁니다. 지금 공양간에 있는 사람들 전부 증인이고요."

과연 녹음해서 듣고 보니 고향 만두는커녕 고학 받두 그대로였다. 이은영도 이은정으로 발음하고 있었다. 은혜가 다시 코를 풀며 말했다.

"정성이나 기술이 모자라신 게 아닙니다. 그냥 인간이면 안 돼요."

은영의 얼굴이 새빨갛게 달아올랐다. 입술을 달싹거리는 모습이 금방이라도 폭발할 것 같았다. 보는 눈이 많아 누르고 있을 테지만 어떤 결과가 나올지는 불 보듯 훤했다. 선재는 은영이 세 가지 난제의 결과에 불복하리라 예감했다. 후과는 온전히 다른 사람 몫이었다.

※

일기예보를 안다고 궂은 날씨가 달가울 수는 없었다. 행정대집행은 뇌우처럼 닥쳤다. 은영이 마지막 난제를 의기양양하게 받았다가 실패한 뒤로 협상은 완전히 틀어졌다. 화엄사는 약속을 이행하라 주장했다. 기념수목보전위원회는 불복하고 행정대집행을 예정대로 집행하겠다 고지했다.

화엄사 측 대응은 간결했다. 기후 변화 이후 매화는 보통 2월 중순에 꽃을 피웠다. 꽃이 피고 나면 나무가 기력이 쇠하므로 옮길 수 없었다. 꽃이 피기까지만 버티면 기념수목보전위원회 사업은 단단히 틀어졌다. 화엄사에서는 산문을 닫아걸고 농성에 들어갔다. 꽃이 피는 날이 기한이었다.

"문화재에 국보투성이라 어떻게 할 수도 없겠네. 마지막으로 종교 시설에 경찰력 투입했던 대통령은 탄핵당했잖아. BH가 개입하지도 못하고. 위원장 지금 죽을 맛이겠지? 너무 행복하다."

"김 팀장님이 온갖 고생 다 할 거면서 뭐가 행복하냐?"

"뭘 해도 내가 고생이라면 위원장이 불행한 게 속이야 편하지. 때려치우고 싶다. 지안아, 나랑 이직할래?"

"2년은 채워야지. 자기가 끌어와 놓고 무슨 망발이야."

"그건 그래. 나도 이런 데인 줄 몰랐어."

선재는 이부자리에 파고들었다. 지안의 팔뚝이 따끈했다. 지안은 선재의 어깨까지 이불을 끌어당겼다. 선재가 지안의 집에 피신한 지도 벌써 한 달이 넘었다. 진희에게 생활비를 부치되 연락은 끊은 상태였다.

기후변화 이후 매화는 보통 2월 첫째 주에 피었다. 이번에는 꽃샘추위가 오래 가서 그런가 도통 매화가 피지 않았다. 자연히 농성도 길어졌다. 종교계 반응을 우려하던 기념수목보전위원회 입장으로는 달가웠다. 시대정신은 생태주의였다. 불교식 라이프스타일이 고려 이후로 처음 중흥기를 맞이했다. 관의 지원도 남달랐다. 종단 내부에서 정부 편을 드느냐 화엄사 편을 드느냐 갈등이 심화하고 있다는 말만 들렸다. 시민 단체와 신도회를 제외하면 화엄사 편이 없었다. 외로운 싸움이었다.

은영은 화엄사를 더욱 고립시켰다. 식품입출력기 이용을 막기 위해 전기를 끊었다. 식품입출력이용 식자재는 전부 고열고압분해 공정을 거쳐 분자 단위로 쪼개졌다. 전기가 없으면 아무것도 해낼 수 없었다. 비상용 발전 장비는 태양열 발전 시설을 설치한 뒤 처분했다. 은영은 지리산국립공원에 설치된 태양열 발전 시설도 차단했다. 덤으로 통신 장비까지 끊었다. 일련의 절차를 진행할 협조 공문은 전부 선재의 결재를 받았다. 선재는 결재한 서류를 보낼 때마다 화엄사 승려의 숨을 끊는 듯했다.

그나마 1월 최저 온도가 10도 정도라 나왔다. 옛날 같았으면 영하 십 도를 방불케 했을 거라는 이야기가 오갔다. 지리산에서 나오는 약수도 필터를 간 지 얼마 지나지 않아 말끔했다. 신도회에서는 물만 타면 먹을 수 있는 간편식을 올려보냈다. 들통나면 벌금을 치를 각오를 하고 하나둘씩 산에 올랐다. 그렇지만 간편식으로 버티는 것도 한계가 있었다. 지병이 있는 승려도 동안거 기간에 먹을 약만 챙겨서 들어갔을 터였다.

2월도 절반을 넘겼는데 매화는 아직도 소식이 없었다. 선재는 안에 있는 사람들이 슬슬 걱정됐다. 농성은 벌써 한 달에 접어들었다. 동안거로 몸이 상한 승려가 나오지 않을까 두렵기도 했다. 하안거와 동안거는 심신을 소모했다. 아무리 간편식이 든든하다 해도 버티기 힘들었다. 게다가 통신 시설도 차단되어 바깥과 연결고리조차 마땅치 않았다.

동안거 해제는 매년 정월대보름이었으니 올해는 열흘쯤 남은 셈이었다. 선재는 오래간만에 진희에게 연락했다. 화엄사에 간편식을 넣는 신도를 통해 소식을 들으려면 진희를 통하는 게 가장 빨랐다.

"니는 뭐 좋은 일 헌다고 엄마도 차단해놓고 사냐."

"다짜고짜 그런 소리부터 해?"

"엄마 차단해둔 딸한테 누가 고운 소리를 허냐. 연락 안 한 지 두 달은 족히 돼브렀다. 그래, 뭔 일이냐. 스님들 숨통 조이면서 잘 먹고 잘 사는 것 같아서 따로 연락은 안 했구만."

"혹시 스님들 안부 들은 거 있나 해서. 동안거 끝나려면 한참 남았는데 식사도 못 하시니 죄송스러워 안부 좀

여쭐라고 연락했지. 내가 괜히 했는갑다."

"하이고, 니도 양심은 있는 모양이다야? 전기 끊어놓고 발 뻗고 자는 줄 알았더니만. 간편식에 몰래 물 타 마신다더라. 노스님들이 걱정이제. 처방약 남으셨는지 몰겄다. 편찮으신 분들이 한둘이 아닌데 이게 뭔 고생이다냐. 동안거도 안 끝났는데. 그래서 전기는 언제까지 끊냐? 뭐 들은 거 있냐?"

진희는 능청스러웠다. 새로운 정보는 없었다. 그보다 정확히 이르자면 선재가 원하던 소식이 없었다. 선재는 한동안 말을 고르다 대뜸 내뱉었다.

"어째 덕은 스님 얘기는 쏙 빠져 있네. 덕은 스님 거기 계시는 거 인자 나도 아는데 엄마는 아직도 내가 모르는갑소. 덕은 스님 얘기는 왜 안 하요. 내가 엄마한테 생활비 부치는 나이가 됐는데도 덕은 스님 일은 나한테 비밀이요."

"삐쳤냐?"

"삐치고 나발이고. 엄마가 나한테 비밀이 한두 개 있는 것도 아니지마는 이건 좀 너무하잖어. 내가 끝내 몰랐으면 나는 병든 애비가 들어간 절에 전기 끊은 년 되었겄네. 나한테 평생 그러면 엄마 속이 편한가?"

"삐쳤구만. 니가 마음 상했다니 미안하다. 내가 원래 번잡시럽게 말 안 하고 그잖냐. 근데 사리를 따지자면 그건 니가 덕은 스님한테 여쭤보면 될 일이다. 속가 인연이 끝났어도 수행자랑 보살로 만나면 되는데, 니는 다 큰 다음 덕은 스님은커녕 화엄사에 인사도 안 드렸잖냐. 나한테는 인자 전남편도 선재 아빠도 아니고 그냥 덕은 스님인지 오래다. 그냥 엄마가 좋아하는 큰스님 한 분이지 뭐겠냐. 궁금하다니 말한다마는, 위독해서서 입원하라는 거 떨치고 동안거 들어가셨는데 잘 버티고 계신지는 모르겠다."

"그거를 나한테 말 안 해놓고 양심 타령을 했소."

"니는 그거를 알고서도 내 연락을 안 받았냐. 말했지만, 덕은 스님 생각은 그냥 흘려버려라. 그것도 망집이다. 망집을 끊어야 헌다. 출가허기 전에도 나한테나 남편이었지 선재 아빠였던 적은 거의 없던 사람이다. 천생 아빠 타령 안 하더만 늙어서 할려구 기다렸냐."

"나한테 아빠라서가 아니라 엄마 전 남편이었던 사람이니까 묻는 거 아니요!"

"왐마? 왜 갑자기 목청을 높이냐. 할 말 없음 연락 끊는다. 끼니 거르지 말고 지내라."

그 말과 함께 진희가 통신을 끊었다. 선재도 침대 위로 널브러져서 베갯잇에 얼굴을 묻었다. 밖에서 기다리던 지안이 침실로 들어와 침대에 몸을 누이고는 선재를 다독거렸다.

"평생 저래. 지겨워. 자기가 제일 망집투성이면서 나더러 망집을 버리래. 자기 버린 남자 쫓아서 갓난애 데리고 지리산까지 갔으면서, 저 나이 먹도록 자기 버린 남자가 못 견디게 좋아서 쫓아갔다는 걸 인정을 못 해서, 나더러 이 나이 먹도록 아빠를 찾는대. 내가 결핍이 있어서 자기한테 아빠를 찾는 것처럼 굴어. 지겨워 죽겠어."

"어머님이 악의가 있으셨겠어."

"없어서 더 싫어. 나는 엄마 안 미워하고 싶어. 미워하기 싫어. 그런데 저럴 때마다 너무 미워 죽겠어. 다 지겨워서 덕은 스님이 콱 죽었으면 좋겠다가도, 그러면 우리 엄마 쓰러질 것 같아서 무서워."

"덕은 스님이 어머님보다 오래 사셔야겠네."

지안의 말씨가 천둥처럼 들리는 듯했다. 선재는 불쑥 고개를 들었다. 얼굴은 눈물 콧물 범벅이었다.

"그러네. 못해도 덕은 스님이 동안거 지날 때까지는 버텨야겠네. 그러려면 화엄사에 밥은 들어가야겠고. 이번에 돌아가시면 우리 엄마 평생 한 맺힌다. 채지안 씨, 나 좀 도와줄래? 어차피 위원회도 잘릴 거 같은데."

"우선 얼굴부터 닦고 말씀하세요. 저야 김선재 씨 하자는 대로 따라야죠. 코 풀어."

지안이 선재의 얼굴을 물수건으로 닦았다. 선재는 손도 안 대고 코까지 팽 풀고는 화엄사에 몰래 음식을 들여보낼 계획을 짜기 시작했다. 진희 말마따나 아버지에 대한 회한이 남아 있는지는 모르겠지만, 적어도 진희를 위해서만큼은 굶겨 죽여서는 안 될 노릇이었다.

두 사람은 그 주 주말이 되자마자 새벽같이 구례로 떠났다. 지리산에 잠입하는 건 쉬웠다. 선재는 입산 금지 기간에 지역민이 이용하는 통로를 손바닥 들여다보듯 했다. 정비한 등산로를 피해 걷다 보니 지안에게는 영 불편했으나 선재는 호흡 하나 흐트러지지 않았다.

"지금 우리 어디까지 왔지?"

"천은사도 안 왔지. 천은사 계곡 따라가다가 차일봉으로 가는 길이니까 한참 남았네요. 지안이 너는 뭐 그렇게 골골거리냐?"

"내가 너처럼 산 타고 자랐냐. 동네 성당이 산에 있는 것도 아니고. 짐은 또 오죽 무겁냐."

"너 전라도 사투리 진짜 못하니까 그만 좀 따라 해."

"너랑 붙어 있으니까 나한테도 옮는데 이게 내 뜻대로 되냐."

선재는 지안에게 눈을 흘겼지만 입은 빙그레 웃었다. 지안은 선재와 함께 온갖 짐을 이고 함께 등산 중이었다. 두 사람이 짊어진 가방은 드론과 축전지와 휴대용 발전기가 들어 있어 묵직했다. 전부 화엄사에 보낼 물건이었다. 큰 절이니만큼 식자재는 몇 달치만큼 구비했을 테고, 식품입출력기만 돌아간다면 다운받아 둔 레시피를 출력할 수 있었다. 은영이 사비로 사라고 닦달했던 드론을 써서 축전지와 발전기를 내려보낼 생각이었다.

"요즘 세상에 드론을 수동으로 조종할 줄은 몰랐어."

"통신 시설만 안 막혔으면 밑에서 좌표대로 띄우면 되는데. 내가 협조 요청문으로 통신 시설 끊어놓고 내가 드론을 옮기고 있다니 사람 앞날 한치도 모릅니다."

"위원장이 드론 사라고 하지만 않았어도 우리가 드론 쓸 일은 없었어. 통신도 막혀서 지도도 못 보는구만 너는 어떻게 길을 헷갈리지도 않냐?"

"덕은 스님이 출가한 절이 천은사거든. 엄마가 죽어라 데려가서 얼굴도장 찍었어."

내내 투덜거리던 지안이 말을 멈췄다. 선재는 피식 웃으며 뒤처지던 지안을 잡아끌었다. 등짐은 무거웠으나 지치지 않았다. 낙엽 위로 걸음을 내디딜 때마다 산의 정기를 옮겨 받는 듯했다.

"이제 계곡도 끝이 보이네."

"등지고 높은 데로 올라가면 바로 천일봉이야."

"앞에 있는 도로는 어쩌지? 감시카메라가 있을 텐데."

"우회하면 동물이 도로 건너라고 만든 길이 있을 거야. 거기로 내려가면 돼."

선재가 손짓했다. 지안은 지친 기색이었다. 그래도 거기에 맞출 수는 없었다. 두 사람의 마음은 하나같이 다급했다. 산에서 내려가는 데 한참 걸릴 걸 생각하면 아직 날이 밝아도 서둘러야 했다. 산의 하루는 일찍 저물었다.

두 사람은 정오쯤 차일봉 꼭대기에 올랐다. 뒤로는 노고단이 보였지만 거기까지 오를 생각은 없었다. 여기서도 화엄사가 훤히 내려다보였다. 이만하면 맨눈으로 드론을 조종하기에 충분했다. 휴대용 공기청정기를 곳곳에 설치한 보람이 있었다.

선재와 지안은 묵묵하게 작업에 착수했다. 두 사람이 각자 짊어진 가방은 외부 충격을 흡수하는 아웃도어용 제품이었다. 그래도 혹시 모르니 누비솜을 뭉쳐 한 번 더 포장했다. 가져온 밧줄로 단단히 묶고 난 다음에는 드론에 연결했다. 드론 네 대가 가방 하나를 옮겼다. 축전지와 발전기가 제아무리 무겁다 해도 드론 네 대에는 배기지 못할 것이었다.

"지안아, 대충 묶지 말고 나처럼 묶어. 위에 매듭 한 번 더 지어. 그렇게 묶어야 안 풀리지."

"얼마든지요, 마님. 선재 너, 그거 어머님하고 똑같은 입버릇인 거 알아?"

"내가 그랬어?"

선재는 피식 웃고 화엄사 방향을 바라봤다. 신라 시대부터 이어온 절은 조선 시대에 한 번 불탔지만 재건되었다. 선재가 죽은 다음에도 어떻게든 살아남을 것만 같았다. 천 년 넘는 세월 동안 한 자리에 버티고 섰던 건축물을 다음 세대로 넘기려는 사람의 유지가 절간 하나하나에 서린 듯했다. 왕이 증축한 절은 왕조가 없는 세상을 맞이했다. 왕이 없는 세상에서도 불목하니가 사라지고 공양주 보살이 사라졌다. 마침내 화엄사 들매화가 화엄사를 떠날 차례가 된 것인지도 몰랐다.

어쨌거나 이번만큼은 화엄사 들매화를 지키고 싶었다. 선재는 드론을 작동시켰다. 드론은 넷씩 조를 이루어 가방을 들고 허공으로 떠올랐다. 축전지와 발전기가 든 가방은 화엄사 방향으로 향했다. 목적지는 큰절 앞마당이 아니라 구층암이었다. 절간 앞에 지키고 선 이들의 눈을 생각하면 큰절 앞마당에 냅다 내려놓을 수는 없었다. 감시카메라의 눈까지 피하려면 구층암이 딱 좋았다. 구층암 주지인 조안이 해탈이가 살생하지 않도록 쫓아다니다가 보급 가방을 발견하길 바랐다.

드론이 도착하기까지는 제법 오래 걸렸다. 사람이 직접 조종했기 때문이었다. 통신 장비 전반이 제대로 작동하지 않았다. 풍속과 풍향을 쉴 새 없이 확인하며 목표 좌표를 눈으로 살펴야 했다. 까다로웠다.

마침내 드론을 구층암 앞마당이라 추정된 곳에 낙하시켰을 때, 선재와 지안은 열렬하게 포옹했다. 아무도 보지 않을 산속에서 단둘이 오래오래 끌어안았다.

어느새 해가 지고 있었다. 뺨에 닿는 산바람도 순식간에 싸늘해졌다. 선재와 지안은 말없이 하산했다. 길이 제대로 나지 않은 비탈은 내려가는 게 더 힘들었다. 이야기를 나눌 겨를이 없었다. 넘어지지 않는 것만 해도 용했다. 험한 비탈을 만나면 먼저 내려간 쪽이 손을 내미는 정도가 다였다.

땅거미가 지는 중 선재가 산기슭에서 불현듯 걸음을 멈추었다. 계곡에서 반달가슴곰 하나가 물을 마시는 중이었다. 어둠이 내린 이후라 분간이 어려웠지만 한번 시야에 잡히니 모습이 분명하게 보였다. 선재와 지안은 몸을 숨기고 곰이 떠날 때까지 움직이지 않았다. 곰이 사람을 해치려고 마음먹으면 사람이 도망갈 길이 없으니 지나가도록 기다리는 게 최선의 수였다. 마침내 곰이 산 너머로 어슬렁어슬렁 넘어갔다. 비로소 두 사람이 긴장을 풀 수 있었다. 맹수에 대한 공포로 바짝 긴장했다가 늘어지니 괜스레 웃음이 나왔다.

선재에게도 비밀이 하나 생긴 날이었다.

*

화엄사는 결국 동안거가 끝나는 날까지 행정대집행 예고에 견디어 맞섰다. 전기가 잘 전해진 모양이었다.

조계종은 동안거 해제와 함께 화엄사 투쟁에 동참하기로 했다. 종단의 동참 선언을 기점으로 불교계 전체가 들고 일어섰다. 시민 단체와 지역민에 국한했던 지지 여론은 어느새 전국으로 퍼졌다. 화엄사 측에서는 개화 시기가 늦춰진 덕에 시간을 톡톡히 벌 수 있었다.

결국 청와대에서는 긴급 입장표명에 나섰다. 화엄사 들매화를 그대로 보전하겠다는 내용이었다. 기념수목보전위원장의 독단적 행동이며 철저히 조사하고 관련자를 경질하겠다는 말도 뒤따랐다. 그날 선재는 표정을 관리하느라 애썼다. 은영이 역정을 부리는 내내 웃음을 참느라 곤혹스러웠다. 퇴근하는 길에는 지안과 함께 축배를 들었다.

지안이 선창했다.

"웃기는 거 참아가며 단체로 사직서 내느라 고생했다. 성공적인 백수의 삶을 위하여."

"에이, 너무했다. 온건하게 가야지. 이은영이 길 가다 벼락 맞기를 위하여."

두 사람은 잔을 부딪쳤다. 어쨌든 근사한 저녁이었다.

은영은 몇 가지 절차를 거친 후에 경질당했다. 그 자리에는 대통령의 측근이 대신 올라왔다. 은영이 내내 라이벌로 여겼던 천연기념물센터장이었다. 전형적인 학자 타입이었는데, 끽해야 선재의 큰언니뻘이나 될까 한 나이였다. 사람이 점잖고 상식적인 상사라는 중평이었다. 새 위원장은 기념수목을 최대한 본래 자리에서 보전하기 위해 시설을 조성하겠노라 발표했다. 그제야 화엄사 측에서도 농성을 풀었다. 새 위원장과 해량이 악수하는 모습이 곳곳에서 보도되었다.

"큰스님도 가뿐해 보이시네."

"능구렁이 할아버지는 그 고생을 하고도 늙지를 않으시네."

"예끼! 너는 아침부터 못 하는 말이 없냐. 후배도 데려다 놓고는 부끄러운 줄도 모르고."

"선배가 그렇죠, 뭐."

선재와 지안은 며칠째 선재네 집에서 뒹굴고 있었다. 학생 시절부터 워낙 드나들었으니 진희도 지안과 제법 허물없는 사이였다. 쌍으로 무직자가 되고 나니 거리낄 것도 없었다. 둘이 붙어서 고전 보드게임을 하는 사이 진희는 화엄사 농성 해제 소식을 이것저것 찾아보았다.

"음마. 이따 대중공양을 한단다. 너도 가서 해량 스님께 안부 좀 여쭙고 와라. 지금 나가면 공양 시간까지 닿겠다."

"내가 가서 뭐 해."

선재가 심드렁하게 답했다. 진희가 언성을 높였다.

"나보다는 니가 가는 게 낫지 않겠냐. 좀 군말 없이 가라."

"덕은 스님 안부가 궁금하면 엄마가 가서 물어."

"아, 그러면 내가 직접 가서 묻겠지! 해량 스님께 큰절 올리고 말씀이라도 듣고 오라니까 말이 많냐. 싫으면 가지 말어라."

"하이고, 가랬다 말랬다 참 갈대 같소. 후다닥 갔다 오지, 뭐."

선재가 자리를 털고 일어나 기지개를 켰다. 지안이 뒷정리를 하고 꾸벅 인사한 뒤 선재를 따라갔다. 둘 다 나들이옷이래도 손색없을 가벼운 차림이었다.

음식입출력기가 상용화한 다음부터 대중공양은 좀 색다른 음식을 먹는 날이 되었다. 다들 함께 모여 큰상을 받는다는 의의가 있었다. 선재는 아직 서늘한 3월 공기 사이를 사뿐사뿐 걸었다. 오후부터는 풀릴 거라는 일기예보가 있었다.

구례는 서울보다 한결 따뜻했다. 성질 급한 나무는 벌써 새순이 무성했다. 선재와 지안은 구례역에서 전동기를 빌려 화엄사로 향했다. 겨울과는 완연히 다른 풍경이었다.

어찌 된 일인지 매표소 앞은 텅 비어 있었다. 차량차단기도 올라간 채였다.

"대중공양하는 날이라고 개방했나? 이 양반들이 그렇게 심보가 넉넉하지는 않은데?"

"선재 너는 진짜 못하는 말이 없구나."

"내가 그렇지. 갑시다, 채지안씨. 가서 욕먹어야지."

각오가 무색하게도 선재는 핀잔 하나 듣지 않았다. 오히려 만나는 승려마다 싱글벙글거렸다. 은혜는 다짜고짜 합장하며 보살님 건강을 축원한다는 말까지 덧붙였다. 도통 알 수 없는 노릇이었다. 더더구나 해량이 머무는 요사채 앞에 나갔을 때는 해량이 선재를 들쳐 매고

둥기둥기 춤까지 추었다.

"내가 화엄사에서 호법국장 할 때 너를 이렇게 안아 주었어야 했는데, 아쉽고 또 아쉽구나. 공양드리러 가자꾸나."

"저도 내일모레면 마흔입니다. 내려주십쇼. 아니, 해량 스님 말고도 다 이상합니다. 도대체 다들 저한테 왜 이럽니까? 아까는 은혜 스님이 대뜸 축원부터 했습니다."

"공양간에 가서 공양드리다 보면 자연히 알 일이다. 가자꾸나. 내가 지난겨울부터 너한테 몇 번이나 공양드리자 했는데 이번에도 거절하진 않을 것이다. 여여심 보살님 말씀 때문에 왔느냐?"

"대신 안부 전해 드리라고 하셨습니다."

"덕분에 늘 건강하게 지낸다고 전해 드려라."

해량은 병아리를 몰고 가는 어미 닭처럼 두 사람을 공양간으로 이끌었다. 선재는 범음료 공양간에 간 다음에도 바짝 긴장했다. 공양간에 들어찬 사람들이 선재를 바라보는 눈초리가 뭔가 수상쩍었다. 다들 실실 웃는 얼굴이었다. 지켜보던 지안이 말했다.

"진정하고 밥부터 먹어. 좋은 일 있으니까 반가우신가 보지. 들매화만 안 옮기면 너랑 화엄사 사이에는 아무 문제 없는 거 아냐. 절밥 처음 먹어 보는 내 감상이나 들어. 한국 음식인데 마늘이 빠지니까 너무 이상하다."

"뭔가 문제가 있어. 어디서 잘못된 게 틀림없어. 엄마한테 직장 때려치운 거 들었나? 아니면 또 뭐지? 우리 엄마가 또 나랑 너랑 결혼할 것 같다고 난리 쳤나?"

"설마. 이번에 백수 됐는데 또 그러시려고. 연근 안에 든 거 호두랑 대추인가? 되게 맛있다."

"나까지 백수가 됐잖아. 방심할 수가 없어. 우리 엄마 끈질긴 거 알잖아."

나란히 앉아 목소리를 낮추며 이야기하던 두 사람의 시선이 잠시 맞은편으로 떨어졌다. 중년 승려 하나가 웃는 낯으로 자리에 앉았다. 얼굴이 수척한 게 컨디션이 영 나빠 보였지만, 선재는 눈을 뗄 수 없었다. 선재와 기막힐 만치 닮은 얼굴을 선재는 익히 알고 있었다. 어려서 몇 번이나 만났던 덕은이었다.

선재는 숟가락을 내려놓고 말했다.

"혹시 덕은 스님 되십니까? 여여심 보살님이 보내서 왔습니다."

덕은은 고개를 끄덕거리고 대꾸했다.

"지난겨울에 희한한 일이 하나 있었습니다. 농성할 때 말입니다. 우리 절에 축전지가 잔뜩 든 가방이 떨어졌지 뭡니까. 보니까는 거기에 매듭이 좀 특이하고. 어디서 많이 본 매듭인데 이거 뭔가 싶었습니다. 나중에 생각해 보니 전에 화엄사에서 공양주 하시던 여여심 보살님이 꼭 그렇게 매셨습니다. 인연인가 했습니다."

춘삼월 좋은 날에도 목에는 워머를 두르고 머리에 비

니를 뒤집어쓴 차림이 누가 봐도 환자였다. 그 와중에도 얼굴은 선재와 똑 닮았는데, 병색이 완연하여 죽어가는 자 특유의 바스라질 것만 같은 분위기가 감도는 것만은 달랐다. 나무토막으로 깎아 만든 인형이 걸어 움직이는 듯했다.

  선재는 비로소 덕은이 남 같았다. 어린 시절 기억 속에 어렴풋하게 바라보았던 젊은 수행자도 아니었다. 그저 늙고 병든 승려 하나였다. 지친 몸으로도 애써 웃으며 더듬더듬 이야기하는 모습이 애처로웠다. 피붙이에 대한 친애나 회한보다는 낯선 이의 딱한 처지를 보고 연민하는 마음에 가까웠다.

  "무슨 이야기를 하고 싶으십니까."

  "수행자가 아무리 애써도 공양주 공덕은 그 세 배라 하더이다. 그 축전지 보낸 분 공덕도 공양주 공덕이라 할 수 있지 않겠습니까. 마침 화엄사도 공양주가 지었다는 설화가 있습니다. 정유재란 때 활활 탄 장육전을 재건해야 하는데, 문수보살 님께서 화주승을 하나 구해주겠다고 현몽하셨지요. 물이 든 항아리에 손을 넣고 밀가루가 든 항아리에 손을 넣었을 때 손에 아무것도 묻지 않는 사람이 바로 화주승이다, 해서 다들 해 봤는데 전부 손에 밀가루가 묻는 거야. 그래서 주지가 봤더니 딱 하나, 공양주만 그걸 안 해봤더래요. 공양주가 그걸 듣고 사양했는데 손가락을 찔러넣으니 기막히게 아무것도 안 묻어. 몇 번을 해 봐도 밀가루 하나 안 묻길래 이게 정녕 문수보살 님 뜻이구나, 했답니다. 그날 나가서 처음 보는 사람이 보시할 거라는 꿈을 꾸고 공양주가 절을 떠나서는…."

"저 그 얘기 압니다. 거지 노파를 만났는데 노파가 도대체 뭘로 시주하겠느냐며 고민하다가 우물에 빠져 죽잖아요. 그 뒤로 죄책감 때문에 거지꼴로 돌아다니다가 공주 만났는데 공주가 무척 반가워하고. 알고 보니까 공주가 노파의 환생이고."

"저는 그 이야기가 무척 좋습니다. 그래서 보살님께 말씀드리고 싶었습니다."

덕은은 말을 마치고 천천히 식사를 시작했다. 남들이 이것저것 차려 먹는 와중에도 덕은 앞에는 죽 한 그릇이 놓인 게 전부였다. 선재는 식탁 밑으로 지안의 손을 꼭 잡고 꾸역꾸역 음식을 밀어넣었다. 먹는 속도는 일부러 덕은에게 맞추었다.

덕은과 함께할 처음이자 마지막 식사는 생각보다 싱숭생숭했다. 선재는 식사를 끝내고도 범음료 앞을 발길 닿는 대로 서성거렸다. 덕은은 공양을 마치자마자 선원으로 올라가는 모양이었다. 선재가 범음료 앞을 몇 바퀴 도는 동안 지안은 묵묵히 선 채로 기다렸다. 마침내 덕은의 뒷모습이 완전히 사라진 다음에야 선재가 입을 열었다.

"저번에 못 한 화엄사 구경이나 느긋하게 할래? 관광은 확실하게 시켜줄 수 있는데."

"나야 좋지. 그런데 그 얘기는 어떻게 끝나?"

"공주가 왼손을 쥔 채로 태어났는데 화주승을 보니까 그 손이 대번에 펴지더라는 거야. 손바닥에 장육전이라고 쓰여 있었대. 그렇게 해서 왕이 절을 지은 게 각황전이래. 대웅전 고양이 이름도 거기서 따왔어."

"금손이?"

"응. 다시 절 지은 왕이 숙종이라는 얘기가 있거든. 숙종이 기르던 고양이 이름이 금손이야. 내가 중학생 때 지었지. 개도 벌써 스물한 살이니 시간 참 빠르다."

둘은 천천히 대웅전 앞마당을 향해 걸어 나갔다. 천왕문 앞에서 보제루와 범종 사이로 가면 대웅전 앞마당에 좌우로 오층석탑이 하나씩 놓여 있었다. 그 옆에 각황전이 직각으로 세워져서 객들을 반겼다. 점잖게 지은 목조 건물은 단청 없이 아름다운 세피아톤이었다. 눈을 감고 그릴 수도 있을 것 같았다.

선재는 지안의 손을 잡고 각황전과 대웅전 사이로 이끌었다. 갑자기 머리 위에 드리워진 커다란 나무 그림자에 지안은 목을 뒤로 꺾어 위를 쳐다보았다. 지안의 머리에서 한 길은 떨어진 높이에 흑매화 한 그루가 진하다 못해 쨍한 분홍색 꽃을 피워올리고 있었다. 화엄사의 화엄은 꽃으로 장엄하게 꾸민다는 의미였다. 나뭇결이 고스란히 드러난 각황전 처마 사이사이로 흑매화 꽃잎이 흩날렸다.

바야흐로 봄이었다. 무엇이든 해낼 수 있고, 무슨 일이든 일어날 수 있을 것 같았다. 선재는 흑매화를 올려다보며 이 나무 역시 들매화처럼 유장한 세월을 견디길 기원했다. 그 아래에는 다음 천 년까지 화엄사가 버티기를 바라는 마음이 반석처럼 깔려 있었다.

좀비 정국에 올리는 편지

큰엄마, 안녕하세요? 저는 개표 방송을 보면서 이 편지를 쓰고 있습니다.

마침 여당 지도부 사이에 큰엄마가 보이네요. 이런 날일수록 다들 당 상징색으로 차려 입기 마련인데, 큰엄마 혼자 검정 셔츠에 스리피스 검정 정장을 입고 계시니 유독 눈에 띕니다. 아니나 다를까, 큰엄마가 상복을 상징하는 검정 옷을 입었다며 방송사에서 자막을 달고 난리네요. 이번 총선 내내 큰엄마가 검정 옷을 입고 다녔던 게 쇼맨십의 일환이라는 코멘트도 이어집니다.

카메라 너머 큰엄마는 참 낯서네요. 다른 사람 같아요. 매스컴도 비슷한 인상을 받았나 봅니다. 선거 본부의 곳곳을 촬영하다가도 큰엄마가 화면에 뜨기만 하면 '굳은 얼굴의 응우옌 대표' 같은 자막을 띄웁니다. 선본에 그득 놓인 의자 맨 앞줄 정중앙에서 원내대표와 나란히 앉아 있는 모습이 방금 잡혔습니다.

출구 조사 결과가 막 공개된 참입니다. 선본에서도 출구 조사 이야기를 하느라 바쁘시겠죠. 방송에서는 본격적인 개표에 앞서 정치평론가들이 선거에 대한 이런저런 예측을 나누고 있습니다. 전부 알 만한 사람들입니다. 야당의 최고위원직까지 단숨에 올랐다가 어머니 병수발을 들기 위해 정계를 은퇴했던 전직 검사, 아들의 의학고등학교 입학식에 참석했다가 양육자 모임에서 정권 비리의 실마리를 잡아 극적으로 폭로해 낸 법의학자, 자영농조합의 열성적인 지지자인 언론인, 전임 대통령의 오른팔이지만 피선거권을 잃은 정치 낭인…. 하나같이 입을 모아 이번 총선 출구 조사 결과에 대해 떠들고 있습니다.

임시정부 수립 이래 최초의 좀비 정국이니만큼 다들 들뜬 모양입니다. 몇몇은 임정 수립이 아니라 단군 이래 최초라고 소리 높여 떠들기도 하더라고요. 신화시대 이래 선거가 몇 번이나 있었다고 이러는지 모르겠지만요.

냉소적으로 이야기하고 있지만 실은 저도 조금은 들뜬 마음입니다. 바야흐로 좀비 정국입니다. 영화에나 나올 것 같은 일이지요. 교과서엔 이 일이 어떻게 기록될까요, 큰엄마는 어떨 것 같으신가요? 저는 좀비 사태에 한 표 던지겠습니다. 사건이라기에는 장기간 이어지고 있으며 현상이라기에는 재해에 가까우니까요.

좀비 사태야말로 이번 총선의 가장 큰 관심사입니다. 누구도 부정할 수 없을 것입니다. 더군다나 큰엄마도 아시다시피 저는 부산에 살고 있습니다. 그 부산 아니겠습니까. 한국전쟁 이래 피난의 성지였고 남한 제2의 도시인 그 부산은 좀비 사태의 영향을 가장 크게 받은 도시일 게 분명합니다, 라고 쓰고 보니 제가 한 말이지만 과장이 심하네요. 어쨌든 부산은 좀비 사태에 다시 한번 피난처로서 이름을 드높였습니다.

저는 아직도 그날이 눈에 선합니다. 부산에는 여우비가 내렸습니다. 어째 날이 궂지도 않은데 무릎이 아프더라며 할머니가 너스레를 떠셨지요. 마른 하늘에 비가 한 차례 내리고 지나갈 때쯤 갑자기 통신 장비들이 불통 되기 시작했습니다. 통신 시설 전반의 문제인지, 단골 카페에서 커피를 구입하려는데 기기들이 작동하지 않았습니다. 결국 그날은 외상을 긋고 나왔습니다. 그것도 단골에게나 가능한 일이라 카페 사장님이 참 곤혹스러워하고 있었지요.

유선과 무선을 가리지 않고 통신 장비가 엉망인데 오직 TV만 제대로 굴러갔습니다. 세상 돌아가는 일을 TV로만 알게 된다니 난생처음 겪은 일이었습니다. 어쨌거나 TV에서는 정부 대변인이 전국가적 통신 재해를 선포했습니다.

사람들이 통신망 고장을 원망하고 있을 때, 서울에서 출발했던 KTX가 그 어떤 역에도 정차하지 않고 그대로 부산을 향해 달렸을 줄 누가 알았겠습니까? 행정부와 입법부의 주요 인사들이 세종시에조차 들르지 않고 부산역에 내렸다더군요. 그다음 열차부터는 '열차 노면에 관한 기술적인 문제' 때문에 대구에조차 이르지 못했다니 우습기 짝이 없는 일입니다. 큰엄마는 여전히 여의도에 계셨지만요.

정치평론가들이 스포츠 선수 소개하듯 큰엄마를 호명하고 있네요. 마침 큰엄마가 여의도를 지키고 있던 날의 동영상이 나옵니다. 이번 총선에 모든 방송사가 언급하지 않고는 배길 수 없는 순간이라고 생각합니다.

사태 발발 이래 몇 번이나 보았지만, 언제 봐도 근사한 그림입니다. 행정부 수반과 국회 의장을 비롯한 주요 인사들이 통신 시설을 마비시켜가며 국민 몰래 부산으로 피난을 떠났지만, 여당 대표는 여당의 집행부와 일부 야당 의원들과 함께 여의도를 지키고 있다니…. 대통령과 각을 세운 여당 대표에게 이만한 그림이 있을까 싶습니다. 점퍼 소매를 걷고 뒤로 머리를 질끈 동여맨 채 비상사태를 진두지휘하는, 반백의 전직 종군 기자….

잠시 펜이고 넋이고 다 놓고 큰엄마가 텅 빈 의사당을 장악한 모습을 구경했습니다. 환장하게 멋있네요. 큰엄마 쇼맨십은 알아줘야 한다 싶습니다.

큰엄마가 일하던 모습을 가까이서 지켜볼 때도 참 많이 설렜습니다. 국토부 장관으로 임명되셨을 때 국정 감사에 들어갔던 날을 기억합니다. 큰엄마나 저나 큰 곤욕을 치렀었죠. 시조카가 다른 정당 비서관으로 일하고 있는 것이 특혜가 아니냐면서 말입니다. 필부의 입장에서는 언론이 특히 고생스러웠습니다. 그때 모시던 영감님부터 동료들까지 입을 모아 저를 위로하곤 했습니다.

저는 그 무렵 구설에 오르지 않기 위해 큰엄마를 의도적으로 피했지만, 큰엄마가 답하신 내용만큼은 기억합니다.

"전 남편과는 같은 정당에 있다가 전 남편이 분당해 나가면서 이혼했습니다. 누가 그렇게 이혼해 놓고 시조카 취업을 알선해 준답니까? 부당한 의혹입니다. 비서관 채용의 투명성은 그쪽 의원실에 문의하십시오."

큰엄마의 이혼은 나름대로 세기의 스캔들이었지요. 국정감사 첫째 날부터 폭탄 발언이 터지자 일파만파였습니다. 저는 그때 큰엄마가 참 큰 정치인답다고 생각했습니다. 밤새도록 큰엄마 의원실 연구 용역비를 규탄하는 자료를 만들었는데, 큰엄마가 기술을 걸자 정확히 먹혀들어가 제 자료는 쉽사리 언론에 보도되지 않았으니까요.

그래도 제가 그때 자료를 참 제대로 만들긴 했나 봅니

다. 큰엄마는 저와 의원실에서 마련한 자료 덕분에 장관직에 낙마할 뻔하셨지요. 당시에는 청와대와 살가운 관계를 유지하셨으니만큼 대통령의 강행에 힘입어 무사히 국토부 장관이 되셨지만요.

큰엄마 같은 거물 정치인의 입지를 뒤흔들 뻔한 자료를 만드는 건 참 피 말리는 일입니다. 아니나 다를까 저는 아직도 고향에서 요양 중이잖아요. 짧은 여의도 생활은 저에게 여러 가지를 남겼습니다. 지금까지 유용한 걸 하나만 꼽으라면 차 타고 급하게 취식할 때 아무것도 흘리지 않는 기술 정도네요.

과로와 소문에 지쳐 여의도를 떠나 부산으로 돌아왔을 때, 저는 패배자가 된 기분이었습니다. 서울의 속도는 남한의 그 어떤 도시보다 빨랐습니다. 여의도는 서울에서도 유난히 빠른 축이었습니다. 매일매일이 요지가지로 새로운 대한민국의 중심 중 중심이니까요. 저는 부산에서도 한동안 여의도의 속도로 살았습니다. 덕분에 스스로를 조금 많이 미워했습니다.

십몇 년 만에 부산에서 살아가자니 보고 듣고 접하는 모든 것이 지겨웠습니다. 여전히 여의도의, 또는 서울의 속도로 살아가고 있는 친구들과 거의 연락하지 않았습니다. 부표처럼 어디로 가지 못한 채 둥둥 떠서 그 자리를 지키기만 하고 있다는 자괴감에 절어 있을 때였습니다.

토마토 철이 와버렸지 뭡니까. 큰엄마도 익히 아시다시피 부산 토마토는 맛있습니다. 그리고 할머니는 손이 아주 큽니다. 할머니 아는 보살님네 딸 친구가 토마토 농사를 짓는데 그 집 도마도가 아주 기가 막히다면서 글쎄 70킬로그램이나 들여 오셨습니다. 처음에는 어안이 벙벙했습니다. 요새는 김장도 그렇게는 안 하는데 말입니다. 50킬로그램은 후숙해서 먹을 것이고 20킬로그램은 바로 먹을 수 있는 완숙 토마토라면서요.

황당하시죠? 손녀인 저도 황당한 심경인데 큰엄마는 이런 분이랑 인척으로 만나서 오죽하셨겠습니까. 황당해가지고 말도 안 나왔습니다. 말리고 담그고 무치고 갈고 별별 짓을 다 해서 토마토 50킬로그램은 너끈히 해치웠습니다. 토마토를 10킬로그램 단위로 말려서 올리브유에 재우고 있자니 서울이고 여의도고 아무것도 생각나지 않았습니다. 하루 종일 토마토 소스를 만들던 날에는 거제 멸치로 담근 앤초비를 사와야겠다고 생각했습니다. 귀향한 이래 처음으로 부산 사람이 된 기분이었습니다.

그러고 보니 이번 총선은 제가 투표권이 생긴 다음 처음으로 부산에서 투표한 선거네요. 마침 개표 방송도 부산 경남 지역으로 넘어가는 참입니다.

좀비 사태 당시 부산 시장이었던 양반이 굳이 시장직을 사퇴해가며 총선까지 출마하는 꼴을 보고 있자니 기분이 참 오묘합니다. 심지어 개표 초기인데 이기고 있네요. 개표함 다 까보기 전까지는 모르는 일이지만 벌써부터 당선 유력 배지를 달고 있습니다.

부산 시장으로 재직 중에 공영의료원 세 군데를 전부 폐쇄해버린 분이 당선 유력한 알짜배기 지역구 후보가 될 줄 누가 알았겠습니까? 의료원의 폐쇄자가 어느새 좀비 사태의 구원자가 되다니 역설도 이런 역설이 없습니다. 개표 방송마저 철통 같은 성문 위에서 좀비를 막아내는 모습이네요. 전쟁 중인 성탑 벽면에 〈낙석 주의〉와 〈좀비 주의〉 표지판이 붙어 있고요. 남한 최초로 〈좀비 주의〉 표지판을 만든 사람답습니다.

좀비 사태 때 부산 시장이 벌였던 일을 생각하면 아직도 눈살이 찌푸려집니다. 좀비 사태 발발 직후, 부산은 철저하게 폐쇄 정책을 유지해야 한다면서 수혈팩 이송 차량의 출입까지 통제했던 것은 지역 사회에서도 악명이 높습니다. 정치는 생물이니만큼 악명은 위명이기도 하지요. 리스크를 감수하고 부산 시민을 우선적으로 보호하고자 하는 결단을 내린 정치인이란 평가를 볼 때면 코웃음을 치게 됩니다.

그렇게 외부와의 접촉을 삼갔는데도 부산 시내에 좀비가 나타났을 때, 시장이 어떤 표정을 지었을지 모르겠습니다. 저는 그날 이르게 귀가해서는 할머니와 함께 토마토 김치를 담그고 있었습니다. TV를 틀어놓고 껍질을 벗긴 채 다라이에 담긴 토마토와 전투를 방불케 하는 김장 작업에 착수했지요.

속보에 속보를 거듭하는 지역 방송에 무감해질 무렵 갑자기 TV에서 비명이 들렸습니다. 저는 가는귀먹은 할머니 대신 거실 TV 앞으로 달려갔습니다. TV에서는 서면 한복판에서 사람이 사람을 물어뜯는 모습이 그대로 방송되고 있었습니다. 저는 고무장갑을 벗지도 못하고 망연자실한 채 한동안 우뚝 서 있었습니다.

서면 한복판 왁자한 번화가는 아수라장이 따로 없었습니다. 목줄기를 물어뜯겨 피투성이가 된 시체들이 비틀거리며 카메라를 향해 다가오고 있었습니다. 불규칙적으로 흔들리는 카메라는 신음과 비명 사이에 가까운 목소리를 그대로 전달했습니다. 그야말로 현장의 목소리였습니다. 촬영자는 어떻게든 현장을 보도해야 한다는 마음과 생명의 위협이 빚는 공포 사이에서 갈등하는 모양이었습니다. 서울 방송국이었다면 드론 등을 이용한 무인 장비부터 투하했겠지만 여기는 부산이었습니다.

보도팀의 안전을 위해 촬영이 일시 중지되고 나서 얼마 지나지 않아 무인 장비들이 촬영을 시작했습니다. 공중에서 내려다본 서면은 지옥도였습니다. 분명 눈에 익은 구획인데 도로가 온통 피투성이였습니다. 걸어다니는 시체들은 작은 물고기가 군체를 이루며 바다를 유영하듯 천천히, 그러나 확실하게 사람의 파도를 이루며 서면을 점령했습니다. 사람이 무리 지어 지나가는 것과는 근본적으로 달랐습니다. 행선지가 중구난방인 듯했고 서로 부딪히기를 망설이지 않았습니다. 드론이 도로에 가깝게 다가가자 차에서 미처 빠져나오지 못한 사람들이 보였습니다. 차 안에 갇힌 시민들은 표정을 그대로 방송해도 좋을까 싶을 정도로 절망적이었습니다. 몇몇 차량은 시체가 올라타 앞 유리가 파손되었습니다.

그날 서면에는 군경이 투입되었습니다. 폐쇄도 동시에 진행되었습니다. 부산은 물론이오 인근의 김해에서까지 경찰 버스를 가져와서 도로란 도로는 죄다 틀어막았습니다. 건물에서 미처 나오지 못한 사람들을 대피시키기 위해 헬리콥터를 운용했습니다. 창원과 대구에서까지 헬리콥터란 헬리콥터는 득득 긁어모았습니다. 사흘에 걸친 구조 작전 끝에 고층 건물에 남아 있던 사람들이 서면을 탈출했습니다.

행방불명자는 많았으나 희생자라고 함부로 이를 수 없었습니다. 혹시라도 어딘가에 살아남아 있을 수 있었습니다. 지옥 같은 사흘이었습니다. 저와 할머니도 다른 부산 시민들처럼 비상식량이 될 만한 것들을 쟁이려고 나섰습니다만 이미 한발 늦었는지 마트의 몇몇 코너는 텅텅 비어 있었습니다. 조손이 낙심한 채 귀가했지만 그래도 위안거리는 있었습니다. 할머니가 홈쇼핑 중독자여서 다행이었습니다. 지진 피해를 대비한 가정용 소형 발전기가 할머니댁 홈쇼핑 물건 수납장에 얌전히 잠자고 있었습니다. 사태가 일단락될 때까지 전기와 수도는 온전했지만 당시 저와 할머니에게 발전기의 존재는 아주 중요했습니다. 비상시에 무엇이 가장 필요하겠어요? 마음의 지주겠지요.

통신망이 복구되기까지는 일주일이 걸렸습니다. 건물에 숨어 있던 생존자들이 하나둘씩 구출되었습니다. 우리는 CCTV 영상을 통해 서면에서 벌어진 참극이 어떻게 시작되었는지 낱낱이 알게 되었습니다. 서울에서 온 한 부부가 아이를 데리고 서면 롯데호텔에 향했습니다. 남편은 아이를 안고 있고 아내는 커다란 기저귀 가방을 멘 채 관광객용 팸플릿형 지도를 펼친 채였습니다. 남편이 보채는 아이를 안아서 달래다가 아이에게 물리며 비명을 질렀습니다. 놀란 아내가 남편을 바라보자 남편은 아내를 안심시키며 상처를 압박하는 듯하더니, 곧 아내를 물었습니다. 피투성이가 된 가족에게 사람들의 시선이 쏠렸고, 아내는, 그리고 남편은, 사람들을 물기 시작했습니다. 아이는 남편의 품에서 떨어졌으나 아픈 기색 하나 없이 맨바닥을 기어다녔습니다.

화면 속에 움직이는 시체들을 달리 부를 방법이 없었습니다. 좀비였어요. 좀비가 서면을 점령했습니다. 제법 전국적인 현상이라는 것도 알게 되었습니다. 특히 서울은 미군을 포함하여 군부대를 투입한 이후에나 좀비가 일소되었으며, 대통령은 며칠 전에 부산으로 피난왔다는 사실까지요.

온 나라가 초상집이었습니다. 서울은 수월하게 좀비를 진압했다고 들었습니다. 워낙 인구가 많으니 희생자의 절대 수가 만만치 않았다지만요. 부산은 그나마 사정이 나은 편이었습니다. 좀비들은 오르막도 내리막도 힘든 모양이었습니다. 그러면서 부산에서 살아남기는 녹록지 않지요.

산이 많아 다행인 지역에 사는 저는 평야 지대에 살고 있는 사람들을 염려했습니다. 동시에 비겁하게도 제가 평야 지대에 살지 않는다는 사실에 안도했습니다. 산이 많은 대도시에 산다는 것은 좀비 사태에도 별다른 불편을 겪지 않고 통제 구역만 피해서 일상을 그대로 영위할 수 있다는 뜻이었습니다. 저는 김제나 나주평야 지대의 사람들은 도대체 좀비를 어떻게 맞이했을까 상상했습니다. 그런 곳에 살지 않아 다행이라고 생각하면서, 그 지역 사람들이 어떻게 살아남았는지 궁금했습니다. 마침 제게는 김제에서 농사를 짓는 사촌이 있지 않았습니까.

큰엄마도 그때 소식 들으셨겠지요. 언니가 김제에서 농사를 지었던 지도 벌써 십 년입니다. 여야를 아우르는 유명 정치인의 맏딸이 김제 사는 농사꾼, 그것도 소규모 자영농이라는 것은 여의도의 가십이기도 했습니다.

지주는 서울에 살고 농사는 소작농이 기계를 조작하는 부재농이 대다수인 시대입니다. 소작도 치지 않고 농토에 직접 트랙터를 굴리며 오리 농법으로 쌀농사를 짓는 건 퍽 언니다운 일이었습니다.

전화를 걸 때 언니는 은근히 신나 보였습니다. 김제의 농업 종사자들은 좀비에게 순순히 길을 내주지 않았습니다. 언니는 유쾌하게 이야기했습니다. 자영농과 소작농을 막론하고 주요 진입로에 차폐벽을 친 다음 드론으로 기화 물질을 살포했다면서요. 지역 단위로 드론을 징발해 좀비가 접근하는 것은 아닌지 지역 경계선을 감시하기도 했다고 합니다. 유해조수의 근접을 막는 원거리 포획 저지 기구도 충분하니, 김제는 안전하다면서 으스대기까지 했지요.

언니의 유쾌한 목소리에는 이면이 있었습니다. 언니는 한바탕 무용담을 늘어놓은 뒤, 한 톤 가라앉은 목소리로 말했습니다. 언니 같은 자영농이면 몰라도 소작농들은 농사 기구와 약물 무단 사용 때문에 법정 공방이 예정되어 있다고요. 그게 말이 되느냐고 묻자 이미 몇몇 농가는 부재 지주에게 고소당한 상태라고 답했습니다. 이주민인 소작농 몇몇은 추방 위기에 놓이기까지 했다면서요.

저는 여의도에서 일하면서 각종 사회 모순을 자주 접했습니다. 세상에는 옳은 일을 하고도 덤터기를 쓰거나 좋은 의지로 불법적인 일을 하는 사람들이 있었습니다. 그들이 선의에 어떤 대가를 치르는지 아주 익숙했지요. 한데 이번에는 조금 달랐습니다. 언니야 자영농이니만큼 자신의 농토를 지킨 것입니다. 하지만 언제든지 떠날 수 있는 소작농이, 특히 이주자들이 어째서 그렇게 행동했는지는 의아했습니다. 평야는 넓고 도심과는 좀비의 수가 다릅니다. 농가의 특성상 식량도 풍부하겠다, 며칠 버티기만 했으면 조용히 넘어갈 수도 있을 텐데요.

다들 왜 그렇게 필사적으로 좀비를 막았느냐는 제 물음에 언니는 너무나 태연하게 답했습니다. 쌀을 지키고 있었다고 했습니다. 무슨 일이 있어도 밥은 먹고 살아야 하기 때문에, 사람들 입에 들어갈 쌀을 지키고 있었다고요.

저는 언니의 답변을 듣자마자 눈시울이 붉어졌습니다. 목소리가 잠긴 채 안부 전화를 끊고 나서는 제가 부끄러워 견딜 수가 없었습니다. 사람의 안전이 걸린 사안에 흥미 위주로 접근했다는 사실에 수치심을 느껴, 한동안 언니에게 연락할 엄두도 나지 않았습니다.

그 뒤로 벌어진 일은 가족이 알고 있는 바와 같습니다. 그렇지만 저는 제 방식대로 언니의 마지막을 기억하고 있습니다. 제 기억을 큰엄마에게도 전해 드리고 싶어 이 편지를 씁니다.

언니의 마지막은 언니의 특용 작물 하우스에 달린 감시 카메라에 고스란히 담겼지요…. 언니의 자산이 가장 많이 들어간 곳이었습니다. 높이가 4미터나 되는 데다 층층이 선반이 놓인 최신형 재배 하우스였습니다. 소위 운전석에서 조작하면 구획마다 개별적으로 기후와 온습도를 맞출 수 있는 최신 모델이었죠. 요즘 세상에도 오리 농법을 시도하는 사람답게 한편에는 오리들이 살림을 차렸고요. 우리가 보았던 언니의 마지막은 그 하우스에 달린 감시 카메라 영상뿐입니다.

그 영상은 조금 이상하지요. 하우스 문틈으로 좀비가 들어오고 있는데, 언니는 운전석에 앉은 채 계속 하우스를 조작합니다. 좀비들이 다 들어왔다 싶으면 입구 쪽에 물을 뿌려서 좀비들이 더 빨리 안으로 들어오게 하고, 그래도 속도가 나지 않자 하우스의 거치형 집게를 조작해 자고 있던 오리를 좀비 앞에 가져다 두기도 합니다. 언니 쪽으로 좀비를 유인하는 것처럼 굽니다. 하우스가 제공하는 거의 대부분의 기능을 사용해서 좀비들을 하우스 운전석 쪽으로 끌어들입니다. 마침내 운전석 아래 안전지대로 도피합니다. 바닥에 달린 뚜껑을 열어 아래로 몸을 던진 뒤 뚜껑을 닫으려고 할 때, 안타깝게도 간발의 차이로 좀비의 발이 끼고…. 언니는 그렇게 갔습니다.

언니의 의아한 죽음에 경찰은 사고사라고 결론을 내리고 수사를 마무리 지었습니다. 큰엄마도 큰아빠도 서로 다른 정당에서 선거대책위원장을 맡던 중이었으니 장례는 순식간에 치러졌습니다.

장례식 직전에 큰엄마가 했던 말씀을 기억하시나요?

"세상에서 제일 센 군대가 미군 아닙니까? 우리 할머니는 미군하고 싸워서 이겼습니다. 저는 전쟁터를 쫓아다니면서 언론의 역할을 다했습니다. 이런데 좀비가 무섭겠습니까? 이 응우옌 지혜는 국민 여러분이 안전하지 못한 것이 제일 무섭습니다."

언니도 그런 말을 했습니다. 좀비 따위가 무서운 게 아니라고 이야기했습니다. 언니가 마지막으로 남긴 영상이 이상해 보이는 까닭도 그에 대한 일이었습니다.

어느 날 언니가 뜬금없이 시간이 되느냐며 연락했습니다. 피차 나이 먹은 사촌지간에 왕래가 잦은 편은 아니어서 꽤 오랜만이었습니다. 언니의 목소리는 언제나처럼 밝았죠. 언니는 밝고 태연한 목소리로 도움이 필요하다고 했습니다. 처음에는 농사짓는 사람이 무슨 도움이 필요하다는 건가 싶었습니다. 더 이상 농촌에 인력이 많이 필요한 시대가 아니니까요.

언니는 밀항을 도울 수 있는 사람이 필요하다고 말했습니다. 아마 큰엄마가 지금 짓고 계실 표정을 그때의 제가 지었을걸요. 요즘 세상에 밀항이라니 말이나 되는 소린가 싶었습니다. 도대체 무슨 일에 연루된 것인지 들어나 보자 싶어 사정을 캐물었습니다.

언니의 말인즉슨, 함께 좀비의 침입을 막았던 소작농 중에서도 이주자 가족 하나가 남한에서 추방될 위기에 놓였다는 것입니다. 열흘만 버티면 이주자협회에서 변호사를 구할 수 있는데 그 열흘을 버티기가 어려우니 대마도라도 잠깐 보내놓는 게 어떻겠느냐더라고요.

저는 얼토당토않은 소리 말라고 못 박았습니다. 밀항이 장난도 아니고, 관련 부처에라도 이야기하라고, 정 뭐하면 큰엄마나 큰아빠도 있지 않느냐, 필요하면 부모님께 굽히기도 하고 사는 거라고 이야기했습니다. 언니는 눈감아달라고 말하며 이야기를 끝냈습니다.

언니가 마지막으로 남긴 영상에서, 하우스 밖이 어떤 상태였을지 우리는 모릅니다. 저 또한 짐작만 할 수 있습니다. 저는 그저 언니가 어떤 가족의 안전을 지키고 싶어 했다는 것만 압니다. 농장에 침입한 좀비를 혼잣몸으로 유인하는 유일한 방법이 그게 아니었을까 조심스럽게 추측할 뿐입니다.

언니는 괜히 객기를 부린 것일 수도 있습니다. 술도 마시지 않고 맨정신인 채로 아끼던 오리의 목숨까지 걸어가며 좀비들을 유인할 수도 있었겠지요. 그렇게 객기를 부렸대도 죽지 않았을 수도 있습니다. 아마 농촌에 일손이 지금보다 더 필요했던 시절이라면 혼자서 그 많은 좀비를 상대하지 않을 수 있었을 것입니다.

가끔 만약이라는 말이 얼마나 부질없는지 생각하곤 합니다.

저는 아직도 얼마간 순진한 채 살아갑니다. 여전히 과로와 소문에는 진저리가 납니다. 언젠가 서울로 다시 돌아갈 수 있겠지요. 서울을 아예 떠나지 않았을 수도 있겠고요. 아니면 언니처럼 농사를 지으러 떠날 수도 있겠습니다. 계속 부산에 사는 것도 나쁘지 않을 것 같고요. 가정과 상상을 통해 무엇을 할 수 있을지 가늠하는 일은 나이를 먹어도 여전히 즐겁습니다. 시간이 갈수록 제가 영 못 할 일이 무엇인지 짐작할 뿐입니다.

언니의 마지막 영상을 지켜보면서 저는 몇 번이고 겁에 질리고 몇 번이나 울었습니다. 언니가 정말로 누군가를 지키기 위해 그렇게 행동했기를 간절히 바랐습니다. 언니의 죽음이 다른 사람을 위한 희생이기라도 되었기를 바라면서요.

저는 큰엄마처럼 역사에 남는 사람은 되지 못할 것 같습니다. 그래도 훌륭한 사람과 가까운 예전 시조카로서 큰엄마를 많이 생각하고 있습니다. 언니처럼 씩씩하고 용감한 사람도 되지 못할 것 같습니다. 하지만 어쨌든 살아가고 있습니다. 좀비 정국의 개표 방송을 지켜보면서 하루를 마무리하고 있기도 합니다.

개표 방송이 벌써 막바지에 가깝습니다. 호남의 개표

결과가 나오고 있습니다. 어느새 후보들은 거의 대부분 '유력'이나 '확정' 등의 딱지를 달고 있네요. 이렇게 총선 한 번이 지나갑니다. 화면 속 큰엄마는 환하게 웃고 계시네요. 내일부터는 상복을 벗고 더 환하게 웃을 수 있기를 바랍니다.

 총선 승리 축하드립니다.
 언니의 사십구재에,
 개구쟁이 시조카 재서 올림.

지속 가능한 사랑

1

언니가 스토킹 혐의로 구속되었다는 소식을 들었을 때, 나는 막 상견례에 들어간 참이었다.

그때 나는 스물여덟 살 난 국회 여당 의원실의 7급 비서였다. 상대는 대학 선배이자 한 살 많은 판사 지망 재판연구원이었다. 우리는 만나는 동안 괜찮은 성취를 거뒀다. 나는 공인노무사 자격증을 취득하고 의원실 7급 비서로 채용됐다. 상대는 장학금을 받아 가며 로스쿨에 진학했다가 변호사 시험에 통과했다. 우리는 숨 가쁘게 보낸 20대를 근사하게 마무리하고 싶었다. 이제 결혼이 우리의 목표가 되었다.

둘 중 하나라도 시험에 떨어졌다면 헤어졌을 관계였다. 하지만 둘 다 붙었으니 이야기가 달랐다. 나는 홀어머니 슬하 딸이었고 그쪽은 홀아버지 슬하 아들이었다. 엄마는 입에 침이 마르도록 말했다.

"내가 이혼했다고 괜히 예람이 너한테까지 뭐라 할 수도 있는데. 그래, 하나님이 우리 예람이를 돌보고 계시나 보다. 제사 같은 이단 짓거리 안 하는 집인 게 제일 든든하다. 신앙이 없는 사람인 건 아쉽지만, 예람이 네가 결혼하고 나서 인도하면 얼마나 좋으니. 네가 괜히 예수님의 사람이겠니."

하나님을 찾는 건 엄마의 말버릇이었다. 엄마는 불안할 때마다 나더러 너는 예수님의 사람이라고 담담하게 말하곤 했다. 엄마의 신앙심에 넌더리 낸 지 오래였으나 마음만큼은 무시하고 싶지 않았다. 이혼 사실이 딸의 흠결이 되지 않기를 바라는 마음은 퍽 간절해 보였다.

양가 자산 규모는 비슷했다. 우리는 직업도 확실했다. 상대가 판사를 지망한다는 이야기를 듣고 엄마는 미소를 감추지 못했다. 나중에 판결문을 낭독하면 멋지겠다는 말을 은근슬쩍 덧붙였다.

이번엔 내 차례였다. 나는 자신만만했다. 학벌도, 직업도 처지지 않았다. 예비 며느리로서 베이지색 치마 정장과 진주 귀걸이는 든든한 갑옷이었다. 결정적으로 나는 엄마를 닮아 미인이었다. 직업상 사무적인 미소를 짓는 일에도 익숙했다. 부자지간에 비슷한 표정을 지으며 손님맞이에 나서는 모습을 보면서 꽤 괜찮은 결혼 생활을 예감할 수 있었다.

예비 시아버지가 나를 탐탁잖아 한다는 소식을 전해 들은 날은 모처럼 생긴 휴일이었다. 모시는 영감, 즉 국회의원 나리도 오늘은 연락하지 말라며 새벽에 기어들어 간 날이었다. 나는 애인과 느긋하게 브런치를 먹을 생각이었다.

집 근처 이탈리아 식당은 괜찮은 장소였다. 햇살은 눈부시고 늦봄 바람은 선선했다. 이 좋은 계절과 여름에 걸쳐 식 준비를 한 뒤, 국정 감사가 끝나고 식을 올릴 예정이었다.

"예람아, 오해하지 말고 들어. 아버지가 딱 하나가 걸린대."

"그게 무슨 소리야?"

"네 직장이 국회처럼 바쁜 데면 나는 누가 챙기냐고 하시더라."

나는 피자를 우물거리다 말고 레몬첼로를 마셔 넘겨 버렸다. 휴일 반주에 불쾌감이 따랐다. 상대는 어쩔 줄 몰라 하며 괜히 물을 달라고 점원에게 부탁했다.

"지금 나더러 결혼하려면 일 그만두라고?"

"그 얘기가 아니잖아. 나는 아버지 의견을 무시할 거야. 결혼 준비에 차질이 생길 수 있으니까 말해두는 거고. 이런 건 미리 말하는 게 낫잖아."

"…그건 그래. 내가 먼저 화냈네. 미안. 미리 말해두는 게 낫지."

"내가 미안할 일이지. 변호사 아들 둔 유세를 부리고 싶은 모양이야. 지긋지긋한 양반."

그 뒤로는 늘 하던 대로 각자 자기 부모를 흉보았다. 순간 파혼을 해야 하나 싶을 정도로 복잡한 기분은 금세 날아갔다. 홀아버지를 싫어하는 남자만큼 좋은 결혼 상대도 드물다고 생각했다.

결혼 준비는 순조롭게 이루어졌다. 내가 눈코 뜰 새 없이 바빴으므로 결혼 준비는 대개 그쪽 몫이었다. 나는 최종 책임자로서 인가만 냈다. 지역구와 여의도와 행사장을 오가느라 시간 가는 줄도 몰랐다. 정신을 차려 보니 상견례 날이었다.

상견례 장소는 여의도에 있는 한정식집이었다. 기자와 정치인과 사업가와 금융인이 드나들며 온갖 협잡이 오고 가는 아귀도 한복판이 내 상견례 장소였다. 나는 기본요금 거리를 택시 타고 가면서 가까스로 장신구를 찼다. 상견례 날이니만큼 질 좋은 진주 목걸이를 지참한 참이었다. 엄마가 미리 챙겨준 물건이었다. 본래는 엄마의 결혼 예물이었다.

"결혼하면 예람이 네가 이 목걸이 가지렴."

엄마가 목걸이를 채워주며 괜스레 의미를 부여할 때마다 나는 내심 기대하고 있었다. 엄마의 결혼은 실패로 돌아갔지만 나라면 더 잘 해낼 자신이 있었다. 목걸이의 짝인 진주 귀걸이 또한 큼직하고 대담했고 내 맘에 쏙 들었다. 택시에서 급하게 치장하는 동안 택시 기사가 오늘 무슨 일이 있느냐고 물어볼 만한 물건이었다.

상견례 참석자는 총 다섯 명이었다. 우리 집 여자 셋과 그쪽 남자 둘. 엄마는 이미 도착해서 남자 둘을 앞에 놓고 환담하고 있었다. 예비 시아버지는 완전히 엄마에게 말려든 것처럼 보였다. 아무나 교장까지 해 먹는 건 아니라고 생각하며 나는 자리에 앉았다.

이제 언니만 오면 모일 사람은 전부 모인 셈이었다.

"처형은 어디래? 아직 제주도래?"

"몰라. 분명 온댔는데…. 엄마는 연락해봤어요?"

엄마는 태연하게 답했.

"어째 통 연락이 안 되지 뭐니."

"사돈처녀는 제주에서 카페를 운영한다고 하셨지요? 자영업 하다 보면 늦을 수도 있지요. 젊은 사람이 타향에서 가게 꾸리는 것도 대단한 일이에요."

"예쁘게 봐주시니까 감사합니다. 그래도 낯부끄러운 일이네요."

"아직 십오 분이나 이른데요, 뭘."

어른들이 맞선을 보는 것 같은 분위기였다. 적어도 그쪽 아버지는 홀딱 반한 게 틀림없었다. 엄마를 보는 많은 남자들이 저런 표정을 지었다. 상대도 자기 아버지를 보며 얼이 빠져 있다가 나와 눈이 마주치자 씁쓸하게 웃었다. 퍽 남사스러운 순간이었다.

예비 사돈끼리 나누던 인사치레는 엄마의 휴대전화 벨소리로 잠시 멈추었다.

"잠시 나가서 받고 오겠습니다."

"편한 대로 하십시오."

예비 시아버지 자리는 엄마가 나가자마자 긴장이 풀린 구석이었다. 양복 바지 주머니에서 손수건을 꺼내 괜히 땀을 닦는 모습을 보며 나는 절로 웃음이 나왔다. 잘 웃는 미인에게는 힘이 있었다. 나도 마찬가지로 엄마처럼 웃으며 어색하지 않게 대화를 이어나갔다. 이 음식점에서 최근 야당 의원들이 야합을 도모했다는 여의도 가십을 풀자 예비 시아버지는 눈에 띄게 화색이 돌았다. 상대와 아버지가 번갈아 야당 의원들 험담을 하고 있을 무렵, 엄마가 거칠게 미닫이문을 열며 돌아왔다. 나간 지 얼마 되지도 않은 때였다.

"예람아, 너 잠시 일어나야겠다. 언니한테 일이 생겼단다."

"그게 무슨 소리야?"

엄마는 막무가내로 내 손목을 잡아끌었다. 나는 바닥이 파인 한정식집 좌석에 앉아 있다가 손목을 잡혀 엉거주춤하게 일어섰다.

"지금 예강이한테 가봐야 돼. 죄송합니다. 큰애한테 일이 나 가지고. 먼저 가보겠습니다."

엄마는 다급하게 인사하고 나를 끌고 나섰다. 상대와 상대의 아버지는 얼빠진 얼굴로 마주 인사했다.

엄마와 함께 있을 때면 내가 운전대를 잡았지만 그날은 반대였다. 엄마는 뾰족구두를 신고 차 운전석에 잽싸게 들어앉았다. 내가 조수석에서 안전벨트를 매는 동안 순식간에 시동이 걸렸다. 엄마는 주차장에서 거칠게 차를 빼냈다.

"예강이가 구속됐댄다."

"갑자기 그게 무슨 소리야?"

"방금 잡혀 들어갔대. 지금 서울이래. 나연이 이모 알지? 연락 좀 해봐라. 안 받으면 연락 달라고 문자 남기고, 사무실에도 전화하고."

"나연이 이모한테까지 전화할 일이야?"

엄마는 묵묵부답으로 차만 몰았다. 언니의 구속 사실만 해도 흉사인데, 무슨 혐의인지 말하지 않는 것마저 수상했다. 하지만 가장 난감한 건 나연이 이모의 이름이 나온 점이었다.

나연이 이모는 엄마의 싱글맘 동지였다. 엄마의 중고등학교 동창이었고, 비슷한 시기에 이혼을 했으며, 그 집 외아들은 내 소꿉친구였다. 전 남편이 형편없기로는 서로 앞서거니 뒤서거니 해서 둘이 서로의 남편 욕을 사흘 밤낮은 족히 해낼 수 있었다. 마지막으로 엄마에게 전해 듣기로는 엄마와 나연이 이모가 예루살렘 성지를 순례하러 가겠다며 계를 붓는 중이라고 했다. 둘 다 독실한 기독교인이었다.

무엇보다 나연이 이모는 검사 출신 전관 변호사였다. 이모는 내가 여의도에 들어가기 직전에 검찰을 나왔다. 내가 기억하는 마지막 만남은 이모가 검찰을 나온 것을 축하하는 자리였다.

나와 엄마가 저녁 식사를 하러 간 날, 나와 그 집 아들이 결혼하면 좋겠다는 얘기가 나왔다. 그 집 아들은 그 자리에서 대뜸 커밍아웃했다.

"엄마도 참. 나, 동성애자야. 내가 게이인데 예람이랑 어떻게 결혼해?"

나로 말할 것 같으면 이미 알고 있었다. 몇 년 전 크리스마스인가 번화가에서 소꿉친구가 애인과 데이트하는 모습도 본 적 있었다. 나연이 이모 아들은 나랑 가까웠다. 더러 내 애인과 함께 식사하기도 했다. 그렇지만 나 또한 어른들이 놀라지 않도록 애써 함께 놀라는 척했다. 내가 놀라는 척하는 만큼 엄마는 혐오감을 참고 학부모 상담용 표정을 지었다. 나연이 이모로 말할 것 같으면 하늘이 무너진 얼굴이었다.

그 일 이후 엄마는 나연이 이모와 소원해졌다. 엄마는 성소수자를 혐오했다. 그러나 나연이 아들은 미워할 수 없었다. 나연이 이모 역시 아들이 게이라는 점은 남들에게 결코 말할 수 없는 비밀이었지만, 엄마가 아는 것쯤은 괜찮은 모양이었다. 내가 알기로 둘은 전처럼 살갑게 자주 만나지는 않았으나 아직까지 때때로 여행도 가고 있었다. 허물을 나눌 수 있는 관계다웠다.

이번에는 엄마가 허물을 나눌 차례였다.

"예강이가 스토킹하다가 잡혀 들어갔댄다. 그것도 판사를 스토킹했대. 너 상견례하는 날인데 이게 뭐하는 짓이니…. 나연이 전화 받니?"

나연이 이모는 전화를 받지 않았다. 별일 없다면 재판 중일 시간이었다. 내가 도리질 치자 엄마는 운전대에 푹 고개를 박았다. 마침 신호 대기 중이라 다행이었다. 나는 이모의 개인 전화에 나중에 연락 달라고 메시지를 남긴 뒤 엄마의 어깨를 토닥거렸다.

나연이 이모가 어느 법무법인에서 일하는지는 알고 있었다. 가족의 일이 아니라면 나 역시 태연하게 이모네 법무법인에 연락할 생각이었다. 하지만 비서에게 먼저 말할 만한 사안이 아니라는 생각부터 들었다. 엄마가 대뜸 나연이 이모부터 찾는 까닭도 비슷하리라 짐작 갔다. 남에게 함부로 떠들 일이 아니었다.

언니가 남을 스토킹하다가 서울에서 구속당했다니, 상상조차 어려웠다. 언니는 몇 년 전부터 제주도에서 카페를 운영하며 혼자 살고 있었다. 하물며 대상이 판사라니. 내가 알기로 판사는 스토커를 고소하느니 차라리 다른 데 발령 나기를 기다리는 직업이었다. 언니가 무슨 짓을 한 것인지 겁이 났다.

운전대를 붙들고 흐느끼던 엄마는 신호가 바뀌었다는 내 말에 다시 엑셀을 밟았다. 나는 전화기를 꽉 쥐었다. 당장 엄마와 함께 울고 싶었다.

언니의 재판이 시작되면서 나는 자연스럽게 파혼했다. 한때 예비 신랑이었던 상대는 내게 거듭 미안하다고 말했다. 서로 미안함 외에 딱히 다른 감정은 없었다. 내가 다른 감정을 품은 쪽은 차라리 가족이었다.

재판은 은근히 길었다. 언니는 2심까지 치렀다. 나는 바쁜 일상 속에서도 엄마가 하소연하려고 전화하면 대체로 연락을 받았다. 직장에는 20대 내내 만났던 남자와 집안 문제로 파혼했다는 것만 알려 두었다.

"예강이 때문에 내가 미치겠다."

그 무렵 엄마의 전화는 항상 이런 식이었다. 반쯤 울먹이는 목소리를 들을 때마다 나까지 화병이 날 것만 같았다.

2

언니가 열 살이고 내가 두 살일 때, 부모님이 이혼했다. 언니는 아버지 슬하에서 자랐다. 반면 나는 아버지 얼굴을 사진으로만 알았다. 아버지에 대해 들은 이야기는 생활 감각이 없었다는 것 정도였다. 주사가 고약해서 사립학교에서도 쫓겨났다는 이야기는 질리도록 들었다.

엄마는 공립학교 교사로 근무하며 딸을 먹여 살렸다. 반면 아버지는 비정규 일자리로 근근이 연명하며 언니 학자금도 대지 못했다. 언니가 전화를 걸면 엄마는 돈을 부쳤다. 어린 시절 언니와 관련된 풍경은 그런 게 전부였다. 가끔씩, 아버지 없이 엄마와 나와 언니가 식사할 때가 있었다. 그것도 1년에 한두 차례가 전부였다. 엄마가 월급을 쪼개서 언니는 겨우 고등학교를 졸업할 수 있었다.

언니의 삶은 그때부터 나와 동떨어져 있었다. 우리는 성도 달랐다. 언니는 아버지를 따라 심 씨였고 나는 어머니를 따라 정 씨였다. 엄마는 성씨를 자식에게 물려줄 수 있게 되자마자 손수 내 성을 갈았다. 나로선 반가운 일이었다. 얼굴을 제대로 본 적도 없고 나를 찾지도 않는 아버지 따위보다 엄마와 유대감이 훨씬 컸다.

아버지가 교통사고로 비명에 간 뒤에야 언니는 내 식구가 되었다. 하루아침에 일어난 일이었다. 아버지가 생전에 인심을 잃었는지 아무 친척도 오지 않았다. 엉망진창으로 발인을 치르고 난 다음에 비로소 나는 언니와 식구가 되었다. 스물 먹은 언니와 열두 살인 나는 한 지붕 아래에서 살아가는 법을 익혀야 했다.

내겐 얼마 지나지 않아 언니처럼 살고 싶지 않다는 목표가 생겼다. 언니는 고등학교 졸업 후 아르바이트를 전전했다. 미처 중학교에 가지도 않은 어린 나이에도 악착같이 먹고 살 궁리를 하던 나와는 완전히 반대였다.

언니는 30대에도 그러고 살았다. 그때 나는 공인노무사 자격증을 준비하고 있었다. 언니가 먹고살 걱정은 엄마가 대신했다. 엄마는 은퇴 전에 자산을 탈탈 털어서 제주도에 카페를 하나 차렸다. 그게 다 엄마 노후 자금이라며 말렸지만 소용없었다. 전 남편에게 두고 올 수밖에 없었던 큰애는 엄마의 아픈 손가락이었다. 그렇게 언니는 엄마의 노후 대비 자금을 장작 삼아 카페 사장이 되었다.

카페는 생각보다 괜찮게 굴러가는 것처럼 보였다. 언니네 가게는 입지가 좋았다. 제주에서도 드물게 대중교통으로도 가기 편한 바닷가였다. 때마침 불어온 제주 여행 붐 덕에 카페는 그럭저럭 성공 궤도에 올라서는 듯했다.

"내가 뭐랬어, 늬 언니가 은근히 수완이 있다니까. 장사 머리가 있는 애야."

"언니가 잘된 걸 다행으로 여기셔. 요새 자영업 하다가 망하기 일쑤야."

엄마와 내가 서울에서 뭐라고 투덕거리든 언니와 카페는 각종 잡지에 이름을 올렸다. 하루는 모시는 영감님 인터뷰 기사를 확인하려고 산 잡지에서 언니와 카페를 발견했다. 잡지에 실린 언니의 사진은 예스럽고 우아했다. 남쪽 섬 바닷가의 근사한 카페 주인장이라니 다분히 낭만적이었다. 나 또한 남쪽 섬에서 카페를 차리며 여유롭게 살고 싶었다. 서울의 삶은 때때로 지겨웠다.

그러나 남쪽 섬 카페 주인장의 삶이 만만하기만 한 일은 아니었다. 서울에서 가족끼리 만날 때마다 언니에게 낭만의 이면을 전해 듣곤 했다.

"손님이랍시고 와서 치근덕거리는 인간들이 한둘이 아니야. 경찰 부르기는 애매한데 분명히 성희롱은 하고 가는 거 있지."

"세상에, 언니 혼자서 괜찮겠어?"

"일단 사람 하나 인건비 나갈 만큼은 벌고 있으니까 지지난 주에 사람 뽑았지 뭐. 알바가 클럽 기도만큼 덩치가 크니까 당장 귀찮게 하던 놈들은 사라지더라. 가게 분위기는 좀 험악해졌지만."

"미친놈들이 안 온다니 다행인데 험악해졌다니 애석하네."

"엄마한테는 말하지 마. 그냥 너만 알아 둬. 알지?"

나는 고개를 끄덕거렸다. 엄마가 그 얘기를 전해 들으면 무슨 반응을 보일지 불 보듯 빤했다. 엄마는 언니를 사랑했고 언니가 삶을 얼마나 즐기는지 확인하고 싶어 했다. 언니에게 가 닿는 모든 위험을 온몸으로 막고자 동분서주했다. 유년기에 어머니가 부재했던 큰딸에게 보내는 뒤늦은 사랑이었다. 동시에 아이에게 부재했던 어머니로서 느끼는 부채감을 해소하고 싶어 했다. 엄마는 언니의 희소식을 곱씹고 또 곱씹었다. 언니의 사교댄스 이야기도 엄마가 좋아하는 화제였다.

카페가 흑자를 볼 시점부터 언니는 지역 사교댄스 동호회에 다녔다. 당시 나는 의원실 막내 비서였다. 하루에 네 시간이나 자면 감지덕지했다. 스마트폰 너머로 엄마가 언니가 춤바람이 났다며 깔깔거리는 순간, 나는 소리를 빽 질렀다.

"내가 지금 언니가 놀러 다닌다는 얘기를 들어야겠어?"

"정예람, 너 경고 하나야. 엄마한테 무슨 말버릇이야?"

"경고고 나발이고. 나도 엄마 딸인데, 엄마는 내가 노무사 시험 칠 동안에 뭐 했어? 나 서너 시간 자면서 일해. 지금 내가 언니 춤추는 얘기 듣게 생겼어? 나 오늘 들어가서 짐 쌀 거야."

엄마는 그 뒤로 연거푸 전화를 걸었지만 나는 엄마의 전화번호를 차단했다. 그리고 당장 적금을 깨서 급하게 단기 계약 보증금을 마련했다. 즉석에서 전세자금마련 대출도 신청했다. 독립은 일사천리였다. 나는 그날 오후 여의도 오피스텔 단기 계약을 마쳤다.

독립 후 첫 번째 주말, 엄마 대신 언니가 연락해 왔다. 마침 집 안에 붙어 있으리라 작정한 휴일이었다.

"엄마랑 한판 했다며?"

"덕분에. 화해하라고 전화한 거야? 그런 거면 얄짤없어. 한동안 엄마랑 연락 안 해."

언니의 웃음기 어린 목소리에 나는 잽싸게 쏘아붙였다. 하지만 언니는 아랑곳하지 않고 말을 이었다.

"그냥 엄마 사정이나 알려주려고. 내가 동네 사교댄스 동호회에 들어갔어. 거기서 연애를 시작했거든. 그런데 상대가 제주지법 판사야."

"이야, 엄마가 돌아버릴 만하네."

"한동안 차단은 풀지 마. 잠잠해질 때까지는 기다려야지. 아직 진지한 관계도 아닌데 엄마는 판사 사위를 쌍으로 보겠다고 난리 났어. 연수원 기수 물어보는 진상이야."

엄마가 저지레를 한 까닭이 그거였다니. 나는 비아냥을 덧붙였다.

"딸 둘이 판사랑 결혼할지도 모르니 미쳐버린 모양이네. 아무튼 잘됐다. 알려줘서 고마워. 잘 지내고."

"너도 잘 지내. 쉬엄쉬엄 일하고 연애는 열심히. 알지?"

그 무렵 로스쿨 재학생인 상대와 의원실 비서인 나는 열심히 일하고 쉬엄쉬엄 연애하고 있었지만, 언니의 인사는 우리에게 조그마한 위로가 되었다. 한참 터울이 지는 데다 인생에 접점도 없고 유년을 공유하지도 않았으나 우리는 같은 어머니를 둔 자매였다. 엄마 때문에 피곤해하는 건 언니도 마찬가지 같아서 은근한 유대를 느꼈다.

모녀 싸움도 칼로 물을 베는 격인지라, 나와 엄마는 금세 관계를 되찾았다. 하지만 언니의 연애 이야기는 불문에 부쳤다. 마치 엄마가 두 딸의 신앙생활을 포기한 것과 비슷했다.

그로부터 1년 반이나 지난 다음에야 언니가 그때 무슨 일을 하고 있는지 알게 된 것이다. 언니는 연애를 하던 게 아니었다. 내가 상견례에 이르는 동안 언니는 판사를 스토킹하고 있었다.

재판 과정에서 드러난 언니의 행적은 기막혔다. 언니가 사교댄스 동호회에서 판사를 만난 건 사실이었다. 하지만 그 판사는 처와 함께 동호회에 들어온 유부남이었다. 심지어 아이들은 제주 소재 국제학교에 다니고 있었다.

언니는 판사와의 춤 호흡이 끝내주게 맞았다고 했다. 진술서에 언니의 열광이 생생하게 담겨 있었다. 아르헨티나 탱고는 상대와 몸을 밀착하고, 한 사람이 다른 사람을 완전히 이끄는 춤이었다. 이끄는 사람의 인도대로 따르는 사람이 발을 내딛다 보면 어느새 곡이 끝나 있다고 했다. 언니는 판사와 처음 춤을 춘 순간 불벼락을 맞은 것 같았다고 난리 쳤다. 정말 쓰잘데기없는 표현들이 진술서에 낱낱이 적혀 있었다. 상대의 어깨에 한쪽 손을 올리고 꼭 껴안은 채 상대의 손과 몸과 허리가 이끄는 방향 따라 따라가는 동안 사랑을 느꼈다는, 아주 적나라한 내용이었다.

스토킹 혐의로 고소 당한 사람이 그런 걸 진술이라고 했다.

판사도 처음에는 언니와 춤추는 일을 기껍게 여겼다. 언니는 좋은 춤꾼인 데다 미인이니만큼 호감을 사기도 쉬웠다.

하지만 언니의 열광은 사그라지지 않았다. 언니는 지극히 개인적인 만남을 원했다. 다시 말하자면 판사와 단둘이 술을 마시고 싶어 했다. 너무나 당연히 판사는 양식 있는 유부남답게 거절했다. 그러다 처와 함께 동호회를 그만두었다.

포기를 모르는 언니는 판사의 직장으로 향했다. 출근 시간에 제주지법 앞에서 판사를 기다리는 날이 늘었다. 판사는 출근 시간을 점점 앞으로 당겼다. 그러자 언니는 재판을 열심히 방청하는 방법을 택했다. 판사가 법정에 안 나올 수도 없었다. 언니는 방청석 맨 앞줄에서 매일 판사를 만났다. 정확히 말하자면 일방적인 관찰이었다.

판사는 마침내 언니의 행적을 사무처에 알렸다. 방청석에 들어오지 못하도록 조치했다. 그러나 언니는 거기서 굴하지 않았다. 완벽히 범법의 영역으로 넘어가 버렸다. 언니는 법원 전산망을 뚫어 판사의 개인정보를 캐내고야 말았다. 전산실 직원을 구슬린 모양이었다. 그 뒤 언니는 판사네 아파트 현관에서 그를 기다렸다.

언니와 가장 많이 마주친 사람은 판사가 아니라 판사의 처였다. 처는 언니를 볼 때마다 도망쳤다. 아이들과 함께인 날에는 더욱 기민했다. 언니는 만날 때마다 인사하려고 다가갔고 처는 아이들의 얼굴을 숨겼다. 그러자 언니는 다시 한번 개인정보를 이용했다. 아이들이 다니는 학교에 면담을 신청했다. 아이들의 새어머니인 척하면서 교사에게 전처소생과 사이가 좋지 않다는 고민까지 털어놓았다.

이 모든 일이 100일 안에 일어났다. 하나같이 정신이 나간 것 같았다. 나연이 이모는 진술서를 읽는 내내 신음을 흘렸다. 심지어 언니는 판사가 서울로 발령이 나자마자 판사를 따라 제주를 떠났다. 미친 짓의 연장선이었다.

판사가 혼자 제주를 떠났다. 아이들이 제주에서 국제학교를 다니던 중이었으므로 처와 아이들은 제주에 남았다. 언니는 판사 없는 삼다도에 남아 크게 상심했지만, 며칠 뒤 결단을 내렸다. 언니 역시 육지로 귀환했다. 가게를 팔아 서초동에 집을 한 채 빌려 서울에서도 판사를 쫓아다녔다. 주말에는 제주로 떠나는 판사와 한 비행기를 타기도 했다.

언니의 행패는 멈출 줄 몰랐다. 언니는 판사 아이들이

다니는 학교에 갑작스럽게 방문하기도 했다. 판사네 만이에게 찾아가 자기가 새엄마라고 주장했다. 너희 아버지가 나와 사랑에 빠졌다며 일방적인 연애담을 늘어놓았다. 부모에게 별다른 언질을 듣지 못했던 아이가 큰 충격을 받았다고 했다. 판사는 그 주가 지나기 전에 언니를 고소했다.

"정말 별꼴이다."

서면을 읽다 말고 나연이 이모가 말했다. 그래, 정말이지 별꼴이었다. 별꼴이 아니고서야 이를 길이 없었다.

3

언니는 기어이 형을 살고 말았다. 엄마가 그렇게 애를 썼는데도 소용이 없었다. 나로 말할 것 같으면 실형 선고를 받는 게 사회 정의를 실천하는 일이라 여겼다.

언니의 재판 과정 동안 엄마는 할 수 있는 일을 전부 하고 다녔다. 엄마는 자식뻘 판사 앞에서 눈물로 호소했다. 판사는 다행히 합의할 생각이 있다고 말했다. 접근 금지 신청과는 별개지만 합의는 판사에게도 나쁜 선택지가 아니었다. 하지만, 판사는 언니가 각서를 쓰길 바랐다. 다시는 자신을 쫓아다니지 않겠다는 내용이었다. 언니는 그 소자 일종의 수난이라고 생각했다.

"그 사람 포기할 생각 없어."

엄마 대신 언니를 채근하러 간 날, 언니는 단언했다.

무슨 사상전향서를 눈앞에 둔 장기수 같은 태도였다. 나는 잔뜩 질려서 구치소를 나왔다. 기결수 차림으로 눈만 형형하던 언니의 모습이 눈에 선했다. 그 뒤 좋은 일이라고는 딱 하나밖에 없었다.

엄마와 나연이 이모는 전처럼 돈독해졌다. 그 집 아들과 나를 데리고 함께 식사하기도 했다. 엄마는 나연이 이모 앞에서 미안하다며 몇 번이나 울었다. 나연이 이모는 엄마를 위로했다.

"검사 생활 하면서 더한 것도 봤어. 인재 네가 걱정이다. 네 잘못 아니야. 인재 너는 할 만큼 했어."

언니는 2심에서 그나마 형이 줄었다. 나연이 이모가 노력한 결과였다.

2심 재판 선고 기일에 나는 영감을 따라 상파울루에 가 있었다. 재판 결과를 전해 듣기 위해 계속 커피를 마시며 새벽까지 깨어 있었다. 장시간 비행과 연이은 일정 때문에 피로가 켜켜이 쌓여 있었지만 어떻게든 카페인으로 버티고 있었다. 마침내 그 새벽, 지구 반대편에서 전화가 왔다. 엄마는 다짜고짜 흐느꼈다. 그나마 일이 잘 풀렸다고 했다. 나는 그 순간 울고 있는 엄마를 부둥켜안고 함께 눈물을 쏟고 싶었다. 아니면 언니에게 버럭 화를 내고 싶었다. 하지만 같은 방을 쓰는 인턴 비서가 깰까 무서워 조용히, 엄마를 위로했다.

"엄마, 고생했어. 나는 엄마 많이 사랑해. 정말 고생했어."

"내가 무슨 고생을 했니. 이제 우리 예강이는 어쩌니…"

그 뒤로도 엄마는 시차 따위는 전혀 신경 쓰지 않은 채 언니 걱정으로 남미의 새벽을 구구절절 채웠다. 마지막 말은 귀국하면 꼭 언니를 면회하러 가라는 신신당부였다.

하지만 나는 단 한 번도 언니를 찾아가지 않았다. 출소하는 날도 마찬가지였다.

"모레 예강이 출소일이잖니. 휴가 내놨지?"

"지금 국감이잖아. 무슨 휴가를 내."

"아무리 그래도 그렇지, 언니 출소하는데 가보지도 않을 거니?"

"엄마가 가면 됐지, 뭐하러 나까지 끌고 가? 바빠서 갈 수도 없는데 무슨 소리야."

"너는 정말…. 정예람, 피붙이한테 그러는 거 아니다. 내가 너를 어떻게 키웠는데."

엄마는 그 말을 남기고 전화를 끊었다. 나는 한동안 멍하니 앉아 있다가 화장실로 달려갔다. 의원회관 화장실 변기를 붙들고 나는 한참이나 토했다. 눈물까지 흐르며 얼굴은 엉망으로 변했다.

그 뒤 전해 듣기로 언니는 출소한 뒤 한동안 엄마네 빌라에 산다고 했다. 엄마는 아파트를 정리하고 빌라로 옮긴 상태였다. 아파트와 빌라의 차액은 고스란히 언니가 새로 벌일 사업 자금이 될 게 빤했다. 나는 눈살을 찌푸렸지만 엄마를 말릴 기력이 없었다.

피 말리는 국정감사가 끝나자마자 엄마의 호출이 이어졌다. 언니의 출소를 축하하고 새로운 사업이 발전하길 바라는 모임이라고 했다. 나는 진저리 내며 엄마의 새집으로 향했다. 같잖은 월급을 쪼개 마련한 현금 봉투도 지참했다.

"무슨 상을 이렇게까지 차려 놨어?"

"예강이 나오고 가족끼리 처음 보는 건데 엄마가 이쯤은 해야지."

안 그래도 언니가 출소한 다음 첫 만남이라는 건 잘 알고 있었다. 굳이 가족 모임에 참석할 여유가 인제야 생겼을 뿐이었다. 과로로 점철된 국정감사가 끝난 지 얼마 되지도 않은 무렵이었다.

잔칫상은 으리으리했다. 고추잡채부터 월남쌈까지, 전부 언니가 좋아하는 음식 일색이었다. 언니는 만들 때 손이 많이 가는데 먹는 건 금방인 채소 요리를 좋아했다. 언니는 내가 오기도 전에 음식을 덜어 먹던 중이었다. 언니가 얌전하게 젓가락으로 월남쌈을 싸며 말했다.

"예람이 왔어? 얼굴 좋아졌다."

"언니야말로 여전하네. 아무튼 고생했어."

"여전하긴. 하도 얼굴이 상해서 나오자마자 필러 맞았

지 뭐니."

"빠르기도 하셔."

언니는 감옥이 아니라 해외 출장이라도 다녀온 사람처럼 굴었다. 나도 굳이 무어라 할 건 없으니 예사로운 태도로 답했다. 그러나 대화는 예사롭지 않은 방향으로 흘러갔다.

"예람아, 너 혹시 너네 의원 지역구에 아는 공무원 좀 있니?"

"갑자기 그게 무슨 말이야? 청탁은 안 받아."

"나 이번에는 수도권에서 사업하려고. 특수청소회사 차릴 거야. 왜, 있잖아. 고독사나 애니멀호더 집 치우는 일. 그거 괜찮아 보이더라고. 초기 투자비용도 많지 않고… 나오자마자 업체 다니면서 일 배웠어."

언니는 그렇게 말하고 젓가락으로 꽃빵을 찢고 고추잡채를 말아 덥석 씹었다. 엄마는 그런 언니를 보면서 내내 눈웃음을 띠었다.

속에서 무언가가 울컥 치밀었지만, 화를 내기에는 심신이 너무 지쳐 있었다. 출소한 사람을 처음 보는 자리라고 애써 스스로를 달랬다.

"그게 바로 청탁이란 거야. 그런데 이번 사업 자금도 전부 엄마가 대줬어?"

엄마가 정색하며 쏘아붙였다.

"대준다니, 내가 니네 언니한테 투자를 한 거야. 유망

직종이잖니. 앞으로 점점 고독사나 무연고자 시신이 늘어날 텐데, 몸은 힘들어도 사업이야 잘될 거야. 서울서 제주 오가는 공력이 어디 갔겠어?"

"엄마도 참. 아무튼 조만간 사업자 등록할 거야. 혹시 아는 공무원이나 집주인 있으면 얘기나 해줘."

나는 더 이야기하고 싶지 않아 한숨을 쉬고 젓가락질만 했다. 엄마와 언니는 마주 웃으며 전혀 다른 화제를 꺼냈다. 출소 이후 필러 맞은 게 어찌나 자리를 잘 잡았는지 감옥 가기 전보다 더 젊어 보인다는 이야기가 주된 화제였다. 나는 한마디도 덧붙이지 않고 묵묵히 식사를 끝냈다. 그러고는 과일이라도 먹고 가라며 붙잡는 엄마에게 돈 봉투를 건네고 도망치듯 빠져나왔다.

돌아오는 동안, 그 돈이 고스란히 언니에게 갈지도 모른다고 생각했다. 막연히 그렇게 생각하는 스스로가 싫었지만 그 생각이 안 날 수 없었다.

4

언니의 사업체는 제법 잘 나가는 모양이었다. 나는 언니가 사업자 등록을 한 다음부터 사업이 어떻게 돌아가고 있는지 낱낱이 전해 들을 수 있었다. 전부 사랑하는 엄마 덕분이었다.

"회사가 잘 되니까 방 네 개짜리 아파트도 얻었다지 뭐니. 대출을 끼었다지만 그게 어디야. 차도 뽑았단다.

예람이 너도 이제 슬슬 집 같은 집에 살고 그래야지."

엄마의 전화는 항상 그런 식이었다. 나는 동료들에게 투덜거렸다.

"도대체 내가 비싸고 넓은 집 있어 봐야 무슨 쓸모가 있어요?"

"진짜 턱도 없는 소리죠. 일단 집에 들어갈 수나 있어야지."

동갑내기 9급 비서가 맞장구쳤다. 의원실에 있는 여자 직원 셋이 전부 야근하던 날이었다. 국회 내 유일한 여성 4급 보좌관인 상사가 말을 보탰다.

"그래도 서울에 집을 사둘 수 있으면 사두는 게 좋아요. 어른들 하는 말씀이 그냥 나온 게 아니야."

우리는 반사적으로 맞장구쳤다.

"맞는 말씀이시긴 해요."

"그건 그래요."

하지만 우리끼리 눈이 마주치자 빙긋 웃고 말았다. 의원회관에서 일하는 젊은 여성 비서들은 받는 돈에 비해 지나치게 많이 일했고 남초 사회에서 치였다. 직급 차이가 있더라도 은근한 유대감은 어쩔 수 없었다.

"예람 씨, 홍삼 먹어요."

지역구 일정 후 또 야근해야 하는 날이었다. 의원실에 도착하자마자 동료가 건강보조식품을 건넸다. 나는 건강보조식품을 쭉 짜 먹고 물었다.

"어쩐 일이에요?"

"영감님 가족이 준 구호물자. 근처에 왔다가 생각나서 들렀대요. 물건만 전한다길래 내려가서 받았지."

우리는 가끔 의원실에 들어오는 음식을 서로에게 먼저 챙겨주곤 했다. 서로를 챙기는 건 별스러운 일이 아니었다. 직급 차이가 나건 말건 나와 동료는 제법 쿵짝이 잘 맞았다. 우리는 건강보조식품을 나누어 먹고 다시 야근에 나섰다.

출처가 불분명한 홍삼 선물을 시작으로 의원실에 이상한 일이 일어나기 시작했다. 영감 친척이라는 사람이 지역구 사무실과 의원실에 선물을 남기고 가곤 했다. 의원실에서 계속 건강보조식품을 받아먹기만 할 수는 없는지라 영감에게 물어봤지만 별 소득은 없었다.

"우리 집 사람들이 좀 티를 안 내는 구석이 있는데, 앞으로는 뭐 거절하고 그래요."

영감은 심드렁하게 대꾸했지만 높으신 나으리라고 해서 언제까지나 태연할 수는 없었다. 이상한 일은 영감에게도 일어났다. 영감을 모시고 지역 행사로 이동하는 와중, 영감이 차 안에서 넥타이를 풀며 말했다.

"요새 누가 자꾸 전화를 거는데, 막상 받으면 끊는단 말입니다."

"이상하네요. 안티인가?"

"모르겠어요. 아이고…. 도착하기 전까지 조금만 자겠

습니다."

 이상한 전화는 사무실에도 걸려왔다. 영감한테 오는 이상한 전화와 형태가 유사했다. 받을 때까지 거는데 막상 받으면 끊었다. 미심쩍었지만 아직 위험수위는 아니라고 생각했다. 여의도에는 온갖 사람들이 온갖 이유로 방문했다. 폭력적 민원이 아니니만큼 여상히 넘어가고 있었다.

 한데 이상한 전화가 오는 날이면 꼭 30대 중반쯤의 여자가 지역구 사무실에 방문한다고 했다.

"의원님 팬이에요, 하면서 한참 얘기하다가 가더라고요. 위험해 보이진 않던데, 냄새가 좀 특이해요. 체취가 좀. 예쁘기는 엄청 예쁘고."

"희한하네. 예쁜 사람이 왜 우리 영감 팬이 됐지?"

"인성이 취향인가 보죠. 판사 시절 판결문도 꿰고 있던걸요?"

"그건 우리도 잘 모르잖아."

 일단 보고하니 영감이 정말이지 만족스럽게 웃었다.

"제 정치적 매력이 이렇습니다."

 영감은 그 뒤로 종일 실실거렸다. 우리는 영감이 자신만만하게 구는 게 얄미워서 말을 돌렸다. 그걸 더 듣느니 침묵 속에서 이동하는 게 나았다.

 우리는 얼마 지나지 않아 '열성팬' 이야기를 다시 해야 했다. 열성팬은 너무 자주 사무실에 들렀다. 그러다 지역 상공인 체육대회까지 등록했다는 소식이 들려왔다. 영감이 참여하는 지역구 행사였다.

행사에서 영감 사진을 찍던 중이었다. 영감은 지역구 상공인과 공무원들에게 허리 숙여 인사하며 악수했다. 가까운 사람과는 포옹하기도 했다. 동료가 영감을 따라다니며 집요하게 사진을 찍었다. 나는 영감에게 접근하는 사람들을 눈으로 훑으며 손으로 부채질을 했다. 차양막 밖에서 봄볕을 그대로 받는 야외 일정은 눈부시고 짜증 났다.

날씨가 이따위일 게 뻔한데 굳이 체육대회에 등록했다니. 도대체 그 이상한 지지자는 누굴까. 미간을 찌푸리며 영감 주변을 살피던 시선 끝에 익숙한 얼굴이 들어왔다. 눈부시게 흰 폴로셔츠에 흰 반바지 차림을 한 언니였다.

생각해 보니 언니도 영감 지역구에 사는 상공인이었다. 수상한 사람을 찾느라 바짝 당겼던 신경줄이 순식간에 풀어졌다. 언니에게 다가가 인사하려는 찰나, 언니는 나를 알은체도 않고 순식간에 영감 곁으로 다가갔다.

"의원님 아니세요!"

"저희 아파트 사시는 분 아니십니까?"

"맞아요. 자주 뵙네요."

"그러게요. 지역 행사라 자주 뵙게 되나 봅니다."

둘은 환담을 나누었다. 정확히는 언니만 환담을 나누고, 영감은 대화를 끊고 싶어 하는 것 같았다. 나는 얼빠진 채 언니와 영감이 이야기하는 모습을 지켜봤다. 영감이 구출해달라는 수신호를 계속 보냈다. 황당한 나머지 한 박자 늦게 알아채고 영감 곁으로 다가갔다.

"의원님, 논의할 시간 되셨습니다."

영감에게 중요한 일이 있다는 인상을 주되 유권자의 심기를 거스르지 않는 방안이었다. 영감은 아쉽다는 표정을 지었다. 언니는 나를 바라보았다.

"의원님 많이 바쁘신가 봐요."

교태 어린 말씨를 듣자마자 지금 뭐 하는 짓이냐고 내뱉을 뻔했다. 하지만 이성이 욕지거리를 속으로 눌렀다. 그 순간 나는 너무나 절실하게 언니와 관련 없는 사람처럼 보이고 싶었다. 언니는 인사하고 떠나는 영감에게 내내 눈웃음을 쳤다. 정치인에게 따라붙는 기묘한 유권자의 전형이었다.

돌아가는 차 안에서 영감이 넌지시 말을 꺼냈다.

"요새 나 따라다니는 분이 생긴 것 같아요. 아까 예람 씨가 봤을 텐데, 하얀 옷 입으신 분. 우리 아파트 사시거든요. 느끼셨을지 모르겠지만, 그분 체취가 좀 특이하세요. 엘리베이터 타면 가끔 너무 고약할 때도 있어요. 그런데…… 가끔, 우리 집 현관 앞에서 그 냄새가 나요."

"세상에. 스토커 붙은 거 아니에요?"

조수석에 앉아 있던 동료가 말했다. 영감은 한숨을 쉬었다. 운전대를 잡은 손에 나도 모르게 힘이 들어갔다. 언니가 이번에 고른 판사는 하필 내가 모시는 영감, 은퇴하고 국회의원이 된 전관이었다.

그날 나는 국회 방호팀에 연락했다. 지금까지 언니는 자기 명의로 의원실에 음식물을 보냈다. 우리 의원실은 심예강 씨가 방문하지 못하게 해달라는 언질을 넣었다. 하지만 언니도 만만치 않았다. 법원 전산망에 있는 정보를 빼내는 솜씨는 어디 가는 게 아니었다. 의원회관 세미나를 신청하기도 했고, 다른 당 소속 국회의원에게 방문하기도 했다. 민원을 목적으로 찾아오는 날도 있었다.

그것만 문제는 아니었다. 언니는 영감과 같은 아파트에 살았다. 영감은 현관 앞에서 기묘한 냄새가 난다며 귀가를 꺼렸다. 한동안 계단을 애용하기도 했다. 그러자 언니는 아파트 현관 앞에서 기다렸다. 영감네 아파트는 지하 주차장으로 도망갈 수도 없는 구조였다.

"내가 판사 하면서 이런 경우를 더러 봤어요. 고소하면 더 달라붙는단 말입니다. 지금 스캔들 나면 다음 공천을 어떻게 받나. 아니 도대체 왜 그러는지 모르겠어요. 내가 미남이기나 해?"

영감이 짜증을 퍼부었다. 언니가 미친 짓을 하고 간 날이면 영감은 저기압이었다. 우리도 두말할 것 없었다. 의원실 분위기가 갈수록 날카로워졌다. 영감의 짜증도 성가셨지만, 공천에 지장이 생기는 건 더 큰 문제였다. 우리 목줄은 영감의 재선에 달려 있었고 영감의 재선 첫 번째는 공천 심사 통과 여부에 달려 있었다.

나는 휴가를 내고 언니에게 연락했다. 남 들을까 무서운 화제를 꺼낼 생각이니만큼 언니의 집으로 가기로 했다. 언니가 아파트를 얻은 뒤로 처음이었다. 경기도 신도시에 있는 영감의 지역구 한복판이었다. 유권자로서 언니는 평범한 지역 주민이었지만, 스토커로서는 영감과 지나치게 가까운 곳에 살았다. 주소를 받아 본 나는 기함했다. 언니의 집은 고작 영감보다 다섯 층 위에 있었다.

언니는 마침 쉬는 날이라며 나를 반겼다. 나는 약속 당일이 되자마자 꽃다발과 과일 바구니와 케이크를 사 들고 언니네 집에 들렀다. 언니는 아파트 현관까지 굳이 마중 나와 있었다. 아마색 원피스를 입고 머리를 땋아 내린 채였다. 사각 네크라인에 드러난 언니의 목덜미가 눈부시게 희었다. 꼭 언니네 집 같았다.

언니네 집은 깔끔했다. 흰색과 상아색을 많이 썼고 먼지 한 톨 없었다. 새삼 언니가 청소업에 종사한다는 사실을 떠올렸다. 집 곳곳에는 화분 크기의 디퓨저가 놓여 있었다. 라벤더 향이 물씬 풍겼다. 화장실이랑 침실 옆방을 빼놓고는 전부 문짝이 없는 게 조금 특이했다.

"잘 해놓고 사네. 문은 왜 뜯었어?"

"문 닫아놓고 있으면 갑갑하더라고. 감옥 다녀온 뒤로는 좀 그래서 아예 없앴어. 공간이 좁으면 냄새가 꽉꽉 들어차기도 하고."

"냄새 많이 심해?"

"말도 마. 일단 씻으면서 옷을 한 번 빨아야 돼. 땀을 빼지 않으면 냄새가 가시지도 않아. 아이고, 뭘 이렇게 많이 사 왔어."

"빈손으로 오면 좀 그렇잖아. 과일은 종류별로 있는 거 샀어. 혼자 사는데 한 종류 많이 사 오기도 그렇고."

"역시 정예람. 센스가 있다니까."

언니가 과일 바구니를 뜯는 동안 내 시선은 침실 옆방으로 가 있었다. 문이 굳건히 닫힌 침실 옆방은 이 집에서 기묘하게 눈에 띄었다. 그 방에 달린 손잡이가 유독 튀었다. 흰 문짝에 청색 금속 손잡이가 달려 있었고, 위에는 예스러운 자물쇠도 채워져 있었다.

"저 방엔 자물통까지 채웠네?"

"제주에서 카페 할 때 달려던 건데 예뻐서 달아놨어. 점심 다 차렸으니까 와서 먹자."

언니네 집 식탁은 거실에 있었다. 양고기를 넣은 그린 페이스트 커리에 찰깨빵을 얹어놓고 샐러드와 과일을 곁들인 상차림이 단정했다.

"아, 이렇게 살림을 잘하는데 결혼을 못 하고 있다니 너무 슬프다. 내가 결혼 운이 없나 봐."

"그건 무슨 소리야?"

"왜, 예전에 만나던 사람은 유부남이었잖아. 애들이 있어서 이혼을 못 했지. 근데, 있지, 이번엔 너도 아는 사람이다. 나는 안경 쓴 판사 출신을 좋아하나 봐. 취향이 한결같은 게 바람서리 불변하다."

언니가 태연하게 수다를 떨었다. 나는 찰깨빵을 씹다 말고 얼빠진 채 언니 얼굴을 바라봤다. 언제부터 스토킹하다 감옥에 들어간 게 만남이 되었는지는 모를 일이었다. 게다가 이번에는 우리 영감과 잘 되어가고 있다는 소리를 했다. 나는 아연실색해서 말했다.

"언니 그거 스토킹이야. 우리 영감 오히려 부담스러워해."

"그게 무슨 소리니?"

"지지자들도 그런 짓은 안 해. 언니, 제발 정신 차려. 이번엔 언니만 감옥 가고 마는 것도 아냐. 나 의원실 비서야. 내 밥그릇이 영감한테 달렸단 말이야. 우리 자매인 거 밝혀지면 나 잘릴 수도 있어. 다 언니 망상이야. 제발 그만둬."

"너 지금 내가 미쳤다는 거니?"

"그럼 아니야? 언니 나이가 이제 곧 마흔이야. 행복한 인생인데 도대체 뭐하러 스토킹을 해. 언니 좋다는 남자들 있을 거 아니야. 걔네랑 살아. 그 소리 하려고 왔어."

"너 당장 나가."

언니는 포크를 아무렇게나 집어던졌다. 나는 유감없이 자리에서 일어났다.

"나는 분명히 말했어. 나한테까지 번지게 하지 마."

언니네 집 주차장에서 집에 가는 길에, 나는 엄마에게 전화했다. 엄마는 통화 중이었다. 혹시 몰라서 언니에게 전화를 걸었다. 언니 역시 통화 중이었다. 둘이 내 얘기를 하는 게 분명했다.

나는 지친 몸으로 집에 들어왔다. 언니네 집과 달리 내 집은 씻고 잠자는 창고나 다름없었다. 나는 2주 치 쓰레기와 빨랫감이 쌓인 방에 누워서 도대체 뭘 더 어째야 할지 궁리했다. 지금 직장을 절대로 그만두고 싶지 않았다. 엄마의 노후 자금에 보태기 위해 대출을 받기도 했었다. 아직 한참이나 갚아야 했다. 더군다나 나는 지금 여성노동정책을 입안하기 위해 준비하고 있었다. 통과만 된다면 정책 비서로서 여의도 어느 의원실에나 이름이 통할 텐데, 그 모든 걸 물거품으로 만들 수 없었다.

엄마는 여전히 통화 중이었다. 나는 울면서 장문의 문자 메시지를 썼다. 언니가 우리 영감을 쫓아다니고 있다는 대목에서는 그렇게 서러울 수가 없었다. 나는 중간중간 흐느끼면서 편지를 마무리했다. 이 이상 영감에게 접근한다면 법적 절차를 밟겠다는 문장으로 메시지가 끝났다.

자정 무렵 엄마에게 답장이 왔다.

하나님이 예람이를 담금질하려나 보다, 한 줄. 나는 휴대전화를 집어던지고 울다 잠들었다. 쓰레기장 속에서도 깊게 잠들 수 있었다.

5

엄마한테 경고한 보람이 있었다. 언니는 한동안 조용해졌다. 그것만으로도 우리는 안도했다.

영감은 당직 선거를 준비하던 참이었다. 마흔 살에 지역구 2선이면 해볼 만했다. 당내 영향력도 괜찮은 편이었다. 이미지도 나쁘지 않았다. 이토록이나 중요한 당직 선거 직전에 유부남이 스캔들이라니 꿈에도 아닌 말씀이었다.

당대회 날은 금세 찾아왔다. 우리는 연설문을 쓰느라 전부 신경이 곤두선 상태였다. 영감도 몇 번이나 연설을 연습하느라 지쳐 있었다. 그런 가운데 영감은 지역 대의원들에게 인사를 나서야 했다. 지역 대의원은 대개 알 만한 사람들이었다.

한데 지역구 대의원들과의 인사 자리에서 믿을 수 없는 일이 일어났다. 언니가 그사이에 떡하니 앉아 있었다. 지역구 대의원이라는 명찰도 달고서. 그새 지역 당협 대의원으로 출마하기까지 한 모양이었다. 그쪽으로 고개를 돌렸던 영감은 화들짝 놀랐는지 자기 지역구 쪽에는 인사도 가지 않았다.

영감이 오지 않는다며 노골적으로 불만스러워하는 사람도 있었다. 하지만 이번에는 나도 영감 편이었다. 언니와 영감이 가까이 붙어서는 안 될 일이었다.

연설문을 오래 손본 보람은 있었다. 심약한 영감이 허둥지둥 연설을 끝냈는데도 호응이 괜찮았다. 감정적 동요가 정치적 절박함으로 비친 모양이었다. 그날 영감은 그토록 바라던 당직을 얻어냈다. 박수와 함께 얻어낸 득표 결과는 압도적이었다. 남은 건 밤늦게까지 이어지는 술자리였다. 당선자들은 새벽까지 술을 치러 다녀야 했다. 대개 지역구 대의원들과 지역 유지들이었다.

아니나 다를까 대의원들이 모여 있는 자리에 언니가 있었다. 언니는 영감이 오자마자 자리에서 벌떡 일어나더니 악수를 건넸다.

"의원님, 축하드려요."

"아… 감사합니다."

영감은 순간 똥 씹은 표정을 하고 말았다. 정치인에게 보기 드문 순간이었다. 그때 내 눈을 재차 의심할 일이 일어났다. 나는 분명히 보았다. 언니는 영감의 손바닥을 자기 손가락으로 긁고 있었다. 영감은 다급히 손을 놓고 뒤로 물러나 머리를 긁었다. 그러자 지역구 당원협의회 위원장이 농지거리를 던졌다.

"아이고, 미녀랑 악수하니까 힘드신가 보다!"

"에이, 제가 무슨 미녀예요. 제 동생이 훨씬 예뻐요."

언니는 그렇게 말하며 나를 바라봤다. 그 순간 나는 결심했다. 무슨 수를 써서라도 언니를 멈춰야 했다.

당직 선거 이튿날, 나는 오후 반차를 썼다. 얄궂게도 상견례 가던 날이 떠올랐다. 그때도 언니 때문에 단단히 일이 틀어졌다. 언니가 그 이상 내 인생에 영향을 미치게 내버려 둘 수 없었다.

언니 때문에 속을 썩이기로는 의원실 식구들도 한마음이었다. 언니와 내가 자매지간이라는 건 일언반구 않았지만 언니의 행동거지에 대한 문제의식은 충분히 공유하고 있었다. 언니 때문에 다음 공천에 문제가 생길지도 몰랐다. 다들 일을 한계까지 하고 있어서 처리를 못하고 있을 뿐이었다.

이걸 해낼 사람은 나밖에 없었다. 나는 밥그릇을 지켜야겠다는 강력한 의지를 불태우며 언니네 집으로 향했다.

언니는 전화를 받지 않았다. 하지만 집 앞에서 기다리는 건 언니만 할 수 있는 일이 아니었다. 영감 덕에 아파트 현관 비밀번호는 익히 알고 있었다. 나는 영감보다 고작 다섯 층 위에 사는 언니네 집 앞에 도착해 초인종을 눌렀다. 아무 대답이 없었다. 나는 어떻게 언니네 현관문을 뜯을지 궁리했다.

그때, 언니에게 전화가 왔다.

"어쩐 일이길래? 지금 상가 앞 카페인데."

"나 지금 언니네 집 앞이야. 거기 어디야? 당장 갈게."

"노란 간판집. 지금…."

언니가 무어라 말을 꺼내는 것 같았지만 나는 대답 대신 전화를 끊었다. 아파트에 딸린 상가는 익히 알고 있었다. 영감네 집까지 바래다준 뒤 왕왕 커피를 마시곤 했다.

노란 간판이 있는 상가 카페에 도착하자 언니가 보였다. 언니는 베이지색 세미 정장 차림으로 진주 목걸이까지 차고 있었다. 무슨 상견례라도 나온 사람 같았다. 일행들도 비슷한 차림이었다.

"오셨구나!"

언니가 나를 반기며 말했다.

"이 친구가 우리 그이 비서거든요. 젊은 친구가 대단하죠?"

언니는 자연스럽게 나를 자리에 앉도록 유도하면서 사람들을 소개했다.

"참교육 어머니회 모임인 걸 알고 근처에 들르셨나 봐요."

언니가 생글생글 태연하게 이야기했다. 영문 모를 일이었다. 언니와 객들의 이야기를 합쳐서 추론해보니 지역의 학부모 모임이었다. 언니는 영감의 아내인 척하면서 학부모 모임에 참석하고 있었다. 그러고 보니 영감네 딸이 근처 초등학교에 다녔다.

"이 친구가 정책 비서거든요. 지역 교육 정책에 대해서 할 말이 많을 거예요."

"아유, 민서 어머니 덕분에 이런 기회도 얻네요."

"뭘요. 정치인 아내라고 다 가식적인 건 아니잖아요."

언니는 태연하게 말했다. 나는 얼떨결에 그 자리에서 영감의 지역 정책에 대해 브리핑을 하고 민원까지 접수받고 말았다. 학원가 유해시설에 대한 민원은 유용한 정보였다. 그걸 받아적으면서 나는 속으로 기막혀했다. 어쩌다 일이 이렇게 됐는지 어처구니가 없었다.

자리가 파하자마자 우리는 언니네 집으로 향했다. 가는 동안 언니가 어쩐 일로 들렀느냐며 달갑게 말을 붙였지만 나는 대답하지 않았다. 여기는 영감네 집 근처였다. 남들 눈에 띄는 건 피하고 싶었다.

언니가 현관문을 열자마자 악취가 풍겼다. 현관에는 못 보던 운동화가 있었다.

"이걸 안 치워뒀네. 작업화라서 냄새가 많이 뱄어. 보통은 차에 두는데 오늘은 빨려고 했거든. 주스 마실래?"

"물이나 줘."

언니는 작업화를 베란다에 가져다 놓았다. 나는 식탁 의자 하나를 빼서 그 자리에 털썩 앉았다. 공기청정기가 실내 공기를 정화하는 소리가 들렸다. 언니가 물을 따르는 찰나, 나는 회의와 분노로 당장이라도 집을 뒤엎고 싶었다.

"어쩐 일로 왔니?"

언니가 내게 물을 가져다주며 물었다. 나는 그대로 물 한 잔을 꿀꺽꿀꺽 삼켰다. 그리고 할 수 있는 한 최선을 다해 침착하게 물었다.

"언니 때문에 낙선하면 도대체 어쩔 거야?"

"그게 무슨 소리야?"

"모르는 척하지 마. 영감 스캔들 나면 공천 못 받을 수 있어. 가까스로 공천받는대도 사보타주 들어와서 낙선할 수도 있고. 도대체 영감 낙선하면 어쩌려고 그래?"

언니는 한동안 대답이 없다가, 빙긋 웃었다.

"다시 변호사 하지 않으시겠어?"

"그러면 나는 어쩌고?"

"얘도 참, 너는 노무사잖니. 무슨 걱정이야."

"장난해? 노무사 자격증이 화수분이야? 내가 의원회관은 괜히 다녀? 아니, 게다가 대의원 선거는 또 왜 나왔어?"

나는 핏대를 올리며 쏘아붙였다. 언니는 완전히 상반된 태도였다.

"내가 좋아하는 남자를 위해 미리 밑밥을 깐 거지. 완전 내 스타일인데 아파트에서 마주칠 때마다 눈인사를 해. 그러다 사랑에 빠졌어. 검색해보니까 알면 알수록 멋있는 사람이야. 왜, 마흔 다 돼서 연애하면 안 되니?"

그렇게 말하는 동안 언니는 진주 귀걸이를 빼고 진주

목걸이를 풀었다. 식탁 위에 알이 큰 진주 목걸이가 흐트러졌다. 진주알 크기부터 잠금쇠 부분까지 낯익었다. 내가 아는 물건이었다. 한때 내가 상견례 때 하고 나갔던 천연 진주 목걸이였다. 귀걸이와는 짝을 이루는 물건이었다. 엄마가 언니에게 준 게 분명했다. 나는 넌더리 내며 말했다.

"그냥 유권자 관리를 한 거지!"

"아니야. 볼 때마다 인사하고 다정하게 얘기 나눈다니까. 진짜 싫었으면 애초에 신고했겠지."

언니는 화장지로 입술 선을 정리하며 덧붙였다.

"곧 이혼하실 거야. 방 하나 비워뒀잖니. 사생활이 중요한 사람도 있잖아. 의원님은 비밀이 있을 수도 있지. 정치인이 그런 게 없겠니. 그래서 방에 문 달아두면 영 갑갑해서 못 살겠는데 저 방만 아직 안 떼어둔 거야. 이만하면 충분히 존중하고 있는 거 아니니?"

그 말을 듣자마자 눈앞이 아득해졌다. 언니가 말한 방은 바깥에 자물쇠가 채워진 곳이었다. 존중하고 있다면서 밖에서 잠글 수 있는 방을 마련해 놨다니 기막힐 노릇이었다. 나한테까지 광기가 옮아 붙은 기분이 들었다. 예강이 때문에 미치겠다던 엄마 말이 떠올랐다. 감각이 예민해지고 현기증이 났다. 언니가 필사적으로 지우려고 하던, 영감이 말하던 그 시취가 풍겨오는 듯했다.

"이왕 온 거 한번 보고 갈래? 그래도 수행비서인데 영감님 모실 방이 편한지 불편한지는 네가 잘 알 거 아니니. 한번 보고 가."

"집어치워!"

"너는 애가 도대체 왜 그러니? 기다려 봐, 문 열어 줄게."

나는 식탁에 팔꿈치를 괴고 양손으로 얼굴을 가렸다. 그렇게 왈칵 쏟아지는 눈물을 훔쳤다. 언니가 어느 서랍장인가에서 열쇠를 꺼내 오는 듯한 소리가 들렸다. 작은 쇳덩이가 잘그락거리며 부딪히다가 마침내 자물쇠 돌리는 소리가 났다.

"이 방 보여주는 거, 예람이 네가 처음이다. 아직 엄마도 못 봤어. 어머, 너 지금 우니?"

고개를 들자 언니의 얼굴이 보였다. 언니는 나를 멀뚱멀뚱 바라보고 있었다. 호기심과 당혹이 섞인 표정이었다. 정장 입은 어깨너머로 잠긴 방이 흘깃 들여다보였다. 방 안도 언니도 보고 싶지 않았다. 곧 내가 가장 보고 싶지 않은 사람은 따로 있다는 사실을 깨달았다. 나는 언니가 저 방을 먼저 보여주려고 작심했다던 사람이 아주 지긋지긋했다. 아직 엄마도 못 봤다니, 엄마, 엄마야말로 내가 가장 보고 싶지 않은 사람이었다.

언니의 광기 따위야 격리되면 그만이었다. 접근금지 조치를 넣을 수도 있었다. 어차피 나는 언니 없이도 엄마와 오랜 기간 단둘이 살아왔었다. 그렇지만 엄마는 언니 없이 살지 못했다. 엄마는 기꺼이 언니의 연료가 되었다. 고작 목걸이 따위로 하는 얘기가 아니었다. 엄마는 자기가 일생에 걸쳐 일군 것을 언니의 연료로 가져다 바쳤다. 언니가 같잖은 사랑을 이어나갈 수 있는 구조적인 기반이 바로 엄마였다.

나는 식탁 위에 놓여 있던 목걸이를 잡아채 벽에다 태질했다. 진주 목걸이가 신도시 아파트의 기본 내장재인 흰 대리석을 때렸다. 엄마의 결혼 예물은 순식간에 망가졌다. 한번 태질할 때마다 차마 못 하고 삼킨 말들이 구슬처럼 빠져나가는 기분이었다. 언니만 미친 게 아니라고, 엄마도 미쳤다고, 나이가 마흔이 다 되어가는 큰딸이 작은딸 결혼 망친 것도 모자라 직장을 잡아먹고 있다고. 나는 몇 번 더 태질하다 남아 있는 진주를 양쪽으로 잡아당겼다. 잠금쇠에 긁혀 손바닥에 상처가 났다. 온통 희거나 상아색인 언니의 집에 핏방울이 떨어졌다. 바닥에 점점이 피가 떨어지는 만큼이나 큼직한 진주가 알알이 퍼졌다.

"너 지금 제정신이야? 그거 엄마가 준 목걸이야!"

언니는 산산이 흩어진 진주를 주워 담으려고 무릎을 굽혔다. 나는 언니가 뭘 하든 아랑곳하지 않고 진주 귀걸이도 잡아채 벽에 집어 던졌다. 귀걸이의 장식 고리가 부서졌다. 엄마의 예물은 더 이상 세상에 존재하지 않았다. 오직 언니만 바닥에 알알이 흩뿌려진 진주를 치마폭에 쓸어 담았다. 베이지색 정장 치마 위에 진주가 제멋대로 담겼다. 이걸 어쩌냐고, 수리할 수 있지 않겠냐고 중얼거리는 게 다 헛것처럼 들렸다. 그렇게 귀에 달 수가 없었다.

작가의 말

  이 책을 골라 주셔서 진심으로 감사드린다.

  이 소설집에 나오는 글들은 둘로 나눌 수 있다. 현실에 가깝거나 환상이라는 당의정을 씌웠거나. 뭐가 됐든 내가 만든 이야기인지라 책 교정 보면서 많이 힘들었다. 내가 쓴 이야기를 다시 읽기가 뭐 이리 힘든지 모르겠다.

  힘든 건 이 자리도 마찬가지다. 작가의 말은 희한한 지면이다. 여기만큼 독자와 가깝게 마주치는 자리도 드물다. 이 지면을 대하는 나의 심경은 다음과 같다.

  "이거 누가 나 대신 써 줬으면 좋겠는데 그럴 수가 없으니 내가 쓴다."

나는 딱 저 마음으로 소설을 썼다. 이 단편집에 실린 소설은 모두 아무도 안 써줘서 내가 쓴 얘기다. 써놓고 보니 실제 모델이 있던 작품도 있고 쓰기 전에 야심차게 구상했던 파트가 완전히 빠져버린 작품도 있다.

그래도 이 단편집에는 공통점이 있다. 여기에 실린 글들은 전부 할머니가 살아 계실 적에 쓰였다. 내게 할머니는 퍽 각별한 존재다. 이 글을 쓰는 지금도 그렇다.

할머니는 작가가 되고 싶어 하셨다. 그러지 못한 할머니는 대신 일기를 적었다. 40년 동안 꼬박꼬박. 그리고 손녀가 글을 쓴다는 걸 몹시 자랑스러워하셨다.

하지만 내가 꼭 작가여서 사랑받은 건 아니다. 나는 아무 조건 없이도 할머니의 자랑이고 으뜸이었다.

지금은 계시지 않는 할머니에게 이 책을 바친다.

2025년 6월

문녹주